講談社文庫

パンダより
恋が苦手な私たち2

瀬那和章

講談社

目次

パンダより恋が苦手な私たち2

プロローグ

人生で、動物園に足を運ぶ機会が三回あるという。

一度目は子供の時に親に連れられて。二度目は大人になってからレジャーやデートで。三度目は親になって子供を連れて。

これは、動物園の紹介本などによく出てくる言葉だ。

少し前の私なら、この言葉を聞くと同時に反発していただろう。

私が生まれた田舎町の近くに動物園はなかったし、両親は子供の週末は農作業を手伝うためにあると信じていた。学生時代も動物園デートなんてキラキラしたイベントは発生していない。そもそも、この少子化多様性の時代に、誰もが親になると考えてもらっちゃ困る。

だけど、私の言葉を聞いて頷(うなず)いてくれるだろう同志たち、ごめん。

私は今、動物園デートをしていた。

西東京(にしとうきょう)の山裾にある小さな動物園。人はまばらで、動物園といえば誰もが思い浮かべるゾウもライオンもいない。パンフレットに動物園のマスコットとして描かれているのはマレーバクとヒトコブラクダだ。

季節は五月。天気はあいにくの曇り空で、分厚い雲の向こうから、どんよりとした光が降り注いでいた。

けれど、私の目には、園内の景色はキラキラと輝いて見えていた。

ちらりと隣にいる男性を見る。

椎堂司。北陸大学で動物行動学を専攻する准教授。

真っ直ぐ通った鼻にシャープな顎、流線形の瞳に長い睫毛、銀縁の眼鏡がさらに知的な雰囲気を与えている。女性向けスマホゲームに登場しそうな、完璧なイケメンだった。

服装はリネンのシャツにライトブルーのカラーパンツ。シンプルで解放感のある組み合わせ。このまま雑誌の表紙を飾れそうなほどハイセンスに纏まっている。

初めて会った時の第一印象は、イケメンでお洒落だけど変人だった。

一緒に仕事をするにつれて、子供のように自分の大好きなものに一途なところや、不器用ながらも人と関わろうとするところに惹かれた。

それからずっと、片想いをしている。

椎堂先生は今日も、楽しそうに動物について語っていた。

「カピバラは、知っての通り世界最大の齧歯類だ。水辺に生息しており、足に水かきがある。オス一頭に対して複数のメスと子で十頭ほどの群れをつくる。カピバラには、鼻の上にモリージョと呼ばれる臭いのある液体を分泌する腺があり、オスはこのモリージョが卵型に盛り上がっている。そして――モリージョが大きい方がモテる」

当然のように、椎堂先生の説明は求愛行動へとスライドする。

椎堂先生と出会ったきっかけも、求愛行動だった。

仕事で恋愛相談の記事を書くことが決まり、恋愛の研究をしている大学准教授がいるという噂を聞いて、アドバイスを求めて椎堂先生の研究室を訪れた。まさか、動物の求愛行動専門だとは思いもしなかった。

だけど、その勘違いの出会いがきっかけで、動物の求愛行動と恋愛相談をからめた企画『恋は野生に学べ』を作ることができた。企画は評判になり、書籍化まで達成した。

「カピバラのオスは、このモリージョからでる分泌液を周囲の木などに擦りつけメスの気を引く。他にも、オスがメスを追いかける行動が知られている。メスは水の中と陸を行き来しながらオスの様子を観察し、オスはメスが受け入れの意思を示すまで追いかけ続ける。追いかけっこは一時間にも及ぶそうだ。すばらしい忍耐力だな」

そんなことより、モリージョが気になる。もし人間にもモリージョがあれば、椎堂先生には巨大なモリージョがついていることだろう。

今日のデートは、『恋は野生に学べ』の書籍化のお礼だった。

勇気を出して「出版記念にどこかいきましょう、行きたい場所はありますか？」と誘った。もちろん食事のつもりで、レストランや食べ物の好みを聞いたつもりだった。

でも、先生の口から出たのは『七子沢（ななこざわ）動物園』だった。

カピバラの求愛行動の話が一段落してから、質問する。

「どうして、この動物園だったんですか？　東京にはもっと有名な動物園がたくさんあるのに」

「君は、ニュースを見ていないのか？」

「いちおう編集者ですから、毎日チェックしているつもりですけど」

「一ヵ月ほど前、有名どころの動物情報サイトにはトップ記事で出ていたはずだ。マレーバクのメスが、ブリーディングローンによってこの七子沢動物園に移された」

動物情報サイトをチェックしていないのを、ニュースを見ない非常識社会人みたいに言われても納得いかない。

「ブリーディングローンって、なんですか？」

「他の動物園から適齢期のパートナーを借りて来て繁殖を行うための貸借契約のことだ。動物園の目的の一つは種の保存であり、希少動物は世界共通の財産という考え方に基づいて世界中で行われている」

「中国から、パンダのお見合い相手がやってきたりするのも、それですか？」

「あぁ、そうだ。もっともパンダには外交的な意味合いもあるがな。この動物園のマレーバクのオスとメスは、柵ごしのお見合いを終えて、今は同じ檻で暮らしている。適齢期のオスとメスが同じ檻の中で暮らしているのだ、なにが起きるか想像できるだろう」

先生にそんなつもりはないのは知っているけれど、いかがわしく聞こえる。

「そう、求愛行動だ！」

「……みんながその答えに辿り着くわけじゃないですからね」

「実際は、そんなに簡単な話ではない。野生とは違う動物園ならではの難しさ——環境に対するストレスや個体の相性などによって、繁殖にいたらないケースも多い。だが、この動物園の宗田園長とは友人でな。今回はうまくいきそうだ、という情報を貰った」

話しているあいだに、マレーバクの獣舎の前に辿り着く。

マレーバクは、白と黒のツートンカラーで、ずんぐりとした体と少し伸びた鼻を持つ動物だ。大きい体に対して、不自然なくらい短くて丸い尻尾が可愛らしい。東南アジアに生息しており、特徴的なカラーリングはジャングルの中で保護色になるそうだ。

二頭のマレーバクは、お互いに関心がないのか意識しすぎているのか、柵の両端に別れて草を食べている。

オスの名前はジャック、メスの名前はローズと書いてあった。それぞれ違う動物園で名付けられ育てられたので、名作映画と同じカップルになったのは運命の悪戯だろう。ぜひとも、映画の中の二人が成し遂げられなかった想いを遂げていただきたいものだ。

「マレーバクの求愛行動は、高い鳴き声を上げながら互いの臭いをかぐ、鼻を相手の腹に押し付け合うなどといった行動が知られているが、俺はまだ実際に見たことがない。ぜひ見てみたい」

「……まさか、求愛行動が見られるまでいるつもりじゃないですよね？」

「常識はわきまえている。閉園時間はちゃんと守る」

「当たり前のようにギリギリまで居座る宣言しないでください」

「さて、なにか飲み物でも買おうか」

「長期戦に備えないでください」

出会ったばかりのころ、先生は言っていた。

求愛行動は、動物によって多種多様だ。駆け引きの道具になにを使うのか。鳴き声か、雄々しい角か、七色に輝く翼か。オスはどうやってメスの気を引き、メスはなぜオスを受け入れるのか。その営みの中には、まさに生命の美しさが凝縮している。

だから、求愛行動に惹かれるのだ、と。

椎堂先生はいつだって、動物たちの恋に真剣だ。

そして、私はそんな、先生の自分の好きなものに一途なところに恋をした。他にも惹かれた部分はいろいろあるけど、一つをあげるとすればそれだ。

私たちの出会いのきっかけとなり、たくさんの教訓をくれた動物たちの求愛行動。

だけど今日は、求愛行動が私たちの邪魔をしていた。

『恋は野生に学べ』が一段落し、仕事上ではもう会うことはないかもしれない。

だから、私は今日、思いを告げようと決めていた。

あなたが好きです、そう言おうと思った。

でも、先生はマレーバクの求愛行動に夢中で、まったくそんな雰囲気にならない。

ちらりと時計を見る。二時半。きっと、まだチャンスはある。

私は、マレーバクの前のベンチに座り、恋に落ちる素振りなんてまるで見せない二頭を眺める。

この時の私は、動物たちから学んだ教訓をまるで生かせていなかった。

森の中でたまたますれ違った異性に、次はどこで会えるかわからない。目を離すとすぐに別の相手に奪われる。ほんの一瞬の迷いで、永遠に失われることだってある。タイミングを見計らうなんて敗者の考え方だ、好きだと言える瞬間があれば、その瞬間がベストタイミングだ。

わかってた、はずなのに。

私は、この日を境に、椎堂先生と会うことはなくなった。

それから、毎日のように痛感することになる。

やっぱり、私たち人間は、どうしようもなく恋が苦手な生き物だ。

第1話　モテない私はオオカミに似ている

「我々を恋愛から救うものは、理性よりもむしろ多忙である」とは、芥川龍之介が恋について残した言葉だ。

学生時代から五年間付き合っていた恋人と別れたときも、この言葉に励まされた。そして、『恋は野生に学べ』の企画を終えてからの半年間も、ずっとこの言葉に支えられてきた。

「柴田さん、『今月の美術館』の確認終わったからデザインに回しといて。料理レシピの記事はアップ終わってるからチェックよろしく。リンクもちゃんと合ってるか見といてね。スマホ版でもちゃんと見れるか確認して。確認結果もデザインに回して、六時までね」

隣の席から、穏やかな声だけれど容赦ない指示が飛んでくる。

現在、私が担当している『MLクリップ』のチームリーダーである田畑さんは、ウェブメディア部の発足当時から活躍しているベテランだ。ちょっとふっくらした容姿をステラおばさんに似てるでしょ、と自分で言っちゃうような陽気な人だけど、仕事をテキパキとこなす様は、ステラおばさんというよりアメリカドラマによく出てくる貫禄のある女性上司って感じだった。

デザインに回す、とは、デザイン課に、写真や文章などをまとめた記事の元データを渡してウェブサイトの製作依頼をすること。ウェブメディア部に異動してから、少しはＨＴＭＬや画像データの編集ソフトの使い方は学んだけれど、実際にホームページを更新するのは専門部署の仕事だった。

「はい。すぐに確認します」

と返事をしながら、デスクトップ画面の端にいつも表示してある「やることリスト」に仕事を打ち込む。それを入力し終わる前に、また声がかかる。

「あ、もう一ついい？『リクラ』から、依頼してた来月分の原稿が上がってきてないの。フォローしといて」

わかりました、と返事をして「やることリスト」に、リクラに電話、と書き足す。

その文字に、懐かしさを覚える。まだ半年も経っていないけれど、ずいぶん前のことのような気がした。

『リクラ』は、私が半年前まで所属していた編集部だった。

働く女性をターゲットにした、習い事や家で出来る趣味などの新しいオフ時間を提案する雑誌だ。『恋は野生に学べ』の連載をやっていたのも『リクラ』だった。

『恋は野生に学べ』は、ＳＮＳと連動した企画だった。会社のホームページやＳＮＳ

で、読者から恋愛相談を受け付ける。それを元カリスマモデルだった灰沢（はいざわ）アリアが、動物の求愛行動とからめて答える。まぁ、実際に記事を書いていたのは私だったけれど。

企画は、アリアが再ブレイクした影響もあって人気になり、連載が終了した後に書籍化までされた。大ヒットというほどではないけれど、雑学物の本としては、かなり優秀な売上げになった。

問題は、その後だ。

ＳＮＳとの連動企画が成功したのを過大評価されたのか、リクラ編集部から、ウェブメディア部に異動になった。

受話器を取り上げ、リクラ編集部の内線に電話をする。

電話に出たのは、入社以来ずっとお世話になっていた紺野（こんの）先輩だった。はい、リクラ編集部です、ちょっと掠（かす）れた声ですぐにわかる。

「『ＭＬクリップ』の柴田です。あの、リクラの今月分の記事、まだ届いていないんですけど」

「あぁ、納期、今日だったっけ。ごめんごめん。編集長の確認待ちだった。これ切ったらすぐにフォローするよ」

私だとわかった途端、先輩の声が急に軽くなる。

「どう？　もうそっちの部署は慣れた？」

「はい、覚えることはたくさんで大変ですけど、なんとかやってます」

「久しぶりに飲みに行こうよ。ちょっと話きかせて。ウェブメディア部がどんな仕事してるのか、興味あるんだよね。あ、今日でもいいよ」

先輩の誘いは、いつも唐突だった。もしかしたら、デートか合コンの予定がキャンセルになったのかもしれない。

画面右端の「やることリスト」を睨む。今日のノルマをこなすだけなら、六時半には上がれそうだ。残りは、明日の自分に頑張ってもらおう。

約束をして、電話を切る。仕事上がりに予定ができると、やる気がわいてきた。

ウェブメディア部に異動になって半年。先輩に聞いて欲しい話がたくさんある。

*

待ち合わせは、会社の隣駅に最近オープンしたアジアンバルだった。

韓国、台湾、ベトナムなどの屋台料理が食べられるお店だ。チーズたっぷりのトッポギと海鮮チヂミと生春巻きを頼み、グラスビールで乾杯する。

「やっぱり、あんたと飲むと気を遣わなくて済むからいいわ」

切れ長の目に茶色く染めた肩までのストレート。リクラ編集部のエースであり、所沢在住の熱狂的な西武ライオンズファン。入社からリクラ編集部を出るまで、私にずっと仕事を教えてくれていた紺野先輩が、テーブルに片肘を突きながら呟く。

「『リクラ』、忙しいですか？」

「相変わらずよ。違いがあるとすれば、あんたが出たあとに入ってきた新人の子、もうすっかりリクラに馴染んだよ。すっごい覚えが早いし、素直でめっちゃ可愛い」

自分が座っていた席に新人の子がいるのを想像し、ちょっとだけ寂しくなる。

「あー、その話、聞きたくないなー」

「あんたは、『MLクリップ』の方は慣れた？」

先輩が、からかうように笑いながら聞いてくる。

『MLクリップ』は、私が担当しているウェブコンテンツだった。月の葉書房の公式ホームページ内の企画として、紙媒体の雑誌をベースにした記事を週一でアップしている。ちなみにMLは、月の葉のMoon Leafの略だ。

私が働く『月の葉書房』は、中堅の出版社だ。稼ぎ頭は、趣味やカルチャー関連の雑誌。私が所属していた『リクラ』の他に、アウトドア専門誌や料理専門誌などがあり、どれも好調な売り上げを維持している。

『MLクリップ』では、人気雑誌の記事をピックアップし、ウェブ向けにアレンジして掲載していた。

閲覧は無料。狙いはウェブ上の記事から雑誌へと導線を引くこと。各記事には、元になった雑誌の紹介と公式ホームページへのリンクがついていて、もっと知りたいと思った読者を誘導する仕組みだ。

『リクラ』とは記事の作り方が全く違い、最初はかなり戸惑った。ミスもたくさんしたし、色んな人に迷惑をかけた。だけど、それもようやく慣れてきたところだ。

紺野先輩と飲むのは久しぶりでお酒が進む。私は酔いにまかせて、この半年間の苦労話を吐き出す。

「――大変ですけど、私は『恋は野生に学べ』で気づいたんです。どんなに苦手な仕事でも、どんなに難しい仕事でも、そこに自分らしさや、ささやかなやりがいを見つければがんばれるって。先輩、待っててください。もうすぐ私は、紙もウェブもできる新・柴田一葉(いちは)になって『リクラ』に戻りますから」

「なにそれ。面白い」

「笑ってるのも今のうちですよ。あ、最後の春巻きもらいますね」

「んー。でもさ、もったいないよね。『MLクリップ』って、PV数、全然稼げてないんでしょ？　今日聞いた、あんたの努力に見合った結果でてないよね」

「そう、なんですよね。毎月の各記事のPV数も二千くらいです」

「どうしてこの雑誌を買ったのかアンケートするけどさ、『MLクリップ』がきっかけだったって回答はほとんどないわよ」

「……ですよね。この前なんて、他の編集部の人が、存在価値あるのかって話してるのをたまたま聞いて、落ち込みました」

「あんたのとこの編集長は、なんて言ってるの?」

「特に、なにも。ウェブメディア部は、他の雑誌をウェブコンテンツにして販売するのが主業務で、『MLクリップ』にはあんまり力を入れてない感じですね」

ビールを呷り、一つだけ残されて冷えたチヂミを箸で拾いながら続ける。

「……いい記事つくれば、結果はついてくるんじゃないかと思ってたんですけど」

「いい記事っていったって、ぜんぶ紙の雑誌の焼き直しでしょ」

「そうなんですけど、読んでもらえるように色々と工夫してるんです。スマホでも読みやすいようにレイアウトを工夫したり、公式SNSで宣伝したり。でも、あんまり効果なくて。やっぱり、オリジナルの企画がないと駄目なんですかね」

「まぁ、オリジナルの企画があったとしても、こればっかりは難しいわね。会社のホームページのコンテンツの一つとして公開しているだけでしょ。公式SNSだって、見てる人は多くないし。見つけられなきゃ評価もされない」

そう言うと、紺野先輩は、テーブルの近くを通りかかった店員さんにマッコリを注文する。火曜日だけど、わりと本気で飲むつもりらしい。

「『恋は野生に学べ』がなんで受けたのか、わかるでしょ？　企画は面白かったけど、たぶんそれだけじゃ駄目だった。灰沢アリアと動物の求愛行動という組み合わせが話題になった、目立つきっかけがあったからよ」

「それは、わかってるんですけど」

私が落ち込んだのを見かねたのか、先輩はさりげなく話を変える。

「『恋は野生に学べ』といえばさ、最近、どうなの？　椎堂先生とは、連絡とってる？」

「……メールマガジンは、届いています」

椎堂先生は学生向けに、『求愛行動図鑑』というタイトルの不定期のメールマガジンを配信していた。毎回、テーマとなる動物の求愛行動が詳細に解説されている。

「一斉配信のメールは、連絡とってるって言わないんだよ」

「とってないです」

「そっかぁ。いい感じだったのに」

「いい感じなんかじゃないですよ。それに、今は仕事をがんばりたい時なので」

「フラれたってわけでもないんでしょ？」

「それ以前です。告白する前に恋愛対象じゃない宣言をされたというか——とにかく、今は仕事をがんばりたいんです。『ＭＬクリップ』をどうすればいいかアイデアください」

「協力はするけど、仕事を言い訳にしちゃだめよ。仕事を言い訳にした人間は、何も手に入れられないまま、あっという間に三十代になるよ」

「先輩がいうと、なんかリアルですね」

「うっさい。実体験から忠告してんでしょ」

その後もしばらく、仕事や恋愛の話、それから、人生とまったく関係ないくだらない話をしながら、火曜日だということも忘れて遅くまで飲んだ。

久しぶりの先輩との話は面白かったけれど、椎堂先生の話題になった時だけ、胸の奥の方がチクリと痛かった。

＊

『ＭＬクリップ』の編集会議は、毎週月曜日に行われる。

編集会議とは、雑誌の企画や構成を決める打合せだった。『リクラ』の場合は、編集者がそれぞれ考えた企画をプレゼンし、コンペ形式で作り上げていた。

オリジナル記事を作らない『ＭＬクリップ』の編集会議は、まったく違う。

編集長がジャンルごとの記事のノルマ数を作成する。アウトドア関連の記事を多めに四件、後はカルチャー関連を二件、スポーツと映画を一件ずつ、のような感じだ。編集者は私と、他のウェブコンテンツの仕事を掛け持ちしている田畑さんだけ。二人で分担を決め、デザイン課に渡す納期を決める。その後、各雑誌を確認して記事を選び、使用について雑誌の編集部に相談にいくという流れだ。

取材にいくこともなければ、ライターさんとやり取りをすることもない。代わりに、使用許可をもらった記事の内容やレイアウトを整えて、デザイン課と協力しながらウェブ向けに仕上げるという作業がある。

これはこれで、面白さはある。

だけど、自分で書いていない記事を編集するのは、ちょっとだけ寂しい。そして、この寂しさが、読者にも伝わっている気がした。

「あの、『MLクリップ』は、このままでいいのでしょうか？」

編集会議の後、今月のノルマ分担を決めている途中で、思い切って田畑さんに相談してみる。

「オリジナル記事があってもいいと思うんですよ。他の部署から、紙の雑誌の焼き直ししかしてないくせに結果が出てない、存在価値あるのかって言われてるの、知ってますよね」

田畑さんは、気持ちはわかるけど、と言いたげな表情で答える。

「知ってるよ。けど、会社の方針だからね」

「たまには、オリジナルの記事があってもいいと思うんです」

「『ＭＬクリップ』はさ、一週間ごとに更新でしょ。時間も限られてるし予算も決まってる。たった二人だし、今の量で回すのがせいいっぱいだと思うけど。それでも、どうしてもやりたいアイデアがあるの？」

「それは……今から考えます」

「アイデアは、特にないわけね」

田畑さんはそう言いながら、自分の手帳に視線を向ける。

あまりにも勢いで口にしてしまったことを後悔した。提案するなら具体的に、紺野先輩から何度も注意されたことだ。

でも、次に聞こえてきたのは、思っていたよりも前向きな言葉だった。

「じゃあ、次の編集会議までに企画を考えてみて。よかったら、二人で編集長にかけあってみましょ」

「……え、いいんですか？」

「もちろんよ。このままじゃだめだって思ってたのは、私も同じだから。一葉さんが企画を考えるなら、ノルマはもう少しもらうわ。その方が、企画に集中できるでしよ？」

田畑さんは『MLクリップ』以外にもウェブコンテンツを担当していて忙しいはずだ。でも、誤字を直すような気軽さでホワイトボードにあったノルマ数を書き替えてくれる。

「一葉さんらしい元気になるような企画、期待してる」

私は小さく握りこぶしを作って、まかせてくださいっ、と請け合った。

＊

土曜日になっても、自信を持ってプレゼンできる企画は思いつかなかった。

編集会議は週明けの月曜日、もうほとんど時間はない。

ウェブコンテンツのメリットといえば、PCやスマホがあれば隙間時間で手軽に読めること、紙媒体の雑誌よりもタイムリーに情報を届けられること、場所をとらないこと、リンクが貼れること、写真や動画がたくさん使えることなど色々ある。それらを活かすことを主軸に考えたけど、浮かんできたのは、どこかで見たことがある企画の焼き直しばかりだった。

正面から、アヒルたちの賑やかな鳴き声が聞こえてくる。

それは、私の悩みに対して、人間って大変、もっと肩の力抜けよ、と励ましてくれているようだった。

目の前にはアヒルを飼育しているケージがあり、二十羽ほどが、広い池なのになぜか右端にぎゅっと集まって騒いでいた。白いふわふわした体が押しくらまんじゅうをしているように揺れる姿は、とても可愛らしい。

最近、上手くいかないことがあると、足を向ける場所があった。

都心から電車で片道五十分。西東京の外れ、四十年ほど前に山裾を切り開いて作られた住宅街と、山の境界部分に建てられた小さな動物園——七子沢動物園だった。

この動物園に通うようになったきっかけは、半年前、『恋は野生に学べ』の打ち上げで椎堂先生と一緒に訪れたことだった。

良い思い出ではないけれど、この動物園はとても気に入った。

都心から少し離れた場所にあるため来園者が少なく、自分のペースで回れる。手作りの展示パネルや月替わりの企画が楽しくて癒される。山に面しているため、残された自然の景色を楽しむこともできる。

季節はちょうど秋から冬へと移り変わる途中だった。動物園から見える山々は、紅葉のピークをすぎて、冬支度をしているような濃い赤と茶色に染まっていた。

「あ、こんにちは、一葉さんっ。今日も来てくれたんですね」

横から、声をかけられる。

振り向くと、飼育員の浅井さんが立っていた。

肩までの茶色の髪を後ろで括っている、活発そうな飼育員さんだ。歳は私より少し下だろう、細身の体に青いツナギが良く似合っている。手にはデッキブラシが二本入った青バケツ、どこかの獣舎を掃除していたらしい。

頻繁に一人でこの動物園に通っているので、顔を覚えられ、なんとなく挨拶をしているうちに仲良くなった。

「どうも、また来ちゃいました」

「今日もお洒落ですね。ちゃんと、動物園向けの歩けるお洒落で素敵です」

「なんですか、そのポイント。でも、嬉しいです」

そう言いながら、服を見下ろす。

今日のテーマはリブニットだ。大きめのリブとゆったりした首元、ややオーバーサイズで私のコンプレックスの一つであるがっちりした肩幅と太めの足が目立たない。シンプルなデニムに足元はアウトドアブランドのスニーカー。

「もうすぐ、ふれあいパークで羊のモフモフ体験が始まりますよ。今日はお客さん少ないから、独り占めできます。まぁ、少ないのは、今日だけじゃないですけど」

浅井さんは、自虐ネタを口にして寂しそうに笑う。

「今日は、モフモフ体験はいいかな。ちょっと考えたいことがあってきたんです」

「なるほど。動物園はリラクゼーションの場でもありますからね」

「そうそう。そのためにきてるの」

「リラクゼーションをもっと売りにしたら、お客さんきてくれますかね。癒しを与える展示を増やすとか。癒しを与える展示って、うーん、なんだろう。なにかいいアイデアないですか？　このままじゃヤバいんですよ」

そう言いながら、浅井さんは辺りを見渡す。

土曜日の昼間。少し肌寒さは残っているけれど良い天気だ。それなのに、辺りには数えられるほどしか人がいない。

「素敵な動物園なんだけどねぇ」

七子沢動物園には、ゾウやライオンなどの子供たちに人気のある動物はいない。園のマスコットはマレーバクとヒトコブラクダ。他に人気のある動物といえばキリン、カンガルー、フンボルトペンギンだけど、ここでしか見られないというわけでもない。

都内の人なら、他の有名動物園を選ぶだろう。近くに広がってるのは高齢化の進むニュータウンで、リピーターもなかなか期待できない。

「ここの動物園は、閉園にすべきじゃないかって話が出てるんですよね」

「市営の動物園ですよね。そんなことあるの？」

「去年の選挙で、財政引き締めをするって息巻いてる人が市長になって、この動物園も対象になってるんです」

確かに、土日でこの来園者数なら、赤字は確実だろう。入園料は五百円と格安だし、動物園の維持にはとてもお金がかかる。

「素敵な動物園なんだけど、ね」

さっきと同じ言葉を、ちょっと違うトーンで繰り返す。

素敵なところはたくさんある。一つ一つの動物に手作りの展示パネルの解説があって、足を止めて楽しむことができる。動物たちのいるケージの中は野生環境が再現されていてのびのびとしているように見える。動物との距離の近さ、飼育員さんの気さくさも魅力だ。ふれあいパークでは、普通ならウサギやテンジクネズミだけのところを、アルマジロやハリネズミ、カピバラにカメレオンにヒトコブラクダまで触れる。

だけど、その魅力は、ホームページを見ただけでは伝わらない。

このあいだ、紺野先輩と飲んだ時に聞いた言葉を思い出す。

どれだけいいものを作っても、見つけてもらえなきゃ評価されない。

動物園もきっと同じだ。話題にならないと、今日はどこに行こう、の選択肢にすら入れてくれない。

「そうだ。それだっ」

唐突な思いつきに、私は思わず大きな声を出してしまう。

浅井さんが驚いた顔をする後ろで、アヒルたちが相変わらず賑やかな鳴き声を上げていた。

＊

『森の中の小さな動物園〜七子沢動物園の逆襲〜』

それが、『MLクリップ』初のオリジナル記事のタイトルだった。

七子沢動物園を取材し、内側から動物園を紹介するという企画だ。

動物園のバックヤードや夜の動物たちの様子など、普段は見られない写真と共に、飼育員さんたちに仕事の魅力を語ってもらって、それらを手軽に読めるようなコラムにまとめた。

ありふれた動物園紹介にならないように、小さな動物園ならではの苦労や戦略にスポットを当てている。足を運んでもらうための活動を紹介し、読んだ人にも興味を持ってもらえるように仕向けた。

私の思いつきを浅井さんに話すと、「いいんですかっ！　うちみたいな小さな動物園は、なかなか取材とかきてくれなくて」と喜んで、すぐに園長に話を通してくれた。

編集長の了解をもらって、試しに一回限定の読切企画として掲載することが決まった。

がんばって取材して記事を書いて、ようやく公開されたのが三日前だ。

動物の記事にはやはり一定数のファンがいるらしく、通常の『MLクリップ』の記事の倍近いPV数になっていた。SNSでも、ちらほら話題にされている。

「なかなか好調みたいね、一葉さんの動物園の企画。私もすごくよかったと思うし」

オフィスの端にあるカフェスペースで記事の反響を見ていると、田畑さんに声を掛けられた。

「編集長も、クオリティを落とさずに今後も続けられるなら、今回の企画は連載記事にしてもいいいんじゃないかって言ってた」

「本当ですか。ぜひ、やりたいです」

「でも、それを決めるのは、自分じゃないとも言ってたけど」

「どういうことですか？」

「本当は辞令が出るまで言っちゃいけないんだろうけど、もう噂は広まってるからね。一葉さんにも伝えとく。会社はウェブメディア部のテコ入れを本気でやるつもりらしいよ。外からウェブメディアに強い人を呼ぶことが決まったって。来月から、うちの部署の編集長はその人に代わるんだってさ」

「初耳です。どんな人なんですか？」

「一葉さん、『メディアキャレット』って知ってる？」

「もちろんです。私はやってませんけど、友達はけっこうはまってますよ」

「月の葉書房は『メディアキャレット』と業務提携することになったの。それで、『メディアキャレット』の会社立ち上げ時から関わってきた有名なディレクターが、うちの部署の編集長として派遣されてくるんだって。他の企業や出版社とのコラボを次々と成功させてきた、優秀な人らしいよ」

「……ウェブメディアには強くても、出版業界の人じゃないってことですよね？」

「それがね、『メディアキャレット』を立ち上げる前は、創栄文化社の経済誌『リアリズム』の編集長だったって」

うげ。と言いそうになるのを堪える。ＳＮＳでにわか知識でドヤってる人がいると思ってプロフィールを見ると、実はプロだった時の気持ちだ。

経済誌『リアリズム』といえば、日本で一番読まれている経済誌。そこの編集長ともなれば、編集者の日本代表チームが選抜されたら必ず呼ばれるくらい優秀な人のはずだ。

「そんなすごい人が、どうしてうちなんかに？」

「そこまでは知らないよ。うちの会社が、よっぽど頑張ったんじゃない。きっと、色んな変革をしてくれると思うよ。特に『ＭＬクリップ』は、色々と変わるんじゃないかな」

田畑さんは飲み終えたコーヒーの紙コップをゴミ箱に捨てると、肩甲骨をほぐすように肩を回しながら歩き去っていく。

すぐに私は『メディアキャレット』を検索した。

もちろん、名前は知っている。友達にはヘビーユーザーも大勢いる。だけど、具体的にどんなものか説明できるほど詳しいわけじゃない。

紹介記事によると、『メディアキャレット』は、五年ほど前にサービス開始されたウェブコンテンツの配信サイトらしい。立ち上げ時の宣伝文句は「好きが見つかる、好きが話せる、新時代のコミュニケーションスペース」らしい。

登録すれば、ホームページ内にスペースが与えられ、ブログや動画を自由に配信できるようになる。スペースはトップページでランキングされたり、ジャンルごとに分類されたりしていて、アクセスすれば、すぐに見たいものを見られるようになっている。

配信者は個人だけじゃなく、タレントや企業もたくさん登録していて、毎日のようにバズる記事が生まれているらしい。大手動画サイトや有名SNSともリンクしていて、『メディアキャレット』を見に行けば、ネットで流行っていることが全部わかると言われている。

プラットフォームがお洒落なこと、有名タレントが使ったり、コラボが上手だったりと色々な要因があって、現在では登録者数三百万人を突破していた。

『MLクリップ』の各記事のPV数は毎月二千くらいだ。対して、『メディアキャレット』内ではインフルエンサーが何人も生まれており、その人たちの配信のPV数は、公開初日で十万を軽く超える。

……このトレンドを生み出した人が編集長になるのか。

元経済誌の編集長、と聞いて勝手にエリート感漂うアナウンサーみたいな人を想像する。

存在価値なしと陰口を叩かれている『MLクリップ』も、変われるかもしれない。

＊

二月の辞令で、ウェブメディア部の編集長が替わることが発表され、編集長が『メディアキャレット』からやってくることは、社内外で大きな話題になった。

噂の編集長は小柄な女性で、黒一色のスーツにリュックという若手社員のようなスタイルでやってきた。

年齢は四十代前半くらいだろうか。私よりも背が低く、線の細い人だった。ノンブランドのパンツスーツにグレーのパンプス。お洒落さよりも動きやすさをとにかく意識しているようだ。

第一印象は、きっちりしてそう。それから、想像してたのとなんか違う、だった。

着任初日、前任の編集長から紹介された新編集長は、藤崎美玲（ふじさきみれい）です、と名乗った後、歓迎ムードだった編集部を一瞬で凍り付かせた。

「私が仕事でもっとも重視するのは数字と効率です。私一人のために自己紹介など時間の無駄です。代わりに、皆さんの今やっている企画の最新版を提出してください。名前と顔は、仕事で覚えます。ひと通り目を通した後、各チームと十分程度の打ち合わせをします。以上です」

それだけ言うと、さっと自分の席に座ってパソコンを開いた。

言葉遣いは丁寧だったけど、事務的で淡々としていて、最近のスマホのＡＩアシスタントの方が感情豊かなくらいだった。

『MLクリップ』でやってきた仕事をメールすると、十五分後、私と田畑さんがデスクに呼ばれた。

「今の『MLクリップ』の状況はわかっていますね。柴田さん、この件の専属はあなただけです。なにが問題か認識していますか？」

「閲覧数が、少ないことです。でもそれは、『月の葉書房』の公式ホームページの閲覧数がそもそも少ないので——」

「言い訳に数字を使わないでください。数字は目的を正当化し、結果を評価するために使うものです」

淡々とした声が、私の言葉を遮る。

「ですが、問題は認識しているようですね。現在の『MLクリップ』には、PV数、SNSの発信数、各雑誌のアンケート結果、どれをとっても存在価値を見つけられません」

一刀両断という言葉がある。小学生のころに、家族に好きな四字熟語を聞いて発表する、という宿題があったときに、母親の答えがそれだった。理由は、なんかスカッとするから。発表の時に笑われたのでよく覚えている。

新編集長の言葉は、まさに私を一刀両断した。淡々とした口調が、余計に切れ味をよくしている。

「それでは、『MLクリップ』は終了ということでしょうか？」

田畑さんが質問すると、編集長はパソコンの画面を操作しながら答える。あんな衝撃的な言葉を口にしながら、打合せとは関係ない業務メールでも読んでいるようだった。

「いえ、存在自体に価値がないわけではありません。公式ホームページに存在することに価値がないといっています。『MLクリップ』は、『メディアキャレット』内のスペースでの配信に移行します。『メディアキャレット』のトータルPV数は一日五十万以上。『月の葉書房』のカルチャー誌である『リクラ』や『キャンプフィールド』は知名度があります。現在の『MLクリップ』のダイジェスト記事は、雑誌の良いところを拾い、かつウェブ向けに手軽で読みやすくブラッシュアップされています。内容を変えなくても、掲載媒体を変えるだけで、今の十倍のPV数は得られるでしょう」

……うわ。情報量がエグい。

編集長の説明を聞いた、最初の感想がそれだった。しかも、なにか別の業務の作業をしながら話している。どんな思考回路をしてるんだ。

遅れて『メディアキャレット』に移行する、という衝撃の事実に考えが及ぶ。

新しい編集長がきたら、『MLクリップ』は変わるかもしれない、とは期待していた。

でも、いくらなんでも、急すぎませんかっ。

「『メディアキャレット』に移動してからは、毎日配信が基本です。最低三本、土日も含めて毎日記事をアップしてください。編集会議はこれまで通り毎週月曜日に、そこで一週間分の公開リストを作ってください。配信開始のスケジュールは後ほどメールします。質問ありますか？」

「……今までは一週間に一回の更新だったのですが」

「なにか問題ですか？」

「問題というか、ちょっと大変になるかな、と」

「感想は求めていません。対応できないなら、できない理由を具体的に述べてください」

編集長は画面から視線を上げて私を見る。冷たい瞳は、じっと相手を監視するカメラのレンズのようだった。

毎日更新。大変だけど、がんばれば、きっとできる。土日だって記事を作り溜めしておけば自動配信もできる。ちらりと田畑さんを見ると、やるしかないでしょ、というように小さく頷いていた。

「質問がないなら、以上です」

「あ、あの、質問あります」

私は思わず、子供のように手を挙げる。

「オリジナル記事を連載するという話があったのですが、それも続ける方針でよろしいでしょうか？」

「あなたがメールで送ってくれた『森の中の小さな動物園～七子沢動物園の逆襲～』ですね。なかなか興味深い記事でした」

編集長は、すらすらと長い記事のタイトルを口にしてくれた。たったそれだけのことで、嬉しくなる。

でも、次に聞こえてきたのは、期待とは真逆の言葉だった。

「オリジナル記事は必要ありません。すでに『MLクリップ』は、人気雑誌のダイジェスト記事というビジネスモデルがあります。わざわざオリジナルの記事を作るのは非効率です」

「あの、なにが駄目なんでしょう？」

「駄目ではなく、非効率と言っています。『メディアキャレット』にも動物園に関する配信者はたくさんいます。飼育員や獣医、有名な動物園が公式でやっているブログもある。あなたがオリジナル記事を作ったところで、差別化はできない。取材や記事製作に費やす時間を考えると、人気雑誌のダイジェスト記事に力を入れた方が効率的です」

藤崎編集長は垂れていた前髪を、そっと耳にかけるような仕草をしながら私を見つめる。

「他に質問がないなら、打合せは終わりです。これまで通り、他の編集部との連携を密にして、良いダイジェスト記事を作ってください」

頭の中に、取材に協力してくれた七子沢動物園の飼育員の皆さんの顔が浮かんだ。企画が終了になったら、きっとがっかりするだろう。

数字と効率を重視する、最初の挨拶で、藤崎編集長はそう言った。なら、数字で話をするしかない。苦手だけど、一応は数字についても調べてある。

「私も、『メディアキャレット』について調べました。動物園のスペース登録者数は四万二千人、動物関連のスペース登録者数は二十万人です。だから、その、パイ自体がとても大きいので、動物園の記事は狙いとしては悪くないと思います」

編集長は、これ以上は時間の無駄、というような冷たい視線を向ける。

けれど、聞こえてきたのは意外な声だった。

「どうしても納得できないなら、一度だけチャンスをあげます。私が『MLクリップ』で重視している数字は、PV数です。PV数は人気や話題、そしてそこから生まれる有形と無形の利益を示すバロメータです。オリジナルの記事にリソースを使ったとしても、公開三日間でPV数一万以上であれば費用対効果に見合っていると判断しましょう」

「一万、ですか」

『森の中の小さな動物園～七子沢動物園の逆襲～』のPV数は、公開から一ヵ月以上経った現時点でも四千だった。『メディアキャレット』に掲載されたら、見る人が増えるのはわかる。だからって公開三日で一万って……いくらなんでも厳しすぎだ。

だけど、道は二つしかなかった。なにもせずに諦めるか、やってみるか。

「企画やスタイルを変えてもいいです。私が重視しているのは、リソースに対してどれだけ効率的に数字を得られるかです。PV数こそが正義です」

「わかりました、やりますっ」

「では、企画書ができ次第共有してください。以上です」

覚悟を込めて言ったつもりだったけれど、藤崎編集長の返事は事務的だった。

話が終わると同時に、私の存在が透明になったかのように、キーボードをタイプし始める。私はその様子を見ながら誓った。ぜったいに驚くような企画を出してやる。

＊

『メディアキャレット』と『月の葉書房』のコラボが発表された当日は、しばらくはSNSを更新すると一分おきに新しい投稿が表示されるくらいには話題になった。

デザイン課はしばらく忙しそうにしていたけれど、準備はすでに進められていたらしく、藤崎編集長がきてから二週間で『メディアキャレット』とのコラボが始まった。

「ほんとだ。『メディアキャレット』のトップページに、『MLクリップ』のスペースが掲載されてる」

紺野先輩が、私の顔にぐっと頭を近づけてくる。

ふわりと先輩の髪からフローラルな香りが漂う。これが、できる女の匂いか。

「私も初めて聞いた時は、ずいぶん先のビジョンを聞かされてるのかと思ったの。でも、あっという間に変えちゃうんだもん。あの編集長、ほんとすごいわよ」

正面からは、田畑さんの声がする。

私たち三人は、会社の一階にあるカフェで、テーブルの上に置かれたタブレットを囲んでいた。

田畑さんと遅めのランチを食べにカフェに入ると、ちょうど紺野先輩と一緒になった。紺野先輩と田畑さんは、何度か仕事を一緒にしていて顔見知りだったらしく、せっかくだからと三人で同じテーブルに座る。

料理がくるのを待っているあいだの一番の話題は、やはり『メディアキャレット』とのコラボだった。

「これ、けっこう人気でるかも。『MLクリップ』自体には知名度はないけど、『月の葉書房』の雑誌の美味しいとこを集めたものだから。『メディアキャレット』に移動させるだけで、全然、違って見える」

紺野先輩は、仕事中のような真剣な表情で『MLクリップ』のスペースの記事を眺める。

田畑さんもそれに同意するように頷く。

「構成もすごくよくなってるでしょ。ウェブで魅せるツボを心得ているというか、指摘が的確なのよね。まぁ、毎日更新は大変だけど。毎日じゃないとすぐに埋もれるし飽きられるってのはわかるからね」

「これなら、存在価値があるのか、なんていうやつはいなくなる。あんたが『MLクリップ』の将来を心配する必要なんて、なかったじゃない」

紺野先輩がからかうような声で告げる。一緒に飲みに行った日に、『MLクリップ』をなんとかしてみせる、と豪語したのを覚えていたらしい。

「でも、別の悩みがあるんです」

紺野先輩に、七子沢動物園の記事のことと、新編集長から突き付けられた課題について話す。

「いくらなんでも、三日間でPV数を一万も稼ぐなんて無理ですよぉ。PV数は正義です、なんて言われても、受け入れられないですよぉ」

「藤崎編集長の言うこともあたってるんじゃない？　ほら、動物好きのタレントが書いてるスペースもあるし、こっちは動物園の園長がやってる」

紺野先輩の指摘は、違う編集部に移っても相変わらず容赦ない。田畑さんも、正論だ、みたいに苦笑いしているのがまた切ない。

「あんた、そんなに動物好きだった？　あんたが動物にこだわる理由ってなに？」

「せっかく作った『MLクリップ』のオリジナル記事だし、このまま終わりにしたくないってのはあります。それに、七子沢動物園に、もう一度、たくさんの人が来てもらえるようにしたいです」

「あんたは『月の葉書房』の編集者よ。動物園の来園者数を増やすのは、動物園の広報とかの仕事でしょ。あんたがそこまで気に掛ける必要なんてないじゃない」

「動物園の飼育員の皆さんと、やれるだけのことはするって約束したんです」

紺野先輩はしばらく私を見つめた後、諦めたように首を振った。

「ま、モチベーションは人それぞれだからいいけど……えーと、初回の『リクラ』のダイジェスト記事でもPV数は初日で七千か。『メディアキャレット』全体の利用者は多いけど、その分、ライバルも多いからかな、思ったより伸びてないね」

「そうなんです！　なんか、アドバイスください」

「あんたの目的は、七子沢動物園を話題にすることなんでしょ。なら、もっとエンタメに振って企画を見直すのがいいんじゃない？　真面目な記事よりもエンタメの方が、ＰＶ数が稼げる傾向があるみたいだし」

「私もそう思う。編集長も、企画やスタイルを変えてもいい、って言ってたでしょ。あれって、アドバイスでもあると思うの」

田畑さんの言葉に、先輩はコーヒーカップをワイルドに包むように持ちながら、大きく頷く。

「動物園を取り上げるなら、動画が使えるってのはアドバンテージよね。それで、動物、エンタメといえば、あんたには数少ない成功体験があるじゃない。それを使わない手はないいんじゃやないの？」

「成功体験……ですか」

その言葉に思い浮かぶのは、一つしかなかった。

『恋は野生に学べ』

「だけど、あれは灰沢アリアの名前があったから成功した企画ですよ。前に、先輩もそう言ってたじゃないですか。アリアと動物っていう組み合わせが、読者が手に取るきっかけになったのが大きいって」

「きっかけなら、『メディアキャレット』に掲載というのだけでも注目度はある。それに、きっかけは必要だけど、それだけじゃ人気は出ない。内容もちゃんと面白かったよ」

「確かにね。恋愛ってのも人気のあるスペースだし。動物、恋愛と人気ジャンルを掛け合わせるのはいいかもね」

正面で、田畑さんも頷く。

「ほら、これ貸してあげる。がんばってみな」

先輩が鞄の中から一冊の文庫本を取り出して渡してくれる。

それは、『恋は野生に学べ』を始めるときに先輩から渡された本『偉人の名言・格言集（文庫版）』の第二巻だった。二巻がでるほど人気だったのか。

そこで、私たちが注文していたパスタとサラダのランチが届く。

心の中では、わかっていた。先輩のアドバイスは、きっと正解の一つなんだろう。

でも——素直に受け止められない。

それは、椎堂先生と、気まずくなったまま距離を置いてしまったせいだった。

＊

週末、七子沢動物園を訪れていた。

園内には桃の花が咲いて、もうすぐ春がやってくることを告げている。

花壇には早咲きのチューリップやアネモネが花を付けていた。七子沢動物園では、ガーデニングも、飼育員さんたちがやっているらしい。

服装もすっかり軽くなった。ゆったりとしたブラウスにワイドサロペット。サロペットは、太い足が目立たなくなるうえにスタイルも良く見えるので愛用中だ。

園内マップも見ずに適当に歩いてるだけで、目に入る動物たちの姿にホッとする。

穴の中からひょこりと顔を出して辺りを見回すプレーリードッグ、ケージの中の木の上で丸くなりながらも柵の向こうの人間たちを薄目で眺めているヨーロッパオオヤマネコ。

七子沢動物園では、仰々しい檻も、コンクリートの地面もほとんどない。できるだけ自然を再現した環境で過ごせるように造られている。取材の中で、こうした動物たちの本来の姿が引き出せるような工夫を環境エンリッチメントと呼ぶことを学んだ。

そういえば、椎堂先生も、七子沢動物園の展示を褒めていたっけ。

昨年の五月に、先生と一緒に訪れた日のことを思い出す。

『恋は野生に学べ』を無事刊行した後で、先生に打ち上げにどこかいきましょうと誘った。私は食事のつもりだったけど、先生が指定したのはレストランではなく七子沢動物園だった。理由は、マレーバクのお見合いが行われていたからだ。

私は、そのデート の途中で、先生に告白するつもりだった。


先生と二人でマレーバクの前のベンチに座ったまま、夕方になっていた。

夕方になると、風が冷たくなる。先生はさりげなく温かい飲み物を買ってくれたけど、ギリギリまで諦めるつもりはないようだった。

そして、閉園時刻三十分前の放送が鳴った時、マレーバクのオスのジャックが、メスのローズのお腹を優しくノックした。椎堂先生は目にも留まらない速さでカメラを構え、卒業式のお父さんのように涙を堪えながらシャッターを押した。

結局、私たちは園内を半分も歩かずに、滞在時間のほとんどをマレーバクの観察に使って七子沢動物園を後にした。

動物園を出ると、駅まで長い欅並木の坂道が続いている。

後ろから夕日が差し込み、綺麗な欅並木をオレンジに染めていた。二つ並んだ私たちの影が、坂道に長く伸びる。

誰もが二度見するようなイケメンの椎堂先生は、昔からずっとモテてきた。十代の頃にはモデルをやっていた時期もあり、多くの女性の憧れの的だった。

椎堂先生は当時のことをほとんど話さない。ただ、先生を取り合って周りの女性たちが壮絶にギスギスしていたという話は聞いたことがある。恋愛に興味のなかった先生は、人間関係でかなり嫌な思いをしたらしい。

もし、今ここで私が告白なんかしたら、お前もか、と失望されるだろうか。

そんな不安が頭を過ぎる。だけど、どこかで、先生は私のことを、少しは特別な存在だと思ってくれているかもしれない、という期待もあった。

「あの……今日は、ありがとうございました」

欅並木を下りながら話しかける。

自分の心臓が、ドラムロールのように激しい音を立てていた。

「こちらこそ、おかげで貴重な写真がとれた。だが、私に付き合ってずっとマレーバクの前にいたが、つまらなかったのではないか？」

「いえ、そんなことないですよ。先生が楽しそうだったので、私も楽しかったです」

「君は、やはり特別だな。そんなことを言ってくれる人は、なかなかいない」

特別。その言葉がきっかけだった。

私の頭の中に、鼓動のドラムロールをバックミュージックにして、いまだ、いけ、と号令が響く。


「先生、あの、私っ――」

「俺は、人間の恋愛というものに興味がない」


勇気を出して絞り出そうとした言葉は、ちょうど椎堂先生の言葉と重なった。

「これまで、誰かに強く心が動かされることはなかった。だが、俺の内面などまるで理解していないのに、一方的に好意を寄せられることが多くあった」

「……それは、知ってます」

「だから、モデルを辞めてからは、ずっと、動物に関すること以外では、人と深く関わるのを避けてきた。それでも、完全に排除することは難しい。大学で働き出してからも、恋愛感情を向けられることはたびたびあったが、迷惑でしかなかった」

先生は立ち止り、真っすぐに私を見つめる。

「君は余計な恋愛感情を交えず、ちょうどいい距離感で接してくれるから安心する。こんな風に、気楽に出かけられる友人はいなかった。君は、特別な存在だ」

……あぁ、そっか。そういうことか。

椎堂先生が私のことを特別に思ってくれていると感じてたのは、間違いじゃなかった。でもそれは、恋愛感情を交えないで付き合えるから、という意味だった。

それを今、このタイミングで、先生があえて口にしたのは、私が先生を好きになり、早まったことを口にし、この関係がまるごと壊れてしまわないように、予防線を張られたように感じた。

私は先生にとって、恋愛対象じゃない。

告白する前に、答え、でちゃったじゃないか。

結局、私はそれから椎堂先生と別れるまで、当たり障りのない会話を続けた。

それから、まったく連絡をとっていない。先生からも連絡はなかった。私の恋は、それで終わったはずだった。後は時間が解決してくれる――そう思っていた。

でも、先生が好きだという気持ちはなかなか色褪せてくれない。

それどころか、ことあるごとに思い出して胸を苦しめる。七子沢動物園に通っているのは、この場所が大好きなのもあるけれど、あの日に言うべきことを言えなかった未練のせいでもあるんだろう。

ちなみにあの後、マレーバクのローズは妊娠が判明した。おめでとう、ジャックとローズ。

動物園を歩いていると、小さな人だかりができていた。

ふれあいパークで、テンジクネズミのお帰り橋をやっているところだった。テンジクネズミは、南米に生息するネズミだった。天竺（てんじく）とはインドの古い呼び方だけれど、インドには生息していない。「遠い国から来た」という意味で「天竺」と付けられたらしい。黒、白、茶色、三毛など色んな毛色の個体がいる。

テンジクネズミのお帰り橋は、展示室から夜を過ごす獣舎へ橋をかけて、橋の上をネズミたちが集団で移動していくのを見せるパフォーマンスだ。

色んな動物園で行われているが、七子沢動物園の橋は途中で二股に別れたり、立体交差したりと構造が凝っていて面白い。

今日も、たくさんのテンジクネズミが、飼育員のベルの音に反応していっせいに橋を渡っていた。

「はい、ミヨちゃんがんばって。休まない、休まない。渋滞してるよー」

説明しているのは、浅井さんだった。説明を聞いた子供たちが「ミヨちゃんがんばってー」と叫ぶ。

他の東京の動物園なら、橋の両脇には人だかりができるだろう。だけど、今日見に来ているのは親子連れが三組とカップルが一組だけだ。無事にネズミたちが獣舎に戻ったところでイベントは終了となる。

見学者が離れていき、浅井さんが橋の片付けを終えたところで、歩みよって声を掛けた。浅井さんは子供のように歯を見せながら笑って「一葉さん、また来てくれたんですね！」と元気よく挨拶してくれた。

「浅井さん、このあいだの企画の件、あのままの形では続けられなくなってしまってごめんなさい。せっかく、色々と取材させてくれたのに」

「気にしないでください。もともと、一度だけ掲載してみて、人気が出たら連載って話だったじゃないですか」

「もうちょっと話題性を意識した形にすれば、続けられると思うんです。アイデアがまとまったら、また相談させてください」

企画の見直しが必要になったことは、すでにメールで七子沢動物園の関係者には連絡していた。だけど、改めて話をしておきたかった。

今日、七子沢動物園に来た理由の半分はそれだ。もう半分は、背中を押して欲しかったからだ。

「楽しみにしてます。私、どんな企画になっても、七子沢動物園の宣伝になるんだったら協力しますからね」

言いながら、頼もしいガッツポーズをとってくれる。そこで、ふと何かを思い出したように表情が曇った。

「あ、でも、あんまりふざけたのはちょっと難しいかもしれないです。宗田園長、マスコミ嫌いなんですよ。昔、テレビ局と大喧嘩(おおげんか)したことがあったらしくって。この間の記事は、真面目な企画だったからすんなり通りましたけど」

宗田園長には、すでに挨拶をしていた。動物たちのことが大好きなのが前面に出ている優しそうな人だった。とても、大喧嘩するようには思えない。

そこで、すぐ隣から別の来園者が、浅井さんに声をかけてきた。

「アサちゃん、おつかれさま」

「あ、ニコくん。来てくれたんだ」

話しかけてきたのは、浅井さんと同じくらいの歳の男性だった。短いやり取りで、かなり仲がいいのがわかる。

マルチーズみたいな癖のある茶髪にくりっとした目、小動物みたいに可愛らしい雰囲気の人だった。蛍光っぽいイエローのパーカーにオレンジのズボンと目がチカチカしそうなファッションだけど、不思議と似合っている。

「彼氏さんですか？」

「やだな、違いますよ。ただの幼馴染です。家が近所で、うちの家、姉妹が多くて家が狭かったから、ニコくんの家の空き部屋を勉強部屋として借りてたんです」

さらりと恋愛漫画のキャラクターのように紹介された。そういう幼馴染って本当にいるんだ。

「桃山ニコです。あ、今、ニコって変わった名前だって思いましたよね？　実は、芸名なんです。お笑い芸人やってます。本名は桃山誠一郎。でもニコの方が気にいっているんで、ニコって呼んでください」

初対面の第一歩から、思いっきり踏み込んでくる人だった。人懐っこいというか距離感が近いというか。それなのに、まったく嫌な感じがしないのがすごい。

「どうも。柴田一葉です」

「一葉さん、ごめんなさい。こいつ、昔っから馴れ馴れしくて。ほっとくとずっと喋ってるんですよ。ただ、面白いことは言えないんですけど。お笑い芸人なのに」

「だって、僕はツッコミでもボケでもない。トリオの中のほっこり要員だから仕方ないでしょ」

お笑い芸人にほっこり要員なんているんだ。ボケ、ツッコミ、ホッコリ。今いち必要性がわからない。

「ちょうどよかった。ニコくん、この人が、前に話した、七子沢動物園のこと記事にしてくれた雑誌の記者さん。それで、うちのお得意さん」

「お得意さんっておかしくない？　下町のレストランじゃないんだから」

「いや、お得意さんだよ。三回以上くるなら年パスがお得だって説明しても、毎回、チケット買ってきてくれるんだから」

そうだったんだ、と密かに衝撃を受ける。

最初に来た時に説明された気がする。でも、あの時は、こんなに通うことになるとは考えてもいなかったんだ。今さら年パスに切り替えるのもちょっと気まずい。

「なるほど、それはお得意さんかも。ありがとうございます」

「なんで、ニコさんがお礼を言うんですか？」

「この動物園は僕にとっても大切な場所なんです。子供のころから、何度も助けられた」

そう言いながら、ニコさんは懐かしそうに辺りを見渡す。

「僕、昔っからこんな感じだからさ、クラスで浮いたりすることがよくあって、そんな時、いつもアサちゃんが励ましてくれた。それから決まって、二人でこの動物園にきたんです」

「あったね。ニコくんがメソメソするたびに、ここにきて泣き止むまで動物見てたよね」

「大切な場所だから、なくなって欲しくないなぁ。この近くの街の子供は減っちゃったけど、この場所を必要としている人はいると思うんだよね」

「なくならないよ。そのために、今、みんながんばってるんだから」

　真面目な雰囲気の浅井さんと、軽くて人懐っこい感じのニコさんは、タイプは違うのにどこかお似合いで、二人の会話は夫婦漫才をしているように見えた。

「柴田さん。僕に協力できることがあれば、なんでも言ってくださいね。お笑い芸人としてやれることとか。まだ駆け出しなんで、名前の露出があるんなら、むしろありがたいくらいっす。ウィィイインってやつです」

「ウィンウィンですね。機械の擬音語みたいになってますよ」

「その突っ込み、いいですね。素で間違えただけだけど」

「プロに褒められた。じゃあ、なにかあったら頼らせていただきます」

　せっかくの機会だからと名刺を取り出し、改めてニコさんに渡す。

　二人と別れてから、ゆっくりと七子沢動物園を一周した。

　ニコさんの話を聞いた後だからか、動物よりも、園内に来ている人たちや、働いている飼育員さんたちに目がいく。きっとここは誰かの想い出の場所で、まだ見ぬ誰かにとって大切になる場所なのだろう。

　私の個人的なわだかまりで、足踏みをしている場合じゃない。

　動物園を出てから、私は久しぶりに、椎堂先生に電話をかけた。

＊

北陸大学のキャンパスに足を踏み入れるのは、ずいぶん久しぶりだった。

千葉と東京の県境にある総合大学で、椎堂先生の所属する生物学部の校舎は、敷地の奥まったところにある。

正門近くは新しく建て直された煉瓦造りのお洒落な建物だけれど、奥に進むにつれて古めかしくなっていく。来るのは久しぶりでも、もうすっかり歩き慣れた道だ。

カエデの木に囲まれた古い病院のような校舎の二階に、椎堂先生の居室はあった。

階段を上っていると、下から間延びした特徴的な声をかけられる。

「一葉さーん、久しぶり。急にぱたりと来なくなるから、寂しかったんですよぉ」

下の階から、特に急ぐ様子もなく歩いてきたのは、椎堂先生の研究室で助手をやっている村上野乃花だった。

白衣に丸眼鏡、白衣の下は「世界三大珍獣」という吹き出しがついたジャイアントパンダがプリントされた長袖シャツ。飾り気のないお団子ヘアにナチュラルメイク。全体的にダサくて野暮ったい雰囲気だけれど、私はこれが、大学内で男子学生たちに恋愛感情を抱かれるのを避けるためのカモフラージュであることを知っている。

一度、居酒屋で彼女が合コンをしているのを目撃したことがある。衝撃的なほどのお洒落上級者でモテる女っぷりだった。それ以来、この人の言動は信じないようにしている。

「お久しぶりです、村上さん。また、動物関連の企画をやりたくて、椎堂先生に手伝ってもらえないか相談にきたんです」

「話は聞いてますよぉ。あ、それは、こちらであずかりますね」

村上さんは、気遣いのできる男が彼女の荷物をさっと引き受けるような自然な仕草で、私が持参していた菓子折りを受け取る。中身はユーハイムのバウムクーヘンだ。

「椎堂先生、去年の十月から、求愛行動の講座やってるんですよ。必修科目ではないですけど。けっこう学生集まってて人気なんです」

「先生の希望が叶ったんですね。授業、聞いてみたいです」

「一葉さんのおかげです。『恋は野生に学べ』、けっこう人気だったじゃないですか。あれが実績の一つとして認められたんです。大学の売店で、平積みされてますよぉ」

「それは……ちょっと恥ずかしいですね」

「先生の授業、すごい熱がこもってるんですよ。それが好きな学生が集まってるので、引いてるのは助手の私くらいですねぇ」

「引いてるんですね」

「ドン引きですよぉ」

一緒に二階へ上がり、椎堂先生の居室の前までくると村上助手は「じゃ、私はいただいたお菓子でティータイムなので」といって研究室の方に消えていった。あなたのために買ったわけではないんですけど。

気持ちを切り替えて、ノックする。

明らかに人の気配はするけれど、返事はなかった。耳を近づけると、鳥の鳴き声が聞こえる。あぁ、これはいつものやつだ。久しぶりに来たけど、すぐに『恋は野生に学べ』をやっていて、通い詰めていた時の感覚を思い出す。

失礼します、といってドアを開けると、鳥の鳴き声が迎えてくれた。

両側の壁に並んだ背の高い本棚、中には動物行動学に関する本がびっしり収まっている。相変わらずすごい圧迫感だった。本棚に挟まれるようにソファが一つ、そして、奥には壁側に向かってデスクがあり、椎堂先生が座っていた。

モニターには、動物の求愛行動の動画が流れている。

先生の肩越しに見えたのは、首の長い水鳥だった。黄色いくちばしに真っ赤な目、日本では見たことのない鳥が、湖面の上をゆっくりと漂っている。

場所は、長閑(のどか)な湖だった。周りの草木の色や温かな日差しは、春を連想させる。

映像は、湖の中で並んで泳ぐ二羽にフォーカスされる。きっと、オスとメスなのだろう。

　最初は、二羽は同じ仕草を繰り返していた。メスが首を右に振ると、オスもすぐに真似(まね)をする。左に振ると、ほぼノータイムでまた左に振る。

「鳥類は、メスがオスを選ぶ基準が、ダンスの上手さであることは多い。ダンスの上手さが、個体の強さや健康さを表すバロメーターなのかもしれない。その中でも、クビナガカイツブリは特に審査が厳しいことで有名だ」

　椎堂先生は動画を見ながら、誰かに説明するように声を上げていた。私が入ってきたことに気づいた様子はない。講義の練習、かもしれない。

　クビナガカイツブリ。それが鳥の名前らしい。この首フリがダンスなんだろう。メスとまったく同じ仕草をするのは難しいかもしれないけど、特別に審査が厳しいという感じもしない――と、思っていた次の瞬間だった。

　二羽の水鳥が、立ち上がった。

　鳥が立ち上がる、というと奇妙な言い回しだけど、そうとしか言えない。

　そして――二羽は並んで、水の上を走り始める。

　飛び散る水飛沫(みずしぶき)。映像がスローモーションに切り替わり、動きがよく見えるようになる。右足が沈む前に左足を出していた。それを繰り返すことで、二羽の水鳥は、水の上を走っている。

え、なにこれっ。なにこれっ。

右足が沈む前に左足を出す。漫画とかで見るやつだ。実際にやってる！

「クビナガカイツブリの求愛行動は、水の上を走ることだ。実に、一秒間に二十回も足を踏み出し、七秒間、約二十メートルにわたって水の上を走る。さらに、ただ走るだけでなく、オスはメスの真似をして走る必要がある。走る姿勢、胸の反り具合、首の角度、それらを完全に合わせなければならない。そこまで合わせることで、やっと求愛を受け容れてもらえるのだ！」

確かに。これまで見てきた求愛行動の中で、トップクラスに審査が厳しい！

「さらにクビナガカイツブリの審査はこれでは終わらない。水上ダンスと水上ダッシュに合格した後、オスはメスに大量の魚や巣の材料をプレゼントする」

まだ終わりじゃないのか、厳しすぎるよ。

デートで相手に尽くすのが大変、なんて言ってる人間に見せてやりたい。

「あぁ、そうだ、これを送ってくれたフランク教授にお礼のメールを出さなければ。やはり、クビナガカイツブリの求愛行動は、どれだけ見ても飽きない。ハイスピードカメラで捕らえた走る姿は大変興奮した、と」

きっと、求愛行動コミュニティなのだろう。先生は興奮した様子でメールソフトを開き、英語で返信を打ち込み始める。

その後ろ姿を見ながら、初めて椎堂先生に会った日のことを思い出した。

あの時は、確かユキヒョウの求愛行動だった。同じように先生は興奮していて、私はその姿に、ヤバい人の研究室にきてしまったと後悔した。もう、二年ほど前のことだ。

椎堂先生は、あの頃と変わらない。

変わったのは――私だけだ。

「先生、お久しぶりです」

椎堂先生がメールを書き終わるのを待ってから、声をかける。

そこで、先生は気づいたように振り向く。

整った顔立ち、今日のファッションは清潔感のあるライトブルーのシャツにグレーのパッチワーク柄のジレ。相変わらずお洒落だ。もともとスタイル抜群のイケメンで、ここまで着飾られたらもう無敵だった。

「久しぶりだ、元気だったか？」

さっきまでの興奮は消え失せたように、気怠そうな口調だった。

鼓動が早くなるのを抑えて、できるだけ平静を装って答える。

「私はずっと元気ですよ。でも、なかなか連絡できず失礼しました」

「観たい動画や読みたい論文が溜まっている。さっさと本題に入ってくれ」

「その感じ、相変わらずですね。まずはこちらを。私、部署が変わって、今はウェブメディア部になったんです」

名刺を取り出し、椎堂先生に渡す。

「それで、こんどはウェブ上で、『恋は野生に学べ』と同じような動物の求愛行動を使った恋愛相談の企画を考えているんですけど」

椎堂先生の視線が、迷惑動画のニュースでも目にしたように途端に冷たくなる。

「人間の恋愛には、興味がないのは知っているだろう」

「『恋は野生に学べ』と同じです。人間の恋愛相談は、私の方で考えます。先生には動物の求愛行動についてアドバイスをしていただきたいんです」

「前の時と同じように、か」

「そうです。さっき、村上さんに聞きましたよ。求愛行動の講座を開設したそうじゃないですか。本のヒットも影響してるんじゃないんですか？」

「あの本だけが、理由ではない」

先生は不満そうに、本棚を見る。そこには、動物行動学の本や動物の写真集に混じって、『恋は野生に学べ』が挟まっていた。

「だが……求愛行動の魅力を今まで気にも留めていなかった人たちが、気づくきっかけとなったことは認めよう。君と本を作るのも、わずらわしかったが楽しくはあった」

「じゃあ、もう一度、協力していただけますか？」

いまこそ畳みかける時だと、鞄の中からタブレットを取り出す。

タップして、七子沢動物園のホームページを表示した。

「この企画は、注目を集めることの他に、もう一つ目的があるんです。七子沢動物園を覚えていますか？　先生と、その、一緒にいった場所です」

夕日に照らされた欅並木の坂道を思い出し、胸がチクリと痛む。

想いを告げようと決めていた。だけど、口にする前に、恋愛するつもりはないと突き放された。あの日のことは、先生にとってどんな色で記憶されているのだろう。覚えていなかったら、さすがにショックだ。

「あぁ、もちろん覚えている」

「よかった」

「マレーバクの求愛行動は実に素晴らしかった！」

どうやら、私との思い出は、マレーバクの求愛に負けたらしい。映画のクライマックスで感動していた横で大爆笑された気分だ。胸の痛みが、途端に虚しさに変わる。

気を取り直して、閉園の危機にある七子沢動物園を応援する企画でもあることを話す。

椎堂先生は興味を惹かれたらしく、声に少しだけ熱が宿る。

「なるほどな。七子沢動物園を応援したいという趣旨には賛同する。宗田園長とは、求愛行動の動画をやり取りする関係だしな」

「今まで聞いたことない関係性の表現ですね」

「できる範囲でなら、協力しよう」

「ありがとうございますっ」

「それで、具体的にはどんな企画なのだ？　人間の恋愛相談には欠片も興味はないが、大学側への説明が必要だからな」

「まだ編集長の許可はもらえていないので暫定企画ですが、ＳＮＳ内で恋愛相談を募集し、動物の求愛行動にからめて回答していきたいと考えています」

「……前と、同じではないか」

「でも、今回は『メディアキャレット』で公開するコンテンツですので――テキストベースの記事ではなく、動画をメインにしようと思っています。さらには、七子沢動物園とのコラボ企画なので、七子沢動物園にいる動物にからめたいですね」

「俺がやるのは、求愛行動についてのアドバイスと、君が書いた動画原稿の監修ということか。宗田園長なら、園内の動物たちの求愛行動を記録して動画に残しているはずだ。資料映像には困らないだろう」

「それから、動画を撮影するだけだとインパクトに欠けるかと思い、こんなのも考えてみたんです。私と先生が動画に出て、これを被って求愛行動を紹介するというのはどうでしょう？」

鞄の中から、秘密兵器を取り出す。

七子沢動物園のマスコット、ヒトコブラクダのナナコちゃんと、マレーバクのザワくんの被り物だ。動物園の売店で販売していたので購入してみた。

先生の瞳から、わずかに宿っていた熱が消える。

「この話はなかったことにしてくれ」

「そんなにですかっ」

冗談ですよ、と言いながらナナコちゃんとザワくんを鞄に仕舞う。わりと本気だったけれど。

「まったく、本当に君は調子のいいやつだ。仕事が切れた途端、急に音沙汰もなくなって、やっと連絡してきたと思ったらこれか」

「……すいません。ちょっと、部署が変わったりして忙しかったんですよ」

心の中では、あんなことがあったのに連絡できるわけないじゃないか、と思う。

「年賀状すらこなかったな」

「先生、ぜったいそういうの好きじゃないですよね」

「メールの一つくらい送ってもよいだろう」

「そうですけど、先生だって連絡くれなかったじゃないですか」

「『求愛行動図鑑』の宛先には入っていたはずだ」

「一斉配信メールは連絡っていいません」

先生の眉間に皺（しわ）が寄る。これは、口に出せない不満がある時の仕草だというのは、以前の付き合いからわかっていた。

「もうすぐ授業がある、そろそろ帰ってくれ」

追い出されそうになったので、慌てて、求愛行動のアドバイスはお願いします、と約束を取り付けてから居室を後にした。

部屋を出て一人になると、改めて自分の気持ちを思い知る。

椎堂先生は、変わっていない。私から連絡がなかったことを、少しは気にしてくれていたみたいだけど、そこに恋愛感情なんてあるわけない。

でも、半年会わなくても、私の気持ちは変わらなかった。

私は先生に――まだ、片想いをしている。

そこで、横から軽やかな声が聞こえてきた。

「あ、一葉さん、ごちそうさまでしたー。満腹です、お昼代浮いちゃった」

村上助手が、お腹をさすりながら屈託なく笑っていた。バウムクーヘンだよ、お昼にするなよ。あの短時間で全部たべたのかよ。せめて研究室の学生に配れよ。言いたいことが渋滞して迷っているあいだに、村上助手は悪びれもせずに話を続ける。

「私もこれから授業なんですよ。外まで一緒にいきましょう」

「また、しばらく通うことになりそうなので、よろしくお願いします」

「次はラスクがいいなー」

「お土産は毎回もってきませんよ」

けちだねー、と村上助手はシャツに描かれてあるパンダに話しかける。ほんっと、この人は。天然とかじゃなくてわざとやってるのが特に腹立たしい。

「そういえば、先生、一葉さんから電話があってから嬉しそうにしてましたよ」

「そうなんですか？　まぁ、ずっと連絡してなかったくせに、仕事を頼みたいときだけ来るなんて調子がいいやつだと怒られましたけど」

「連絡がなくて寂しかったことの裏返しです。私にはわかりますー」

とてもそんな風には見えなかった。村上さんの言葉は信じられないけど、それでも、すぐ近くにいた人にそう言ってもらえたのは嬉しい。

話しているあいだに、階段を下りて校舎の外に出る。

村上さんは「私、こっちなので」と門と逆の方を指差す。それから、ふとなにかを思い出したように私を見つめて告げた。

「一葉さん、私も、一葉さんがまた来てくれるようになって、本当によかったと思ってますからね」

それから、ぱっと背を向けて「次はラスクー」と呟きながら去っていく。

村上助手と話しているうちに、肩の力が抜けた気がした。

二人で動物園にいった日に、帰り道で言われた言葉を思い出す。

君は余計な恋愛感情を交えず、ちょうどいい距離感で接してくれるから安心する。

久しぶりに過ごした先生との時間は、とても居心地がよかった。

私はまだ、椎堂先生のことが好きだ。そして、先生も私のことを、恋愛対象ではないけれど特別に考えてくれていた。

だったら、このままでいいじゃないか。

無理に忘れようとしなくていいし、無理に告白しなくたっていい。

ただ、私が先生を、好きではなくなるときまで好きでいればいい。

想いを伝えるのが正解ってわけじゃない。そういう恋があっても、いいじゃないか。

ふと、どこにも繋がっていないブロック塀で閉ざされた道が浮かぶ。もうこれ以上、歩かなくていい。どこにも繋がっていない、行き止まりの恋。

頭の中に浮かんだ景色は、不思議と私を安心させてくれた。

＊

もうすぐ、記念すべき第一回の恋愛相談が決まる。

パソコンの画面を見つめながら、その瞬間を待っていた。

恋愛相談を決めるやり方は、プラットフォームが変わっただけで前回の『恋は野生に学べ』と同じだった。『ＭＬクリップ』に企画告知のページを作り、恋愛相談を募集する。

届いた恋愛相談の中からアウトなものを除いて公開し、いちばん「いいね」を集めた相談について答えるというものだった。

灰沢アリアのネームバリューがなくても相談が集まるか不安だったけれど、意外にも二十件の恋愛相談が集まった。公開後の反響も上々で、どの恋愛相談にも、百件を超える「いいね」が付いている。

締め切り時間も前回と同じにした。公開から一週間後の夕方四時。

あと、十二分だ。

仕事を止めて結果を待つことにする。

水筒からお茶を注ぎながら、ここまでの一週間のがんばりを思い出す。

最初の難関は、藤崎編集長に企画を説明することだった。

少し前のドラマで、スタートアップ企業の社長たちが、投資家の前で事業計画をプレゼンして融資を募るシーンがあった。だめな計画はボロボロに貶(けな)され、融資を勝ち取れるのはごく一握り。

藤崎編集長との打ち合わせには、そんな緊張感があった。

「まず、資料は事前に送付ください。あなたの説明を一から理解するより効率的です」

監視カメラのレンズのような瞳が、じっと私を見つめる。

藤崎編集長が編集部に来てから約二ヵ月。すでに数々の成果を上げていた。

存在価値があるのかと陰口を叩かれていた『MLクリップ』を『メディアキャレット』に移すことで劇的に注目度を上げた。他にも、各雑誌の電子版は売上げを伸ばし、読者から寄せられていたアプリの使いづらさの問題も次々に解決している。見えないところでは部署全体の残業が減ったり、みんなが効率と数字を意識することで会議がスムーズになったりした。淡々とした働きぶりへの尊敬と揶揄(やゆ)を込めて、効率マシーン、とあだ名をつけられている。

編集長は、丁寧だけれど感情が希薄な言葉で、流れるように私の企画書を評価していく。

「動画を使ったエンタメに振るのは評価します。動物園のマスコットをCGにして解説させるというのも評価します。あなたが出演するのは良いとして、もう一人の出演者は早急に決めてください。できれば、広い年齢に受け入れられる、ある程度は知名度がある方が良いです。原稿ができた段階で、一度見せてください」

及第点、というところらしい。私がほっとしたのを見透かしたように、最後通告のような言葉が続く。

「もし掲載できたとしても、公開三日で一万PVが達成できなければ連載は中止です。忘れないでください。以上です」

席に戻ると、企画書を手伝ってもらった田畑さんと小さくハイタッチする。

ちなみに、田畑さんのアドバイスによって、私が被り物をきて出演するのは却下となり、代わりに七子沢動物園のマスコットキャラクターのCGを使うことになった。ユーチューバーよりはブイチューバーにした方が、広い世代に受け入れられるのだという。被り物のままだったら編集長になにを言われたか、想像しただけで恐ろしい。

すぐに椎堂先生に連絡をして、企画が正式に決まったことを話す。

椎堂先生からは「俺はただ、求愛行動について話をするだけだ」と寂しい返事を貰った。ちなみに、今回も監修費はいらないらしい。

浅井さんにも、もちろん企画が通ったことを連絡した。企画書を送ると、面白そう、と喜んでくれて、浅井さんから動物園の広報に話をしてくれることになった。

それからもう一人、藤崎編集長のアドバイスを受けて助っ人を依頼した。

マスコミ嫌いだという宗田園長にも、アポイントが取れ次第、挨拶にいく予定だ。

七子沢動物園のマスコットは二頭いる。夢見がちなヒトコブラクダのナナコちゃんと、ちょっとオラオラなマレーバクのザワくん。編集長のアドバイスを聞いて思いついたのは、七子沢動物園で浅井さんに紹介された、お笑い芸人の桃山ニコさんだった。

桃山ニコさんは『フルーツバスケット』というお笑いトリオに所属していて、賞レースでも入賞経験のある注目の若手芸人だ。

以前に、なんでも協力すると言ってくれたのを思い出して頼んでみると、二つ返事で了承してくれた。

「本当に依頼してくれるんですか、ありがたいです！　売り出し中なので、名前をどんどん売っていかなきゃなところなので、こういうオファーは助かります」

ニコさんは、七子沢動物園のためならタダでいいです、と何度も言ってくれたけど、さすがに動画出演までしてもらうのにそういうわけにはいかない。出演費用や日程は、改めて所属事務所を通して相談することにする。

「僕、本当にこの仕事、がんばります。ほんとうに守りたい場所なんです。アサちゃんのためにもだし」

と、繰り返してくれる。浅井さんとニコさんは、友情で結ばれているらしい。お似合いなんだからくっついちゃえばいいのに。

しかも、お笑い芸人さんといえば、喋りのプロだ。相談の方向性さえ決めれば、あとは上手い掛け合いを考えてくれるかもしれない。今回は楽させてもらえるかも。

そんなことを考えていると、電話の向こうから自信満々な声が聞こえた。

「あ、でも僕、自分でネタ書いたことないんですよ。ぜんぶ他のメンバーにお任せなんで。だから、台本はお願いしますね！」

……やっぱり、そううまくはいかないらしい。

「出ていただけるだけでもうれしいですので」

といって電話を切る。

また恋愛相談に対する答えは、私が考えないといけないらしい。

しんどいなぁと思いつつも、『恋は野生に学べ』をやっていた時のことを思い出して、少しだけ懐かしくなる。

はっと現実に戻って時計を見る。ちょうど午後四時。

画面が切り替わり、第一回の恋愛相談が決まった。

【相談者：迷える黒猫さん（会社員・二十四歳・女性）】

今の彼とは二年続いています。とても優しいし気が合うのですが、テレビドラマのような激しい恋愛感情はありません。この人が最良の相手なのか悩んでいます。私はこれまでモテたことはないし、他に出会いもないし、彼と別れたら、次はいつ恋人ができるかわからない。でも、彼氏がいると次の恋はやってこない。このままだと本物の恋を知らず、大事な物を見落としたまま人生が終わってしまう気がして迷っています。

お茶を飲みながら、恋愛相談に目を通す。

正直に言って、今回の候補の中から、選ばれて欲しくなかった相談の一つだった。

相談者さんと歳は近いけれど、どう答えればいいかまるでわからない。

なんで彼氏に不満がないのに、別れるか悩む必要があるんだ。優しくて気が合うなら、もうなにもいらないじゃないか。私なら、そんなドラマや映画のような恋に憧れるよりも、日々の癒しになってくれる人が欲しい。

ここは、共感できそうな人たちの意見を聞いてみよう。

私は、『恋は野生に学べ』をやっていたときのように、この恋愛相談に相応しいアドバイザーを思い浮かべた。

＊

オレンジ色のトルコランプが、テーブルの上で輝いている。

『ランプ軒』は、会社の近くにあるお気に入りの居酒屋だった。店内に飾られている色んな種類のランプがシンボル。店長が毎日市場で仕入れてくる新鮮な魚が人気で、客のほとんどが刺身の盛り合わせを注文する。

私たちもビールと刺身を注文し、それから思いつくままに焼き鳥や厚焼き玉子を頼む。

丸テーブルを三人で囲んでいるため、自然と視界の両端に二人が映る。目の前には、タイプの違う美女二人が座っていた。

アドバイザーとして思い浮かび、すぐに約束がとれたのは、紺野先輩と、普段から仲良くしているカメラマンの橘環希の二人だった。

紺野先輩に相談すると、当然のように「じゃあ、どこか店を予約しといて」と言われた。せっかくなので環希も誘って、いきつけの店を予約する。

「紺野さんと飲むの、久しぶりですね。一葉とはよく飲むけど」

「そうだね。環希ちゃんと飲みに行くのって、えーと、五ヵ月ぶりくらい？」

「箱根特集でいっしょに取材にいった時以来ですよ」

「あ、あったあった。そうだったね」

「箱根特集って、二人で箱根いったんですか！　ずるいっ、私もいきたかった」

「あんた、もう『リクラ』にいなかったじゃん」

「そうなんですけどぉ」

環希とは『リクラ』編集部時代によく一緒に仕事をしていた。取材の時に仲良くなり、いまではすっかり飲み友達になっている。

小さな顔に整った目鼻立ち、さっぱりとしたショートヘアにサバサバした話し方。冬場はジーンズにM‐65タイプのミリタリージャケットを愛用しているけど、男っぽいということはまったくない。マニッシュな服を着こなした気の強そうな美女だった。女子高だったら毎日のように同性からラブレターを貰いそうなタイプだ。

紺野先輩も、仕事ができそうなオーラを纏った美人なので、二人が連れ立って箱根の温泉街を歩いているところはさぞ絵になっただろう。もう、この二人をモデルにして写真撮ればよかったんじゃないか。

この美女二人に声をかけたのは、今回の恋愛相談の、彼氏に不満がないのに別れるか悩む、なんて発想は、自分に自信がある人じゃないと浮かばないと思ったからだ。

一杯目が空になったところで、今回の恋愛相談について聞いてみる。

私の予想通り、二人からは「わかるなー」という声が上がった。

「今乗ってる車がどれだけ気に入っててもさ、初めて買った車に一生乗りたいかって聞かれたら迷うだろ」

環希が、いいたとえ話を思いついたように言ってくるけど、全然同意できない。彼氏と車は違うだろ。

「私も二十代のころは、今のうちにできる経験はなんでもしたいっていう気持ちがあったな。むしろ、なにひとつとして取り零（こぼ）したくないって焦ってたような気もする」

「それって人生経験の話ですよね、恋人は別ですよね？」

「なにいってんの、恋愛も人生経験の一つでしょ」

「たとえば、高校の時に付き合って、そのまま結婚までいく人いますよね。それって素敵だと思いません？」

「人それぞれだけどさ、あたしは嫌だな。なんかつまんないだろ」

「私も環希ちゃんに賛成。だって、その人が初めてならベストかわかんないじゃん。不安がつきまとうよ」

「あとから、あの人がベストだったって気づいても手遅れですよ」

「それも含めて経験でしょ。後悔も人生には必要よ」

駄目だ、全然わからん。

「とにかく、その人のことが好きならいいじゃないですか」

「好きにも色々あるでしょ。すっごく好きとか、ちょっと好きとか、結婚は嫌だけど好きとか、落ち込んでるときは好きとか、生理のときだけ好きとか、そういうの全部知りたいじゃん」

「それは、選ばれる人の理屈ですよ。次の出会いがいつあるかわかんなかったら、そんな贅沢なこと言ってられません」

「でもさ、その相談者も、これまでモテたことはないし、他に出会いがあるかわからないって書いてるじゃない。つまり、別に自分に自信があるから言ってるわけじゃないでしょ」

「それは、そうなんですけどっ。でも、私にはそれが受け入れられないっていってるんです。だって、それって、今、目の前にいる彼氏さんへの気持ちがほったらかしじゃないですか。もっと大事にすべきですよ」

やけになってビールを呷る。そこで、思い出した。

「そういえばですよ、二人とも偉そうに語ってますけど、ここ数年は彼氏いないですよね！」

「うるさいわね。二十代のときはずっといたのよ」

「まぁ、あたしは今は、仕事に命かけてるから」

「紺野先輩、和菓子職人はどうなったんですか？」

「え、紺野さん、そんな、なかなか出会わなそうな職業の人と付き合ってるんですか？」

「うるさいわね。あたしのことはいいでしょ。まだ付き合ってないわよ、定期的に食事に誘われるけど、それだけよ。ちっとも進展しないんだから」

「うわー、和三盆って感じですね」

「こら、適当なこといってんじゃないわよ。聞いたんならちゃんとフォローしなさい」

ふとそこで、環希が口の端からピンク色の舌をちょっと覗かせて私を見つめているのに気づく。ちょっとだけ舌を出して犬歯で噛むのは、なにか思いついた時の彼女の癖だ。

「お前さ、さっきの書けばいいじゃねぇか？」

「なに、急に？」

「お前が恋愛相談に答えるんだからさ、あたしたちの意見より、さっきのお前の気持ちを書けばいいんじゃねぇか？　なにも、相談者の背中を押すだけが恋愛相談じゃないだろ。目を覚ませ、出会いは必ずあるわけじゃない、目の前の人を大切にしろって言ってやればいい。さっきの、ちょっとだけなるほどって思ったよ」

「たしかに、環希ちゃんの言う通りかも。あんたの言葉で答えるのがいちばんいいよ」

「……共感できないなら、無理に共感しなくたっていいってことですか」

なにげなく天井を見上げる。ぶら下がったトルコランプについている飾りに映る自分と目があった。答えは、ここにあったのか。

「お前、なにげに一途だしな。前の彼氏と別れた時もひどかったけど。最近だって、酔っぱらうと椎堂先生の話ばっかりだし。いいかげんキツいわ」

「あ、環希ちゃん、知らないんだ。この恋愛相談の企画、また椎堂先生と一緒にやるんだよ。うまくやったよね」

「なんですか、その言い方！　元はといえば先輩のアドバイスじゃないですか」

「人のせいにしないでよ。あんたが、自分で決めたんでしょ。面白そうな企画だと思うわよ。うまくいくように応援してるから」

「あたしは、前から言ってるけど、仕事に恋愛を持ち込むやつは嫌いだな。けどさ、この前、映画を見ていて思った」

「どうせゾンビ映画でしょ。ゾンビ映画で恋愛のアドバイスしないでよ」

環希はゾンビ映画マニアで、仲良くなると日常会話によくゾンビ映画が登場する。

きっと、こいつと付き合う人は、新作が出るたびにゾンビ映画を見せられるのだろう。

「まぁ、聞け。ゾンビ映画には、人間愛が詰まってる」

「ほんとにゾンビ映画かよ」

「このあいだ『ゾンビランド』を見て思ったの。仕事も恋愛も、あの映画に出てくる姉妹くらい強かじゃないといけないんだなって」

「そんなメッセージを受け取る映画じゃない！」

紺野先輩は見たことがないらしく、なにそれ、という顔をしていた。

それから私は、大好きな先輩と友達になんども励まされた。いい夜で、いいお酒だった。

でも、一つだけ、悩みが残っていた。

今回の恋愛相談をまとめるには、それに応じた動物の求愛行動が必要だ。

自らの遺伝子を残すことに必死な野生の世界で、決まったパートナーを愛し続ける動物なんているだろうか。

＊

四月もあと数日となり、ゴールデンウィークが近づく。

七子沢動物園もそれなりの来園者数を見込んでいるらしく、ポスターを新作したり、新しい展示を立ち上げたりしていた。

今日、七子沢動物園を訪れた目的は、『ＭＬクリップ』の企画説明のための打ち合わせだった。監修者として関わる予定の椎堂先生も同行してくれている。

時間の無駄だ、と断られるだろうと思いながら声をかけると、あっさり了解してくれた。企画のためじゃなく、「宗田園長と久しぶりに話をしたい」というのが理由だった。

動物園の事務所の脇にあるソファで、私と椎堂先生、七子沢動物園の宗田園長の三人で打合せをする。

最初に、タブレットを使って、今回の企画を説明した。

「できるだけ、七子沢動物園にいる動物の求愛行動を使って回答します。七子沢動物園とのコラボ企画であることは随所にアピールしますし、この動物園をロケ地に使わせてもらうこと自体が宣伝になるとも思います」

宗田園長は、私の説明をひと通り無言で聞いてから、ぼそりと呟くように言った。

「前の企画に比べて、ずいぶん変わりましたね」

恰幅が良くて優しい雰囲気の人だった。歳は五十代後半くらいだろうか。茶色のツナギも合わさって、どこか熊っぽい印象がある。

「編集長が替わりまして、多くの人に見てもらうためには、やり方を変えなければ掲載もできないと言われました。目標は、公開から三日でＰＶ数一万以上です」

一万以上集まらなければ連載打ち切りとなることまでは言えなかった。編集長にも見放されかけている綱渡り企画であると知れば、不安になるだろう。

よほど自信なさそうな顔をしていたのか、宗田園長は「そんなに緊張しないでください」と言って微笑みかけてくれる。

「私は、批判しているわけではないですよ。ただ、思い切った企画に変えたな、と感心していたのです。もちろん問題ありません」

「よかった、ありがとうございます」

「もしかして、私がかつて、テレビ局と喧嘩したことでも聞きましたか？」

思わず答えに詰まる。私は、つくづくポーカーフェイスができない人間らしい。

「いいんです、本当のことですから。ただ、勘違いしないでいただきたい。マスメディアが嫌いなわけではないんです。動物園にとって、宣伝の重要さはよく理解している。ただ、あの時は――二度と同じようなことが起きないようにするために、ああするしか、なかった」

浅井さんに、宗田園長はマスコミ嫌いだという話を聞いてから、七子沢動物園の過去の事件について調べた。

五年前、生まれたばかりのニホンカモシカの取材に、テレビ局がやってきた。生放送で寝ている赤ちゃんをカメラで撮るだけ、という約束だったが、本番になってレポーターが急に触ってしまった。

その後、ニホンカモシカの母親は育児放棄をするようになり、すり寄ってきた赤ちゃんを踏みつけるという事故が発生してしまう。飼育員が慌てて取り上げたが、助けることはできなかったそうだ。

七子沢動物園はテレビ局に猛抗議をしたが、テレビ局側は、事前説明と違ったことを謝罪したものの、育児放棄との因果関係はないとのコメントも発表した。人間の臭いがついた子供を母親が育てなくなるというのはよく報告される事例だが、今回の件との因果関係は証明できないというのが理由だった。

大切に育てようとしていた命が失われたのだ。因果関係が証明できなくても、もしあれがなければ、と思うことはあるだろう。宗田園長がマスコミを嫌いになるのも、わかる気がした。

「柴田さん、あなたなら大丈夫そうだ。それに、椎堂先生が監修してくださるのであれば間違いない」

ちらりと隣に座るイケメン大学准教授を見る。相変わらず気怠そうな表情で座っているだけだった。でも、こうして一緒にきてくれたことに感謝する。もしかしたら、宗田園長からの許可を得やすいように考えてくれたのかもしれない。

「私は、七子沢動物園のすぐ近くの街で生まれ育ちました。ニュータウンの開発の一環として造られた動物園でね、当時はいつもたくさんの人が訪れていた。私が動物園の飼育員になったきっかけであり、原風景といってもいい。園長となって戻ってきたのには運命すら感じます」

宗田園長は、テーブルの上で手を組んで、懐かしそうに語り始める。

今の七子沢動物園は、いつも空いている印象だった。人が多くて動物が見られないなんてことは一度もなかった。

「私はもう一度、この動物園にたくさんの人が集まるところが見てみたい。私も、ここに戻ってきてから色々と試したが、力不足でね。こうして外から企画を考えていただけるのは、大変ありがたいことです——どうか、七子沢動物園をよろしくお願いします」

宗田園長が頭を下げてくれる。私は、園長と同じ言葉を、以前に浅井さんから言われたのを思い出す。

園長も他の飼育員の方々も、気持ちは同じなんだろう。みんな、この動物園のことが好きで、この動物園に賑わいを取り戻したいと思ってるんだ。

「こちらこそ、よろしくお願いします。微力ですけれど、一人でも多くの人が足を運ぶきっかけになるようにがんばります」

「それから、私は椎堂先生と同じく、動物の求愛行動には学術的な興味があります。求愛行動を取り上げていただくのも非常に嬉しいですね。この動物園の動物の求愛行動であれば、映像資料も多いです。必要なものがあれば言ってください」

私の横に座る椎堂先生も、小さく頷いて教えてくれる。

「宗田園長は、日本中の動物園から求愛行動に関する資料を集め、求愛行動を研究する者に届けてくれている。非常にすばらしい方だ」

「……話は聞いていましたけど、本当に仲良しだったんですね」

「さて、椎堂先生。そういえば、最近、他の動物園からいくつか良い動画をもらったのですが見ますか？」

「拝見しましょう。私もいくつか、最近入手したものを持ってきました」

「ほう、楽しみですな」

二人はそう言うと、打合せテーブルの隣にあった大型テレビに、いそいそとパソコンを繋ぎ始める。まるで、子供たちが発売したばかりのゲームをやるためにゲーム機の準備をするようだった。

テレビ画面には、すぐに巨大なカバの映像が映る。

私には、ただのカバが二頭向かい合っているようにしか見えなかったけれど、椎堂先生はすぐに気づいたらしい。

「これはすばらしい。この背景は、長崎ズーパークのラッキーとミカンだな。先日、カップルが成立したと雑誌で読んだが」

「その通りです。ラッキーがミカンに求愛するところですよ」

二人の男が見つめる中で、カバのうちの一頭がバクリと大きな口を開ける。

顎がはずれているんじゃないかと思うほど上下に開いた口、下顎には極太のバナナのような牙が左右に並んでいる。もともと大きい動物だけど、口を思い切り開くと、さらに一回り大きくなった。のっしりしたイメージはもうどこにもない、肉食獣みたいな獰猛(どうもう)さがビリビリ伝わる。

「オスのカバが大きく口を開けるのは、オスへの威嚇行動とメスへの求愛行動だ。口を開くことで自らの強さをアピールする。素晴らしい、素晴らしい口の開きっぷりだ！」

「さすが椎堂先生、わかりますか。何度見ても、この力強い口に惹かれます。私がメスならイチコロです」

「これで終わりですか、もう一度最初から見ましょう」

椎堂先生が興奮した様子で動画を再生する。

宗田園長と椎堂先生は、私が思ってた以上に、仲が良かったらしい。椎堂先生、私のためじゃなくて、本当に宗田園長と会うためにきただけだったんですね。

しばらく二人の求愛行動話を聞いていたが、だんだん熱量についていけなくなる。

そこで、事務所に戻ってきた浅井さんが私を見つけて「園内を案内しましょうか？ちょうどニコくんもきてるんですよ」と誘ってくれた。私には、浅井さんが、ツナギを着てデッキブラシを持った天使に見えた。


七子沢動物園の敷地面積は約七万平方メートル。開園は一九七九年。

山を切り開いて作られたニュータウンの端、もともとあった山の麓を利用するように造られている。

園内には七十種の動物が飼育されており、門を潜って右回りにぐるりと一周すれば、おなじ道を通らずにすべての動物たちを見て回れる順路になっている。

最初はキリンやシマウマがいるサバンナ動物エリア。フンボルトペンギンが広いビーチで遊んでいるのを眺めながら坂道を上るとモンキーパークがある。その先には、テンジクネズミやカピバラ、ヤギ、ヒツジ、ウサギ、マスコットキャラクターでもあるヒトコブラクダなどと触れ合える子供に人気のふれあいパークだ。一番奥には元々の自然を利用した鳥の展示と、野山の野鳥観察ができるバードサンクチュアリ。中でも有名なのは、宗田園長が考案した、オオワシが旋回できるドーム状ケージだった。それからマレーバクやコツメカワウソなどのアジア動物エリア、ホンドタヌキやニホンカモシカなどの日本の動物エリアがあり、最後に、浅井さんが担当しているカンガルーパークがある。

今日、浅井さんが案内してくれたのはアジア動物エリアだった。理由は、マレーバクがいるからだ。

マレーバクの展示の前にいくと、ニコさんがベンチに座ってスケッチをしていた。相変わらず、蛍光カラーの黄色とピンクの目立つパーカーを着ている。

「ニコさん、今日はどうしたんですか？」

声をかけると、難しそうな表情で振り向く。

「あ、一葉さん、こんにちは。ザワくんのアテレコの依頼を受けたので、ちょっとイメージトレーニングをしようと思って、マレーバクを見にきたんです」

真剣に取り組んでくれるのはありがたいけど、予想の斜め上の努力だった。

「あの、アテレコするのは、デフォルメされたＣＧキャラクターなんですけど、伝わっていますよね？」

「もちろんです。だけど、本物も見ておかないと。僕なりの役作りです」

「なにかしないと自信が持てないっていうから、私が、本物のマレーバクを見にきたらって言ったんですよ。もちろん冗談で。そしたら、朝からずっとマレーバクのスケッチしてるんです。こういうやつだったって忘れてました」

隣で、浅井さんが呆れたように言う。

ちらりとニコさんの手元のマレーバクのスケッチが目に入る。かなり上手だった。

「アサちゃん、素敵なアドバイスをありがとう」

「だから、冗談だったんだよ」

幼馴染の二人は相変わらず仲が良さそうだった。じつは付き合ってるんじゃないか、とまた疑惑が湧いてくる。

「せっかくなので、他の動物も紹介しますよ。ニコくんも一緒にくる？」

「うん。マレーバクの気持ちは、だんだんわかってきたからね。一葉さん、アテレコは任せてください」

ニコさんは自信満々に宣言する。そこまで言われると、私もヒトコブラクダを観察した方がいいのかとちょっと不安になる。

それから浅井さんは、同じコーナーにいるアジアの動物たちの紹介をしてくれた。レッサーパンダにヤマアラシ、今人気のコツメカワウソはちょうどエサやりタイムをしていた。

「七子沢動物園の展示は、どれも動物がのびのびしていていいですね」

レッサーパンダが藪の中を駆け回り、気まぐれにひょこっと顔を出すのを見ながら呟く。

すると、浅井さんは嬉しそうに振り向く。

「そうなんです。動物福祉には力をいれてますから」

「福祉、ですか？」

「そう、動物福祉。聞き慣れない言葉ですよね。動物園の動物たちは、みんな人間のエゴで連れてこられている。でも、ストレスなく安心して暮らせるようにしてあげたい。本当はもっと難しい定義のある言葉なんですけど、私は、そういうことだと理解しています」

その話を聞いて、ふと、小学校の遠足のことを思い出した。

バスで向かった近隣の市の公園に、小さな動物園があった。

暗い檻をのぞき込むと、狭いコンクリートの檻の中で一頭のツキノワグマが、同じところをぐるぐる回っていた。退屈と孤独に押しつぶされそうに見えた。それは、子供ながらにショックな光景だった。

「……素敵な考え方ですね。昔に比べて、動物園ってたしかに変わった。狭すぎる檻や、コンクリートで固められた無機質な展示が減った気がします」

「展示だけじゃありません。動物たちの日常に刺激を与えたり、選択を与えたりするのも動物福祉、そして、そのための環境エンリッチメントなんです」

「さっき、コツメカワウソの食事を飼育員さんがわざと隠して、探させていたのもそうなんですね。てっきり、来園者を楽しませるためなのかと思ってた」

「両方の意味があります。刺激や選択を与えると、動物たちに動きが生まれる。動いている動物たちを見る方が、お客さんも悦ぶ。旭山動物園で有名になった行動展示が、その代表ですね。私たちは大きな施設は造れないけど、小さな動物園なりに工夫しています」

旭山動物園にはいったことがないけど、『リクラ』にいた時に動物園特集を手伝ったことがある。円柱型の透明な水槽を昇ったり下りたりするアザラシや、十七メートルの高さの塔を渡るオランウータンなどが有名だ。

「今のはぜんぶ、園長の受け売りですけど。でも、私にとっては罪滅ぼしみたいなところもあるんです。人間の都合で、こんなところに連れて来て閉じこめちゃってごめんなさい。だからせめて、少しでも居心地よく楽しくすごせるよう協力させてねって」

浅井さんの話を聞いていると、動物が好きで、仕事にプライドを持っているのが伝わってくる。それに、楽しそうに話す姿は、ちょっとだけ椎堂先生と似ている。自分にぴったりでがむしゃらになれるものを見つけた人は、みんなこういう表情で話せるようになるのだろうか。

「スイスの動物園長だったヘディガーさんの言葉に〝檻からなわばりへ〟というものがあります。野生の動物たちって草原を自由に駆け回っているイメージですよね？」

「そうですね。どこまでも続くサバンナの草原とか想像します」

「だけど、実際に研究を進めると、多くの動物が、自分のなわばりの外には出ず、ごく限られたエリアで暮らしていることがわかったそうです。動物園のこの檻の中を、動物たちにとって居心地の良い空間にすれば、それはもう檻じゃなくてなわばりと同じ、という発想です」

確かに、言われるまで考えもしなかった。野生動物が檻の中にいると、狭い場所に閉じ込められているように感じる。でも、なわばりの中で暮らしているのであれば、人間からの同情なんて大きなお世話なのかもしれない。

「動物たちを野生から連れてきた人間側がそれを決めるのって、なんか都合がいい気がするなぁ」

ニコさんがなにげなく挟んだ言葉に、浅井さんは少しだけ寂しそうに笑う。

「勝手な解釈だって思われるかもしれないのはわかる。だけど、私はそれを聞いた時、すごく希望を感じました。私は、この檻の一つ一つを、彼らのなわばりにしたいと思っているんですよ」

浅井さんが嬉しそうに笑うのが、私にはとても眩しく見えた。

「そっか、だからか。最近、動物園って不思議な場所だなって感じることがあったんですね。野生でも人工でもない、間にある場所のような気がする」

「そう言ってもらえるの、嬉しいです。動物園は、人と自然の架け橋でもあるので」

浅井さんの話を聞きながら、そして、彼女たちが守ろうとしている動物たちを見ながら、改めて、力になりたいと思った。

私にできることは限られるけど、せめて藤崎編集長の出したPV数一万くらい軽く越えて、七子沢動物園にたくさんの人が来るようにしてあげようじゃないか。

＊

三日後、恋愛相談にぴったりな動物を紹介してもらうため、椎堂先生の居室を訪れた。

ゴールデンウィークに入り、キャンパス内の学生の姿はまばらだった。遠くからテニスクラブの掛け声と、ラケットがボールを弾く心地よい音が聞こえる。

日差しも温かくなって、服装もすっかり初夏モードだ。白いTシャツにキャメル色のロングジレ。ボトムはハイウエストで幅広のデニム。靴箱からサンダルも出した。

生物棟の階段を上っていると、後ろから声がかけられる。

「ラスクー、あ、まちがった、こんにちはー」

いつもの白衣姿の村上助手が、ノートパソコンを片手に上ってくる。そんな露骨な間違いあるわけないだろ。

白衣の下から見えるTシャツには「世界三大珍獣」という吹き出しがついたオカピが描かれていた。フォルムは馬みたいだけど、足とお尻の部分だけがシマウマのような縞(しま)模様になっている。馬のようだけど、じつはキリンの仲間だ。

「お土産は毎回持って来ないって言ったじゃないですか」

「けちー。そう思うよねー」

だから、オカピに話しかけるなっ。

「出版社さんも、ゴールデンウィークなのに仕事なんですねー。なになに？　この世界には仕事は二つしかない。ブラックかホワイトか。俺のお尻のように」

「オカピで遊ばないでくださいよ。もうすぐ、締め切りなんです」

来週の月曜日の更新で、求愛動画がアップされることが決まった。

『MLクリップ』が『メディアキャレット』に移行してから二ヵ月が経ち、なんとか毎日更新を続けている。着実に閲覧数は増えていて、公開三日でだいたい一万から二万といったところだ。各記事のPV数は、公開三日でPV数一万を越えるっていうハードルは、当初よりは低くなっている気もする。

「じゃ、お仕事がんばってくださいね、楽しみにしてますからー」

村上さんはそう言うと、研究室に入っていく。お菓子がなかったからか、このあいだよりもずいぶんあっさりだった。

椎堂先生の居室の前に立つと、ひとつ深呼吸をする。

この恋は、無理やり追いかける恋じゃない。ただ、好きじゃなくなるまで好きでいる。行き止まりの恋だ。

決意を確かめてから、居室のドアをノックした。

先生はデスクに向かって英語の論文を読んでいた。私が入ってきたのに気づくと、しばらく切りが良い所まで読んでから顔を上げる。

「企画のタイトルが決まりました。『恋が苦手な人間たち』です」

挨拶もそこそこに本題を切り出す。

「ほう、なかなか面白いタイトルだ」

「私は恋愛が苦手だなってつくづく思い知らされることがありまして。それで、思いつきました」

「そういえば、このあいだ動物園で若い芸人と楽しそうに話していたな。彼となにかあったのか？」

珍しく求愛行動とは関係の無いプライベートについて質問される。いつもの気怠そうな表情で、まったく気にしている様子はないけれど、それでも意外だった。

「そんなわけないじゃないですか。ニコさんはただ一緒に動画を作るだけ――」

「いや、別に説明はいらない。そこまで興味があって口にしたわけではないからな」

ですよね。じゃあ聞かないでくださいよ、と言いたくなるのを飲み込む。

「さっさと今日の用件を話してくれ」

「はい。新しい企画の第一回の恋愛相談が決まったんですが、これです」

「いちいち見せるな、時間の無駄だ。どういう求愛行動が知りたいかを端的に伝えてくれればいい」

タブレットに表示した恋愛相談は、異教徒の経典でもつきつけられたように拒絶される。

「では。以前の企画で、動物たちが、より優れた資源を持つパートナーを得ようと努力していることを教えてもらいました。ですが、パートナーになったあと、そのパートナーをずっと大切にする動物はいますか？　今回の相談者さんには、恋人がいるんですけど、違う恋愛にも憧れてて——今の恋をもっと大事にした方がいいよってアドバイスしたいんです」

「それは、求愛行動というよりも、パートナーが成立した後の行動だな。私がもっとも惹かれるのは求愛行動であって、その後の関係性ではないが」

「でも、先生はその辺も研究されていますよね？」

椎堂先生はほんの一瞬だけ沈黙した後、ゆっくりと立ち上がって両手を広げた。先生の中で、バチンとスイッチが切り替わったのがわかる。

「仕方ない、では久しぶりに——野生の恋について、話をしようか」

椎堂先生の声から気怠さが消え、伸びやかなバリトンに変わる。

なんだか、懐かしい場所に戻ってきた気がした。

「まず代表例を挙げると鳥だな。鳥は九十パーセント以上が一雄一雌を保つといわれている」

「……ずっと同じパートナーでいるってことですか？」

「そうだ。タンチョウ、ハクチョウ、アホウドリなどが有名だな。ちなみに、オシドリ夫婦という言葉もあるオシドリは、毎年パートナーを替える」

「えぇっ、川で二羽並んで泳いでいるのが可愛いと思っていたのに、あれ、毎年違う相手だったんですか。騙(だま)された！」

「鳥類に一雄一雌が多い理由は、卵を産み、抱卵によって子供を育てるからだと考えられる。巣作りや抱卵やエサ集めなどを番(つがい)で分担して行った方が遺伝子を残す可能性が高い。一方で、哺乳類は一雄一雌となる動物は三パーセント程度しかいないと言われる。哺乳類の子供は母乳で育つため、オスは多くのメスと交尾した方が遺伝子を残す可能性が高いからだろう」

人間も哺乳類だ。結婚ってシステムは、遺伝子を残す可能性としてはどうなんだろう、とぼんやり考える。

「ところで、その哺乳類の三パーセントは、なんで一雄一雌なんですか？」

パチン、と先生が手を合わせる。良い質問だ、と言っているのが視線でわかる。

「一雄一雌の代表的な動物としてはオオカミ、ジャッカル、ミーアキャットなどがいる。理由については、いくつかの学説が発表されている」

先生はそう言いながら、本棚から一冊の本を取り出して広げる。タイトルは『野生のオオカミ』、そこには、本のタイトル通りにオオカミの写真がたくさん載っていた。灰色の毛並みに精悍(せいかん)な顔つきのオオカミたちが色んなアングルで撮影されている。

「ある学説では、一雄一雌は、単独で行動し、生息域が広範囲に散らばっている動物に多く認められたそうだ。つまり、オスとメスが出会う確率が低いため、オスはメスと出会ったら、行動を共にし、メスと生まれてくる子を守ることを選択するというものだ」

「出会いが少ないから、出会いを大切にするってことですか」

「メスと子を残して離れると、後からやってきた他のオスにメスを奪われる可能性がある。この時に、他のオスは子を殺すことがあるため、一雄一雌は子を他のオスから守るためだという説もある」

　良い出会いがあったらわき目もふらず大切にする。まさに、私と同じ考え方だ。そうか。オオカミの恋は、私たちモテない女と同じだったのか。

　などと考えながらオオカミの写真集を見ていると、ふと気づく。

「あれ？　そういえば、オオカミって、群れを作るんじゃないんですか？　この写真にも群れで写っていますけど」

「オオカミの群れは、パートナーであるオスとメス、その兄弟や子孫たちで構成される。そして、成熟すると群れを離れ、一匹狼（おおかみ）となって新たなパートナーを探しに出かける。それが、先程話した単独で行動する個体だ」

　その話を聞いて、ずいぶん昔に視（み）た、ノアの箱舟を題材にした映画のワンシーンを思い出した。

箱舟で大洪水を生き残ったノアとその家族。けれど、ノアの息子の一人は、自分もパートナーが欲しいといって、大洪水で滅んだ大地に向けて旅立つ。きっとどこかに運命の人がいると信じて。

「ちなみに、オオカミの求愛行動は、メスをしつこく追いかけ、目の前で仰向けになったりしてアピールする。なにより興味深いのは、このアピールがメスに受け入れられるまでは数週間、長い時は数ヵ月も続くということだ」

「長い、ですね。もはやストーカーレベルです」

「以前にカピバラの求愛行動について話したことがあったな。彼らもオスがメスを追いかけるような求愛行動をするが、その期間は一時間ほどだ。オオカミのストーキング期間を仮に一週間としても、約一六八倍だな」

……いや、長すぎでしょ。オスもメスもすごい忍耐力だ。

恋愛でオオカミっていうと、どちらかといえば強引で貪欲なイメージで使われていたけど、真逆じゃないか。全人類、オオカミに謝れ。

気が付くと、メモはいっぱいになっていた。これで、動画のネタは集まった。

今、目の前に好きな人がいるのに、もっと素敵な出会いがあるのではないかと考えてしまう。その気持ちの根底にあるのは、他にもたくさんの異性との出会いがあるという根拠のない余裕だ。

オオカミの切実さを、そして、滅んだ世界に運命の人を探しに旅立ったノアの息子の切実さを、現代人も思い出すべきなのだ。

「……ありがとうございます、なんとかなりそうです。椎堂先生と動物の話をするの、久しぶりですけど、やっぱり楽しいですね」

「そうか。まぁ、俺は求愛行動の話ができればそれで満足だがな」

椎堂先生は、さっきまでとはまるで違う、熱が消えたような気怠そうな声で答えてくる。

「人気次第ですけど、『恋が苦手な人間たち』は定期更新したいと思ってます。これからも、宜しくお願いしますね」

そう言って、椎堂先生の居室を後にする。

生物棟の外に出ると、春の終わりを告げるような温かい風が吹いていた。

＊

第一回の動画が、公開された。

私が書き上げた原稿は、椎堂先生、藤崎編集長、宗田園長の順番でチェックしてもらい、何度かの修正の後で完成した。

オオカミの求愛行動の動画は、今回は椎堂先生から提供してもらった。

七子沢動物園のマスコットキャラクター、ヒトコブラクダのナナコちゃんと、マレーバクのザワくんのCGキャラクターは、デザイン課の同期に作成してもらった。複数パターンの動きがあり、それを組み合わせると本当に喋っているように見える。画面の両端に配置すれば、NHKの人気動物番組みたいだ。

七子沢動物園の広報担当とキャラクター設定について打合せをして、ニコさんと一緒に一時間五千円の格安レンタルスタジオでアテレコを行った。ニコさんはさすがにプロだけあって上手だった。おかげで、私の素人臭いナナコちゃんの演技もそれほど目立たない。

素材が集まったあとは、動画の編集だ。編集ソフトの使い方は、田畑さんが教えてくれた。最初に今回の恋愛相談を紹介し、ヒントになる動物の求愛行動を動画付きで説明し、最後に、悩みに答えるという構成だった。

色んな人に助けてもらってできあがった動画は七分十二秒、当初の計画よりもわずかに長くなった。

「――こんな風に、オオカミやジャッカルやミーアキャット、パートナーと巡り合う確率が少ない動物にとっては、出会いはとても貴重なものです。だから、いちどパートナーになったらずっと大事にするんです」

「でもそれは、出会いがない特殊な環境だからだろ。人間は群れて暮らす生き物じゃねぇか。学校でも仕事場でも、外に出ればたくさん異性がいるだろ」

「人間には私たちとちがって恋の季節がないから、会ったことが出会いじゃないんです。声をかけられる状況が整ったことを出会いっていうんです」

「なんだそれ、わけわかんね。声なんて、いつでもかけられるだろ。可愛いね、俺なんかどう、今からちょっと遊ぼうぜ、それだけだろ」

「胡散臭い（うさんくさ）ナンパ……それができる人もいるけど、今回の相談者さんはそうじゃないって書いてますよね」

「面倒くせぇな、人間」

「そう、面倒くさいんですよ。容姿とか性格とか環境とかその他の人間関係とかしがらみがあって、出会いのない人が多いんです」

「それは、群れの中にいるからこその甘えなんじゃねぇか。群れの中にいるせいで、出会いが貴重なものだってことを忘れてるんじゃねぇか。もっとオオカミの切実さを見習えよ」

「その通りです。私たちは、もっと出会ったことの奇跡を大事にしないといけないと思うのです。出会いなんていくらでもある、そんな無責任な言葉に騙されちゃいけない。人生は長い、色んな恋がしたい、その願望を否定はしません。映画やドラマのような恋に憧れるのも、すっごくわかります。だけど、今付き合っている人を大事にするという選択肢を、いちばんに考えるべきだと思います。相手のためはもちろん、あなた自身が、後悔しないためにも」

公開から三日後、編集長のデスクに呼ばれた。

「本日、あなたの公開した『恋が苦手な人間たち』が、一万ＰＶを突破しました。約束通り、連載を許可します。製作にかかるリソースを考慮し、更新は隔週としてください」

藤崎編集長は、自分のパソコンを見つめながら話を続ける。それは、私もチェック済だった。どんなもんだ、と心の中でガッツポーズをする。

もちろん、『メディアキャレット』が人気サイトで、『ＭＬクリップ』の他の人気記事のついでに見てくれた人も多い。単純な実力じゃないってのはよくわかってる。ニコさんもＳＮＳで宣伝してくれたし、七子沢動物園もホームページで宣伝してくれた。みんなの協力あってのものだ。

でも、『月の葉書房』の公式ホームページに掲載していた時のＰＶ数が毎月二千程度であったことを考えると、大躍進といっていい、はずだ。

「ただ、大きな問題があります。あと何回かはうまくいくでしょう。けれど、この企画はいずれ壁にぶつかる。あなたは大事なことが見えていません」

「読者に飽きられるってことですか？　そうならないように工夫は――」

「いえ、もっと根本的なことです」

「いったい、なんですか？」

編集長は前髪を耳にかける仕草をしながら顔を上げた。監視カメラのレンズのように無機質な瞳が見つめてくる。

「柴田さん、気がついたら教えてください。効率的ではありませんが、これは必要なプロセスです」

いつもの効率マシーンな藤崎編集長にしては、曖昧な言葉だった。だけど、それは悪い占いのようにじわじわと心に染み渡り、ＰＶ数一万の達成感を、上から押さえつけてくる。

デスクに戻ると、田畑さんが「どうだった？」と聞いてくれる。編集長の指摘を伝えるけど、田畑さんも、なにを忠告されたのかわからないようだった。

「やれることをやるしかないよ。ＳＮＳに上がってたコメントもみんな好意的じゃない。まぁ、アンチが出てからが一人前ともいうけど」

田畑さんの言う通り、動画を見た人たちからのコメントはほとんどが高評価だった。

とにかく、編集長に認めてもらうには、数字を出し続けるしかない。

遠くから、念願のパートナーに出会った歓（よろこ）びを噛みしめるようなオオカミの遠吠（とおぼ）えが聞こえた気がする。

それは、私の新しい挑戦を祝福してくれているようだった。

第2話　スカイダイブで抱きしめて

【相談者：ムラノさん（元会社員・六十五歳・男性）】

最近、妻との関係に悩んでいます。結婚三十五年目。先日会社を定年退職しました。現役時代は、ずっと妻に軽んじられてきました。それでも、仕事で認められることで尊厳を保ってこられたように思います。子供たちも独立し、これから妻と二人暮らし。妻はあちこち旅行にいきたいといっていますが、私は苦痛にしか思えません。妻が家庭を支えてくれたおかげで仕事に集中できたのはわかっています。決して、別れたいわけではありません。ただ、もう一度、妻と一緒にいたいと思えるようになりたいのです。ご助言をいただければ幸いです。

第二回に選ばれた恋愛相談を、何度も読む。

これまでとまるで違う、高齢男性からの悩み相談だった。

今回はもう、共感できるとかできないとかの次元じゃなかった。

まさか、こんな相談が選ばれるとは。『メディアキャレット』は多くの世代の人が触れる媒体だからこそだろう。

定年後の生活への不満や、熟年離婚という言葉は、昔からよく聞く話だ。だけど、どちらかというと奥さんの方が言い出すイメージだった。

助言をもらおうにも、気軽に話を聞けるこの年代の知人はいない。

ふと、両親のことを思い出す。

年齢的には、私の父親は、今回の相談者のムラノさんと同じくらいだ。でも、すぐに却下する。

お父さんは農業をしていて、お母さんは農業を手伝う傍ら、近くにある道の駅でお弁当を作っている。両親は普段から一緒にいる時間が長く、今回の相談者のようなサラリーマンとはまるで違う。たまに大喧嘩をするけど、いつも心配したのが馬鹿らしくなるほど、一晩経つとけろっと忘れていた。

そんなことを考えていると、ディスプレイの下に置いていたスマホが点滅しているのに気づく。

手に取ると、不在着信が表示されていた。発信者はお姉ちゃんだった。

普段は、私が仕事をしている時間には電話してこない。なにか緊急事態が起きたんじゃないかと不安になる。頭に浮かぶのは、さっきまで考えていたお父さんかお母さんのどちらかに、なにかがあったんじゃないかってことだった。

オフィスを出て、電話ができるカフェスペースへ移動する。

電話を掛けると、すぐにお姉ちゃんが出た。

歳の離れた姉は、優しくて可愛くていつも落ち着いている私の自慢だった。話しているだけで癒される、他人を包み込むふわふわのタンポポの綿毛のような雰囲気がある。

そのお姉ちゃんが、いつになく焦った様子で話しだす。

「一葉っ、大変なの。お母さんとお父さんがっ――」

どっちだろうと思っていたら、まさかの両方だった。

両親にそろってなにかあったたってこと。もしかして交通事故とか――。

悪い予感が、私の中を駆け巡る。

「離婚するって！」

「……へ？」

予想の斜め上の言葉だった。

「まさかぁ。そんなのあるわけないよ。あの人たち、このあいだ、結婚三十五周年とか言ってたじゃん。今さら離婚なんてあるわけないって」

「これまでにないくらい、大喧嘩してるのよ」

「喧嘩なんていつものことでしょ。一晩経ったらけろっとしてるよ」

「それが、今回は違うみたいなの。もう一週間前から喧嘩してるの」

「確かにそれは――」

いつもとは違う。でも、だからといって、それほど心配することでもない気がする。

「なにが理由なの？」

「わからないの。聞いても話してくれなくって。私さ、いま、ちょっと体調を崩して、弥生もいるし、実家に帰れないんだよね」

お姉ちゃんは、一年ほど前に結婚した。相手は同じ職場の桔平さんという十二歳年下の元気いっぱいな人だ。そして、二ヵ月前に子供が生まれた。名前は弥生ちゃん。お祝いに駆けつけた時、お姉ちゃんは弥生ちゃんを抱きながら「もうちょっと二人だけの時間を楽しみたかったな」と言っていたけれど、とても幸せそうだった。

「だから、一葉、見にいってくれない？　なにがあったか、行けばわかると思うの。できるだけ早くがいい気がする。もしできたら、会社、休めたりしないかな？」

いつも私のことを気遣ってくれるお姉ちゃんが、仕事を休めないか尋ねるなんてことは初めてだった。よっぽど気になっているんだろう。

今日は水曜日。直近の締め切りの仕事はないので、有給を取れなくはない。

だけど、今日の午後は椎堂先生と打合せが入ってるし、『恋が苦手な人間たち』の第二回更新は来週だ。

「……ごめん。ちょっと忙しくて。それに、お父さんとお母さんのことだったら、心配ないと思うよ。私たちが余計なことといわなくたって大丈夫だよ」

「そうかな。私、今回のはいつもと違うと思うんだ」

「心配しすぎだって。じゃあ、忙しいから切るよ」

「うん。ごめんね、仕事頑張って」

特に忙しいわけじゃなかったけど、そう言って電話を切る。

赤い受話器のマークを押す直前、電話の向こうからお姉ちゃんの小さな咳と、弥生ちゃんの控えめにぐずる声が聞こえた。

*

午後から椎堂先生との打ち合わせのために北陵大学へ向かった。

生物棟の廊下を歩いていると、向かいからやってきた村上さんと鉢合わせする。村上さんは私を見るなり、お金を借りたまま音信不通になった元彼でも見つけたようにびしっと指差して叫んだ。

「あー、ラスクはーっ？」

なんでいつも会うんだ。見張ってんのか。

今日の白衣の下のTシャツには、「サスティナブル」とカタカナで書かれていた。なんのアピールだ。世界三大珍獣のもう一匹がなんだったのか気になる。

「だから、買いませんって」

「じゃあ小川軒（おがわけん）のレイズン・ウィッチか、ベイクのプレスバターサンドで許してあげる」

「要求が跳ね上がってるじゃないですか」

「今のは冗談だよ。ラスクでいいって」

「通販番組のわざといっかい値段釣り上げて落とすやつですか。その手にはのりませんからっ。じゃあラスクでいいかってなりませんからっ」

ちょっとイラッとして叫ぶと、村上助手はうるさいなぁという顔をして、ひらひらと手を振って研究室に戻っていった。この人の、こういうところが。こういうところがっ。

深呼吸をして、気持ちを落ち着かせる。

それから、椎堂先生の居室をノックして、「失礼しまーす」と口にしながら中に入る。

先生は、パソコンで動画を見ていた。聞こえてくるのは動物の求愛の鳴き声ではなく、意外にも人間の声だった。しかも聞き覚えがある、と思ったら私だ。

「あれ、もしかして、私がアップした動画を見て下さってるんですか？」

思わず声をかける。先生は、私が入ってきたのに気づいていなかったらしく、驚いた様子で動画を停止する。ぶつ切りで、私とニコさんの掛け合いは聞こえなくなった。

「……君が来る前に、どんな仕上がりになったか確認しておこうと思っただけだ」

動画の原稿は事前に確認してもらっていた。だけど、私とニコさんの掛け合いの入った完成動画のチェックをお願いすると、「原稿に変更がなければ、確認は不要だ」と見てもらえなかった。

「ちゃんと気にしてくださってたんですね。ありがとうございます」

「たまたま、気が向いただけだ」

先生の視線は、動物の求愛行動に関係ない話をしている時のように気怠げだった。あまり見られたくない場面だったような気がして、それ以上は質問せずに話を戻す。

タブレットを取り出し、恋愛相談を確認しながら質問した。

「今回の恋愛相談なんですが、熟年離婚をする動物っていますか？」

「……前の企画の時から言っているが、人間社会の言葉をそのまま使うな。それはつまり、一雄一雌性の動物が、一定の期間を重ねてからパートナー関係を解消するということでいいか？」

「そうです。中でも、他により魅力的な異性が現れて乗り換えたとか、子育てが終わったとかじゃなくて――長年連れ添っているあいだにお互いのことが我慢できなくなってパートナー関係を解消するような例が欲しいです」

「……なんだ、それは」

椎堂先生は、急に頭痛を覚えたように、額に細く綺麗な指をあてる。

「長年連れ添っていたパートナーを避けるようになる個体はいるだろう。それこそ、動物園の飼育動物について調べれば見つかるかもしれない。動物園は野生とは環境が異なるため、異なる行動が生まれることもある。だが、一つの種で必ず発生する事象として考えると、思い当たるものはない。そもそも――それは、求愛行動ではないな」

まさに、指摘された通りだった。一部の個体の特別な事例を取り上げても仕方ない。

「そもそも、一雄一雌性の動物が、より良い資源や相手が見つかったわけでもなく、長年連れ添ったパートナーと関係解消にいたるというのは非効率的だ」

「……時間を取っていただいたのにすいません、まだ考えがまとまっていないので、もう少し方向性をまとめてから、また相談させていただいていいですか？」

「あぁ、もちろん構わない」

今回の相談を受けて、熟年離婚に関する本やブログをいくつか読んだ。

子供が巣立つまではと我慢していたパターンも多いけれど、仕事をリタイアして一緒にいる時間が増えたことによるストレスで我慢の限界を迎えるケースも多かった。

「人間は、動物たちのように効率では割り切れないみたいです。長年共に過ごしていても、好きだったところが嫌いになったり、気に留めていなかったことに苛立つようになったり」

視線を落とし、タブレットに浮かぶ恋愛相談を見つめる。

やはり、私には、この恋愛相談の相談者が抱える悩みには共感できない。結婚をしたことも、誰かと長い月日を暮らしたこともないんだから。

頭の中に、今朝、姉からかかってきた電話が蘇(よみがえ)る。

「どんなに仲が良さそうに見えていた夫婦だって、急にうまくいかなくなることもありますしね」

「なにか、あったのか？」

正面から聞こえてきた質問に、驚いて顔を上げる。

なにげない独り言のつもりだった。出会ったばかりの先生なら、きっとなんの興味も持たずに聞き流していただろう。

「……仕事とは関係ないんですけど。今朝、姉から電話がかかってきたんですよ」

先生の気遣いが嬉しくなって、今朝の出来事を打ち明けた。

正直、まだ引っかかっている部分はあった。両親のことが心配というより、姉の頼みを断ってしまったことに罪悪感を覚えていた。それに、姉の予感は、昔から良く当たる。

先生に「くだらない悩みだ」と言ってもらえれば、迷いが晴れる気がした。

「すぐに、実家に帰るべきだな」

だけど、話を聞き終えたあとの言葉は、私の期待とは正反対だった。

先生は気怠そうに立ち上がると、近くのコート掛けにかけていた春物のストライプのジャケットを手に取る。

「上野(うえの)駅まで送ろう。今日は、午後から出張の予定があってな、車できている」

いつもみたいに、くだらない、と切り捨てて欲しかったのに。そんな言葉が浮かぶけれど、それよりも、もっと気になったことがあった。

「先生、車もってたんですか！」

大学にも、他のどこかに出かけるにも、いつも電車で移動しているイメージだった。このあいだの七子沢動物園にも電車で来ていた。

「当然だ。フィールドワークには車はかかせないからな」

行くつもりも、送ってもらうつもりもなかったけど、どんな車に乗っているのか気になって「とりあえず見せてください」と答えた。

駐車場は、生物棟のすぐ裏にあった。横一列の駐車スペースの一番端に、スバル製のスカイブルーの４ＷＤが停車している。しっかり磨かれていてピカピカだった。余計な装飾はなく、ステッカーの一枚も張られていない。

「かっこいい。アウトドアって感じですね」

「さぁ、乗ってくれ」

「先生、私はまだ実家に帰ると決めたわけじゃないですよ。両親の喧嘩なんて昔からよくありましたし、姉が大げさに心配しているだけですから」

「とにかく上野駅まで送る。そこからどうするかは、君が決めればいい。会社へ戻るにしても、そう変わらないだろう」

気怠げな雰囲気は変わらずだけれど、動物の求愛行動を説明している時のような強引さがあった。お願いします、といって助手席のドアを開ける。

車内にはふわりと柑橘系の香りが漂っていた。中も綺麗に掃除されており、ゴミ一つ落ちていない。

椎堂先生の居室では、よく二人きりで話していた。けれど、車というといつもと違う密室に、ちょっとだけ緊張する。

　意外にも慣れた仕草で、先生が車を発進させる。取材でよく乗っていた環希の粗っぽい運転に慣れているせいか、加減速が滑らかなことに感動する。

「俺の母には、以前に東京デザイナーズコレクションの会場で会ったらしいな。君のことを、なかなか面白そうな娘だったと言っていたよ」

　大学を出た最初の信号で止まった時、先生が口を開いた。

　先生のお母さんは、世界的に有名なファッションデザイナーのケイカさんだった。先生のファッションセンスは、お母さん譲りのものだ。

　まさか、ケイカさんにそんなことを言っていただけるとは。どのへんが面白そうなのかはともかく、光栄です。

「母親は、俺が中学の時に離婚した」

　ケイカさんが一般男性と結婚し、離婚したことは、ネットで検索すればすぐ見つかるような話だった。

「父親は小さな広告代理店の社員だった。真面目で正直な人だったよ。俺が学校から帰ると、リビングには離婚届と母宛の置手紙があった。母との格差に耐えられなくなった、そんなことが書いてあったのを覚えている」

　その手紙の最初の読者となった中学生の心境を想像する。そういうのは、せめて子供の目に届かないところでやって欲しい。

「離婚する数年前から、両親はずっと噛み合っていなかった。喧嘩はなかったが、互いに干渉しないようにしていた。一緒に食事をしていても会話がないこともあった。だが俺は、親の問題だと思ってまったく関わろうとしなかった」

先生が、自分のことを話すのは珍しいことだった。

いつもの動物に関係ないことを話すときと同じ、興味のなさそうな口調。感傷のようなものはまるで感じられない。

「父の手紙を見つけた時、ただ、やっぱりこういう結末か、と思ったのを覚えている。なにもしなかったことを後悔はしたが、もしあの時に戻れたとしても、やはり俺は関わろうとしないだろう。だけど、君はそうではない。君は、そういう時に、空回りしながらも関わろうとできる人だ。俺は、君のそういうところが――」

そこでいったん止め、続く言葉を探すようにバックミラーを見る。

「――気に入っている」

先生が珍しく自分のことを話してくれたのは、私のためなのだろう。

椎堂先生の言葉で、私の心は決まった。

会社に電話をして、午後半休にすることを伝える。それから実家に電話を入れ、電話に出たお母さんに「仕事で近くにいくから、少しだけ寄るよ」と話す。お母さんは、喧嘩のことなどなにもないように、気をつけてな、と答えただけだった。

電話を終えてから、ちらりと運転席の先生を見る。

気怠そうにハンドルを握る姿に、心臓が早くなる。

やっぱり私は、この人が好きだ。

好きでなくなるまで好きでいる、そう決めたけれど、できるならもう少し、この車に乗っていたい。

私の気持ちを未練がましいと笑うように、目の前に上野駅の標識が見えた。

＊

私の実家は、新幹線の停(と)まる郡山(こおりやま)駅からバスで三十分のところにある、樹齢百年を越える桜並木が自慢の田舎町だ。

バス停を下りると、畑の中に一軒家が点在する景色が広がっている。その中の一軒、キャベツ畑とビニールハウスに囲まれているのが、私の生まれ育った家だった。

実家に帰ると、お母さんは道の駅のお弁当作りのパートにいっているらしく、家にはお父さんだけだった。

「帰るならもっと前もっていってくれねぇと、なにも食うもんねぇぞ」

実家には年明けに帰っていたので、だいたい五ヵ月ぶりだ。お父さんは相変わらずの憎まれ口を叩きながら、私を出迎えてくれた。

真っ白い髪に角ばった顔立ち、額や目尻の皺が年齢を感じさせる。背は低いけどがっしりした体つきで、広い肩幅と太い足は、しっかりと私に受け継がれている。

居間に入ってから時計を見る。時間は午後三時、片道二時間なので夜に発てば今日中には帰れるだろう。

「ねぇ、お母さんと喧嘩してるって聞いたんだけどさ。なにがあったの？」

少し世間話をしてから、さりげなく本題を切り出す。

お父さんは、露骨に面白くなさそうな顔をした。

「最近、絵を始めたんだ。あいつは、それが気に入らねぇんだよ」

「絵？　お父さんが、絵？」

趣味の少ない人だった。日中はほとんど畑に出て、休みの日は居間でテレビを見ているかパチンコに出かけている。お酒も飲まないし、旅行もいかない。楽しそうにしているのは、畑で良い野菜が穫れた時と、パチンコで景品を貰った時くらいだった。

「俺はずっと百姓やってたからよ。なんか、新しいこと始めようと思ってよ。この歳で、ちょいと恥ずかしいんだが」

「そんなことないよ。そういうのは、いつ始めたっていいし」

「絵、見てみるか？」

「うん、みるみる」

お父さんに案内され、奥の部屋に向かう。

私が住んでいたころは使われてなかった和室が、いつのまにかお父さんのアトリエになっていた。中央にキャンバスが置かれ、周りには作業台と本格的な画材が並んでいる。

モデルはうちの畑で穫れた野菜らしく、キャンバスの向こうには網籠に入ったイチゴと春キャベツが並んでいる。

「すごい、油絵なんだ。けっこう本格的だね」

絵の出来栄えは、いかにも始めたばかりといった感じだった。赤と緑の丸が大胆に描かれているが、答えを教えてもらわないとなんの野菜かは判断できない。輪郭の歪(ゆが)み具合だけは、晩年のゴッホを彷彿(ほうふつ)とさせる。

「これで、なんでお母さんと喧嘩になるの？　下手とか言われた？」

「俺だけ、いい趣味を見つけたのが気に食わねぇんだろ」

そんなことでお母さんが怒るとは思えなかった。

お母さんは山登りとか演劇鑑賞とかフラダンスとか、色んな趣味を持っているバイタリティに溢(あふ)れた人だ。町内会で企画して、バス旅行にもよく出かけている。お父さんが絵を描くのに反対するとは思えない。

玄関のドアが開く音がする。

「ただいまー。一葉、もうきてんのかい？」

「あ、お母さん帰ってきた」

私が玄関に向かおうとすると、背後からお父さんの声がする。

「ちょっと、畑みてくる」

それだけ言うと、お母さんに会わないように、裏口の方から出ていってしまった。

確かに、お姉ちゃんの言う通り、今回の喧嘩はいつもと違うらしい。

「あら、あんたそんなところにいたの」

お母さんが、お父さんのアトリエまでやってくる。それから、馬鹿にするような目で描きかけの絵を見つめた。

「どうせ、すぐに飽きるわよ」

色白でふっくらとした体型。よく動く表情には、年齢を感じさせないエネルギッシュさがある。雰囲気は違うけれど、容姿は、私よりもお姉ちゃんと似ていた。

「いいじゃない、絵くらい」

私が言うと、お母さんは、あんたまさかお父さんの肩を持つの、とばかりに鼻を鳴らした。

「これ、いくらすると思う？」

「お父さんの絵？　フリマで売るなら二十円くらいかな」

「意外と辛いわね。違うわよ。画材の方よ」

「言われてみれば、けっこう本格的なの揃(そろ)えてるね」

作業台に歩み寄る。そこには、大小さまざまな筆や、裏に木が張り付けられた高そうなパレットが置かれていた。

「六十万」

「え!?」

高そうだとは思ったけど、想像以上の金額だった。六十万。筆と絵具(えのぐ)とパレットと、あとイーゼルか。それで、六十万。

「それだけじゃないわよ。これ買う前に、私に内緒で何回か絵画スクールに通ってたのよ。町で声かけられたらしいの」

「へぇ、絵画スクールねぇ。お父さんがねぇ」

「しかも、その先生が、若い女の人だったの。あの人、若い女の先生にころっと騙されて、六十万もする画材を買わされたのよ。その絵画教室、町で何人かに売れたらすぐなくなっちゃったんだって。詐欺にあったのよ、詐欺」

「クーリングオフとか、間に合わないの？　消費者センターに聞いてみた？」

「私もそう言ったのよ。それなのに、あの人が絶対に返さないっていうの。絵はこれからも続けるって、とてもいい画材だっていうの。しつこく言うと、俺の趣味が気に入らないのか、って怒っちゃって」

「それで、喧嘩してたんだ」

やっと、なんで喧嘩になったのかが判明した。

……お父さんが、悪いじゃん。

でも、お父さんは真面目で、仕事を第一に考える人だった。絵画教室なんて、誘われたっていきそうにないのに。

「なにか、理由があるのかも」

「ないわよ。私ね、ほんと、頭に来てるの。あの人が謝らないかぎり、私もぜったいに許すつもりないから。なんかさ、一つ許せないことがあると、他にもどんどん気になってくるのよね。熟年離婚ってこういう気持ちなのねってよくわかったわ。歳をとると、それまで許せていたことがだんだん許せなくなるのよ。あんた、もしお父さんの肩持つつもりなら、晩御飯出さないからね」

そう言って、台所の方に歩いていく。

……大体の事情はわかったけど、これ、どうすればいいのよ。

お姉ちゃんに電話してみるけれど、繋がらない。

結局、なにもアイデアは浮かばず、空き部屋でノートパソコンを開いて会社のメールを確認する。溜まっていたメールに返信してから、改めて、今回の恋愛相談を開く。

相談者のムラノさんは、離婚したいと言ってるわけじゃない。

ただ、今の関係をなんとかしたいと考えている。

今回の父と母のように、なにかきっかけがあって壊れてしまったのだろうか。その後ろには、これまで長年にわたって積み上げられてきた不満があるんだろうか。

いったいなにをアドバイスすればいいのか、まるでわからない。

電話が鳴る。お姉ちゃんからの折り返しだった。

実家にきたことを話していると、すぐにお姉ちゃんの様子がおかしいことに気づく。

「ごめん、一葉。すごい熱が、出ちゃって、いま、寝込んでるの。それでね、枯平さん、今日は泊まり出張で遠い所にいるの」

「え、お姉ちゃん、大丈夫なの？」

「ただの風邪だとは思うから、薬も飲んだし、寝てれば治ると思うんだけど……こんな状態だから、今晩、実家で弥生を預かってもらえないかと思って電話したんだ。あの、お母さん、近くにいる？」

「うん、ちょっと待って」

台所に走っていき、お母さんにスマホを渡す。お母さんは落ち着いた様子でしばらく話してから、電話を切った。

「とりあえず、すぐに私が車で弥生ちゃんを迎えに行って、ついでに一花の様子も見てくるわ。一葉、あんた、赤ちゃんのオムツ替えたことある？」

「あるわけないでしょ」

「役に立たないわね」

「えー。結婚もしてない娘に、そんなレッテルの貼り方ある？」

「なんだ、いったい」

廊下の方から、お父さんの声がする。

お母さんは無言で台所を出ていき、お姉ちゃんの家に向かう準備を始めた。しかたなく、私が事情を説明する。

「そうか。弥生は粉ミルクだったな。俺が買ってこよう。あとは、オムツがいるか」

意外にも、お父さんが落ち着いて答えたので、思わず聞き返してしまう。

「お父さんって、ちゃんと赤ちゃんのお世話してたんだ」

「あぁ、当たり前だろ」

「勝手なことしないで。ミルクもオムツも、一花の家にあるの持ってくるから。違うメーカーだったら飲まなかったりするでしょ」

「そうだったな。じゃあ、眠れるようにベッドみたいなの作っておくか」

「……それは、いるわね。じゃ、迎えにいってくる。一葉、あんたもついてきて。お姉ちゃんの看病も必要だったら、人が多い方がいいし」

私は頷くと、すぐにお母さんの運転で出かけた。

お姉ちゃんの家は、実家から車で二十分のマンションだった。

風邪を引いたお姉ちゃんは、熱で辛そうだったけれど意識はしっかりしていたので、弥生ちゃんを引き取って実家に連れて帰る。

そこからは、怒濤（どとう）のような忙しさで、私はお母さんに貼られたレッテル通りに役に立たなかった。

泣き止まない弥生ちゃんを、お父さんとお母さんが代わる代わるあやし、うんこをするたびにオムツを替え、沸騰させてから適温まで冷ましたミルクを少しずつあげる。

世の中の子育て中の人たちはこれを毎日やってるのか、と愕然（がくぜん）とする。まだお姉ちゃんは、近くにお父さんとお母さんがいてくれる。頼れる親戚も近くにいない家は、もっと過酷な日々を送っているのだろう。もう、尊敬しかない。

弥生ちゃんがようやく寝息を立てたのは、家に戻って来てから二時間後だった。

「やっと眠ったわね」

「あぁ、お茶でもいれよう」

ずっと動き続けていたお父さんとお母さんは、さすがに疲れた顔をしていた。

「そういえば、一花や一葉のときも、こうやって、一段落したらお茶をいれたわね」

「次に起きたら、お風呂だな。湯を沸かしてくるよ。今、沸かしとけば、起きるころにはちょうどいいぬるま湯になっているだろ」

「そうね。赤ちゃん用のお風呂、一花の家から持ってこればよかったわね」

「お風呂の準備くらいは、私がやるよ。あんまり役に立てなかったから」

それくらいは、と引き受けて、懐かしい実家のお風呂にお湯を張る。

居間に戻ると、お父さんとお母さんは、さっきよりも砕けた雰囲気で談笑していた。ドアを開けるのに、ちょっと躊躇(ためら)ってしまう。

「それにしても、忘れないものだな」

「私たちのころより便利になってて驚いたわよ。粉ミルクが、ブロックになってるなんて」

「あの頃は、もっと大変だった。こんな便利なおしり拭きもなかった」

「一葉のうんちは臭かったわね。一花のうんちは栗(くり)みたいな臭いだったのに」

「姉妹なのに、いったいなにが違ったんだろうな」

私がいないのをいいことに、勝手に嫌な思い出話で盛り上がらないで。

でも、いつの間にか、喧嘩していたときのお互いを突き放すような感じは消えていた。

「やっぱり、一緒に苦労した時のことは忘れないわね」

お母さんが、お茶をすすりながら、しみじみと呟く。

その言葉には、愛情だとか絆だとかよりも、もっと確かな汗の臭いがした。

「すまん。久しぶりに若い娘にちやほやされて、舞い上がってしもうた」

「はじめからそう言えばいいんですよ。絵を趣味にするだとか良い画材だとか見栄を張るから腹が立つんですよ」

二人のやり取りからは、一緒に色んな苦労を乗り越えて、互いを認め合っているのが伝わる。弥生ちゃんが、それを思い出させてくれたのだろう。どんなに喧嘩をしても、嫌なところがあっても、お互いを認めていれば、きっとそう簡単には壊れることはないんだ。

紺野先輩から借りた名言集にのっていた、イタリアの劇作家、ディエゴ・ファブリの言葉を、何気なく思い出す。愛とは相手に変わることを要求せず、相手をありのままに受け入れること。

ふと、今回の恋愛相談への答えが、頭に浮かんだ。

「――椎堂先生、お互いのことを認め合う求愛行動ってありますか？」

＊

翌日、改めて椎堂先生の研究室を訪れていた。

夜の新幹線で東京に戻り、すぐに回答の方向性をまとめた。いったい、両親にあって、相談者のムラノさんにないものはなんなのか。

きっとそれは、お互いのことを尊敬する気持ちだ。

相談を何度も読むと、自分は仕事、奥さんは家庭を守るもの、という意識が透けて見える。家庭を支えてくれたことには感謝する、という一文からも、主役は自分であり、家事育児は誰でもできるようなサポート役だと下に見ている感じがする。そこには、感謝はあっても尊敬はない。

おそらく、ムラノさんはあまり育児や家事を手伝ってこなかったのだろう。育児の大変さを、家事の多忙さを知らない。お金を稼いでいる自分の方が偉いと思っている。

奥さんが、望んで家事育児に専念してきたの？　そこに選択肢はあったの？　奥さんがそのために諦めたものはなかったの？　あなたの支えられたという言葉の裏には、パートナーが手放した夢を踏みつけにして自分が立っている自覚はあるの？

読めば読むほど、それまでは気づかなかった怒りが込み上げてきた。

男女平等とか、女性の活躍とか言われているけど、この国はまだまだ足りない。

ネットで調べたら、育児休暇を男性が取る確率は十四パーセントに満たないという。出産後に仕事を辞める女性は全体の五十パーセント近いというデータもある。

それなのに、奥さんは、引退したあなたと一緒に過ごすのが楽しみだといってくれてるんだ。

会ったこともない相談者ムラノさんへの不満が溢れてくる。もちろん、本当のことは知らない。思い込みも勘違いもあるだろう。でも、もう回答は一つしか考えられなかった。

「パートナーが互いを信頼し尊敬している、そんなことがわかる求愛行動はありませんか？」

「なるほど、それならば思い当たるな——では、野生の恋について、話をしようか」

途端、先生の声が熱を帯びる。

椎堂先生は、そっと席を立つと、パソコンを操作した。

すぐに目当ての動画は見つかったらしく、くるりとディスプレイを見せてくれる。

そこに写っているのは、二羽のワシだった。

顔から首までが真っ白で、それ以外は褐色の羽に覆われている。精悍な姿の二羽が、大空を舞っている映像だった。

「ハクトウワシだ。北アメリカに生息する大型のワシで、大きいものでは、翼を広げると二メートルを上回る。アメリカ合衆国の自由の象徴としても有名だ」

「かっこいいですね。すごく絵になります」

動画の中で優雅に飛行する姿に見惚れていると、二羽のワシがだんだん近づいてきた。

ぶつかる、そう思った瞬間だった。

二羽は、空中で互いの鉤爪を引っかけ合った。人間なら、両手を握り合っている状態だろう。だけど、鳥が空中でそれをやると、一羽は背中を地面に向けてひっくり返った状態になる。

この状態で飛べるの？

と、思った直後だった。

二羽のハクトウワシがぐるぐると回転しながら落下する。

「あ、危ないっ！」

思わず声が出る。

失速して落下しているようにしか見えない。翼はほとんど羽ばたいてない。これじや、ただのスカイダイビングだ。

「これこそが、ハクトウワシの求愛行動だ！」

椎堂先生が、急に感極まったような声を出す。

「ハクトウワシは、互いに命をかけた落下を行う。これによりお互いの強さや相性を測るのだ。そして、この儀式によって認め合ったオスとメスだけがパートナーになる。あぁ、何度みても素晴らしいっ！」

「いや、命かけ過ぎですよ」

言っている間にも二羽はぐるぐると回転しながら落下していく。

「二羽が互いの鉤爪を離すのは最後の瞬間だ。上空で離すようではパートナーになれない。遅れれば地面に激突して死が待っている。実際に、この求愛行動によって命を落とすこともある」

これまで色んな求愛行動を見てきたけど、ダントツでやりたくないやつだ。

画面の中の二羽は、地面の岩場すれすれまで落ちたところで二つに分かれた。

怖い、心臓に悪すぎる。

でも、確かに、私が求めていた求愛行動ではある。互いのことを信頼し合っていなければ、とてもできない。

「七子沢動物園にはハクトウワシはいないが、オオワシの展示があっただろう。オオワシも、ハクトウワシとは異なるが、求愛飛行のディスプレイがある」

「なるほど。うまくつなげて動画にまとめることは、できると思います」

この求愛行動の動画と、昨日の両親から貰ったヒントがあれば、今回の恋愛相談への答えは書けそうだ。

そこで、昨日のお礼を、まだ言えてなかったことに気づく。

「そうだ、椎堂先生……報告が遅れましたが、父と母は無事に仲直りしました」

先生は、ふっと火が消えたように気怠そうな表情に戻って答える。

「そうか、それはよかった」

「先生が背中を押してくれたおかげです。ありがとうございました」

頭を下げると、先生は少しだけ居心地悪そうに視線を逸らす。

「自分でも、なんであんなことをしたのか戸惑っている。他人のことなど放っておくのだがな、君のことは放っておけなかった」

「それはきっと、先生が、本当は優しいからだと思います」

「そんなことは——いや、君がそう思うなら、それでいいか」

椎堂先生はなにかを言いかけて、それから面倒になったように口を閉じた。

お礼を言って、居室を後にする。

先生がなにを言おうとしたのか、しばらく考えたけれど、まったくわからなかった。

＊

「ハクトウワシの求愛行動は、こうやってお互いに命を預けて、信頼できるパートナーなのかを確かめ合うの」

「すげぇな。俺もやってみようかな」

「バクがやったら、地面を転がるだけだよ」

「ラクダのくせに生意気だぞ」

「急なジャイアニズム！」

「まぁ、とにかく、ハクトウワシが、すっげぇ求愛行動によって信頼できる相手を探すってのはよくわかったぜ。人間にも、こんな儀式があればいいのにな」

「そんな都合の良い方法はないのです。だから人間たちは、何気ない日常を積み重ねたり、障害を一緒に乗り越えたりすることで信頼を築くのだと思います。さて、ここで逆に質問です。あなたは、奥さんがあなたを尊敬していないと話されています。では、あなたは奥さんを尊敬しているのでしょうか？」

「確かになぁ、奥さんを尊敬してたら、今回の相談ってねぇよな。家庭を奥さんに支えてもらったおかげで仕事に集中できたって言い方とかさ、育児や家事を誰でもできる仕事だって見下してるよな。自分でやってみろってんだ。できねぇから。自分は尊敬してないのに尊敬して欲しいなんて傲慢だぜ」

「あなたは仕事をがんばり、奥さんは育児と家事をがんばった。二人一緒じゃなく、それぞれにがんばった。だから、互いのがんばりを理解できていないのだと思います」

「奥さんの方は、それでもあんたとの旅行を楽しみにしてくれてる。泣けるじゃねぇかよ」

「ハクトウワシの求愛行動のように、互いに互いを支えながら今まで歩んできたはずです。仕事を引退した今だからこそ、お互いのがんばりを、ここまで歩いてきた道筋を、互いに振り返って認め合うことが必要なのだと思うのです。難しいかもしれないけど、一緒にいたいと思えているのなら、まだ遅くない」

動画は、今回も無事にＰＶ数一万を突破した。

しかも、椎堂先生が許可を取って提供してくれたハクトウワシの求愛行動の動画のインパクトのおかげか、前回よりも早い公開二日での達成だ。

家に帰ってからも、嬉しくなって、定期的に『恋が苦手な人間たち』を開いて、Ｐ

Ｖ数を確認してしまう。ＳＮＳで承認欲求に夢中になる気持ちも、ユーチューバーの人たちがＰＶ数に一喜一憂する気持ちも、今ならよくわかる。

スマホでＰＶ数をニヤニヤ見つめていると、姉から電話がかかってきた。

「お姉ちゃん、風邪、よくなった？」

「うん、もう平気。今回は本当に、親のありがたみがわかったよ」

「私も。ちゃんと、大事に育てられたんだなってわかった」

互いに声をかけ合いながら、弥生ちゃんの世話をしていた二人の姿を思い出す。

私も、姉も、ああやって育てられたのだろう。

「お父さんとお母さん、ちゃんと仲直りしたみたい。ありがとうね、一葉」

「私は、なにもしてないよ」

「お父さん、絵は続けるつもりらしいよ。昨日なんて、弥生の絵を描いてもらっちゃった。すっごい味のある絵ね」

「うわー、迷惑」

お父さんのアトリエに飾ってあった、輪郭だけは晩年のゴッホを彷彿とさせるイチゴとキャベツを思い出す。

それから、なにげなく尋ねた。

「ねぇ、お姉ちゃんは、桔平さんのこと尊敬してる？」

「当たり前だよ。尊敬することは、人間関係の基本だよ」

それを、迷わず言える人が、この世界にどれだけいるだろう。

お姉ちゃんの、他人を包み込むふわふわのタンポポの綿毛のような雰囲気の理由が、ほんの少しだけわかった気がした。

電話を切って、窓の外を見る。

会社からの帰り道もスマホばかり見るようになったせいで、夜空を見上げるのは久しぶりだった。なにも期待していなかったけれど、思いがけず綺麗な満月だった。

私の目に、ふわりと幻が映る。

満月を、流れ星のように駆け抜ける一筋の影。

二羽のハクトウワシが、両足をしっかり繋いでアクロバティックに回転しながら、月を横切っていくのが見えた。

ハクトウワシの幻を見ながら、椎堂先生のことは、変わった人だし呆れることもよくあるけれど、これからもずっと尊敬できるだろうと思った。

第3話　僕らにはキリンの恋はまだ早い

七子沢動物園の門を潜ると、ささやかな変化に気づく。

今まで、平日の午前中はほとんど人がいなかった。近くに住んでいる親子連れがちらほら歩いている程度だ。

それが今日は、大学生と思われるグループや、私と同世代くらいのカップルの姿がちらほらと見える。

空は雲一つなく晴れ、夏が近づくのを告げているような温かい風に、園内に植えられた木々が爽やかに揺れている。

はっとして、タイムリープ系の物語の主人公のようにスマホを見る。

……火曜日。平日。間違いじゃない。

「あ、一葉さん、おはようございます」

カンガルーパークの方から元気な声がする。振り向くと、浅井さんが立っていた。

動物園のツナギを上半身だけ脱いで腰に巻いた、Tシャツ姿だった。右手にはデッキブラシを握っている。おぉ、働いてるって感じがする。私が男なら惚れてます。

「なんか、お客さん、増えましたよね。間違って週末にきたのかと思いました」

近づきながら声をかけると、浅井さんは笑って頷いてくれた。

「一葉さんの『ＭＬクリップ』の効果もありますよ。お客さんに聞いたら、よく名前でますから。ありがとうございます！」

「そう、なんですね。よかった」

じんと胸が熱くなる。

「今日は、動物たちの写真を撮影するんでしたよね」

「そうです。読者からのリクエストで、いつもの動画だけじゃなくて、純粋に七子沢動物園を紹介する記事も書くことになって。今まで写真はさんざん撮ってきたけど、飼育員さんやバックヤードの写真も追加できればなって思って」

今日、七子沢動物園を訪れた理由は、『ＭＬクリップ』公開用の新しい写真を撮るためだった。特に撮影技術が必要な取材じゃないので、自分で撮るつもり、会社で一眼レフカメラを借りてきた。

「じゃあ、まずはカンガルー撮っていきますか？　案内しますよ」

カンガルーは浅井さんが担当している動物の一つだった。よろしくお願いします、と言いながらカメラを構え、浅井さんをパシャリと撮る。

カンガルーパークと呼ばれるエリアには、十二頭のカンガルーが暮らしていた。広い敷地は木や岩がまばらに設置された草原になっており、生息地の環境を再現している。

今日は、ジャンプを披露してくれるサービス精神旺盛なやつは一頭もおらず、全員が木陰で寛（くつろ）いでいた。カンガルーの寝そべる姿って、どうしてあんなにおっさんっぽいんだろう。

「そういえば、あのカンガルーたちって外に跳び出してこないんですか？」

ふと、気づく。カンガルーパークは、低い柵で囲まれているだけだ。

「あれも環境エンリッチメントの一つです。カンガルーのジャンプ力は、二メートルくらいあります。あの子たちは、本当は出ようと思えば出られるんですよ。だけど、柵の中が安全で居心地がいいので、跳び出そうとしないんです。外には人間がいるし、檻の中にいれば食事が貰える」

「そう、なんですか……確かに、居心地は良さそうですよね」

木陰で寝そべっているカンガルーたちを眺めていると、自由をありがたがるのは人間の勝手な幻想なのかもしれないと思えてくる。

「こういう動物が自分から跳び出そうとしない気持ちにさせる柵を、心理柵というんです」

「……目の前に自由な世界があっても跳び出さない。いまの居心地のいい環境から動けない。まるで、人間みたいですね。仕事でも恋愛でも日々の生活でも、私たちだって見えない心理柵に囲まれているのかも」

「一葉さん、そんな深い話はしてないです」

いけない、コラムなんて考えているせいで話を膨らませてしまった。

カメラを構え、おっさんのように寝転がっているカンガルーたちをパシャリと撮る。寝転がっているのに、妙に筋肉が浮き上がって見えるから不思議だ。

「ところで、話が変わるんですけど」

浅井さんが、改まったように聞いて来る。

小さく頷きながら、アップにしてもう一枚、違うカンガルーを撮ろうとカメラを構えた。

「――椎堂先生って、彼女いるんですか？」

ん？　なんだと？

予想外の質問が飛び込んできた。話が変わりすぎて、写真が思い切りブレる。

「椎堂先生、このあいだ、事務所にきてずっと求愛行動の動画みてたじゃないですか。一葉さんと園長と一緒に、三人で」

「あぁ、見てましたね」

「あの時、思ったんですよ。すごいなって」

「まぁ、変わった人ではあるよね」

変わってるところがいいんだけど。と思うけれど口にはできなかった。

「変わっているところが、いいんですよ」

私が口にしなかったことをすとんと言われて、悔しい気持ちになる。自分だけが知っていると得意になっていた店を、じつはみんな使っていたと知った時みたいな感じだ。

「こんど、食事に誘って、ゆっくり話を聞いてみたいなって思ってるんです。だけど、彼女がいるなら、ご迷惑だから」

あー、そういう感じか。そういう感じかー。

思わぬことを言われて、私は、予想外に動揺していた。

「ええっと、あの、一つ確認させてもらってもいいですか？　浅井さんは、ニコさんと付き合っているわけじゃないんですか？」

とんでもない勘違いに気づいたように、浅井さんは思わず吹き出す。

「私とニコくんが付き合うなんて、あり得ないですよ。子供の時から、ずっとお互いの恋愛相談をしてましたから。男女の友情は成立するというモデルケースですよ」

どうやら、本当に、ただ仲がよかっただけらしい。

「で、どうですか？　椎堂先生のこと、食事に誘っても迷惑じゃないですか？」

浅井さんが、期待に満ちた表情で迫ってくる。

「恋人は、いないと思います。先生、人間の恋愛には興味ないっていつも言ってるから」

「やった。じゃあ、今度、誘ってみますね。ありがとうございます」

そう言うと、嬉しそうにデッキブラシをきゅっと握る。

浅井さんのことは好きだ、仕事に一生懸命なところも尊敬できる。

でも、私が先生のことを色々知ってしまったからできなかったことを、ぱっと迷いなく行動に移してしまいそうでちょっとズルいと思った。

浅井さんの周りには、きっと心理柵なんてないんだろう。ちゃんと進みたい方向に跳び出せる人だ。

動物園について語る浅井さんは、椎堂先生とちょっと似ている。動物への愛に溢れている二人は気が合うかもしれない。

動物園を出て、駅まで続く欅の坂道を下りながら、二人が動物トークで盛り上がってデートをして食事にいって、私ができなかったステージに次々と進んでいく、そんな想像をしてしまう。

ぶんぶんと頭を振って、余計な妄想を追い払う。

決めたじゃないか。無理に忘れようとしなくていい。無理に告白しなくたっていい。

ただ、好きじゃなくなるときまで好きでいればいい。これは、そういう恋だ。

先生が他の人とどうなろうと、知ったことじゃない。

紺野先輩から借りている本の中で、レディー・ガガも言っている。「誰かと付き合うときは、自分の余裕と相談して決める」。PV数をたくさん稼いで、七子沢動物園をお客さんでいっぱいにするんだ、余裕なんてない。

たとえそれが、私にとっての心理柵だとしても。

そう自分に言い聞かせながら、大股で欅並木の坂道を進んだ。

＊

会社帰りに池袋に寄り、サンシャイン通りにある劇場に足を向けた。

お笑いライブを見に行くのは、初めてだった。バラエティ番組はたまに視るし、有名なお笑い芸人の名前だってだいたい覚えてる。でも、劇場に行くという発想は今までなかった。

入口の看板には、出演予定の五組の名前と写真が並んでいた。私の目当ては三番目の『フルーツバスケット』、ニコさんが所属しているトリオだ。

一緒に動画を作っているニコさんからお笑いライブをやるという話を聞いて、チケットを購入した。買ったからにはしっかり楽しませてくださいよ、と、写真の中のマルチーズみたいな癖毛とくりっとした瞳の男性に心の中で告げる。

『恋が苦手な人間たち』がスタートして二ヵ月が経った。今のところ好評を続けている。その要因の一つは、ニコさんの演じるマレーバクのザワくんだった。

ビル四階のフロアをまるごと使った劇場は、学校の教室二つ分くらいの広さがあった。平日だというのに客席の七割くらいが埋まっている。

すぐに、一組目のコントが始まった。

思ったよりも気軽な空間だった。熱狂的ファンはそこまで多くない。会社帰りにふらりと立ち寄った感じの人も多そうだ。最初はちょっと緊張していた私も、気が付くと、みんなと一緒に声を上げて笑っていた。

三番目に出てきた『フルーツバスケット』のコントはストーリー仕立てで、どれも予想外のオチが用意されていた。

同窓会で出会った名前を思い出せない三人が、それぞれに相手の情報を引き出そうと遠回しな質問や知ったかぶりを繰り返し、勘違いが重なった果てに昔の事件の真相が次々と明らかになる話。

プロポーズの時に友人にフラッシュモブを依頼した男性と、依頼された友人と、その友人からフラッシュモブのダンサーを頼まれた女性が登場人物で、途中でプロポーズされる女性とダンサーの女性が同一人物だったことがわかって、三者三様の勘違いが重なってわちゃわちゃわちゃやする話。

明らかに、今日出演の五組の中で一番ウケていた。

『フルーツバスケット』は、ニコさん以外の二人もキャラクターが立っていて、人気が出るのがよくわかった。

ボケ担当の梨村光助（なしむらこうすけ）さんは、小柄で見るからに気弱そうで守ってあげたくなる感じ。ツッコミ担当の柿谷彩佳（かきたにあやか）さんは見た目からして気が強そうなハスキーヴォイスの美女。

最初に会った時、ニコさんは自分のことを「トリオの中ではほっこり要員」と言っていたけれど、その意味がよくわかった。梨村さんと柿谷さんだけだと、ツッコミがキツく見えるのを、ニコさんがいることで上手く中和している。

終わってから、差し入れに買ったアンテノールのレーズンサンドを手に挨拶をしに楽屋に向かう。

観に来ました、というアピールもしたかったけど、それよりも面白かったことを直（じか）に伝えたかった。私は、想像よりも何倍もすごい人と一緒に仕事をしていた、と感動したんだ。

けれど、楽屋前には「関係者以外立ち入り禁止・この場所での出待ち厳禁」の看板が置かれていた。ファンの人もそれを知っているらしく、周りは誰もいない。

　感想を伝えるのは後日にしようと、引き返そうとした時だった。

「ニコっ、あんたさ、今日の演技なんなの。タイミングずれるし、大事なところで間違えるしっ！　光助は、反省会もせずにさっさと帰るしっ！」

　楽屋の方から声が聞こえてくる。

　特徴的なハスキーヴォイスは、間違いなく『フルーツバスケット』の柿谷さんだった。

　反省会なのだろう。すごくウケていたけど、プロの世界はやはり厳しいらしい。

「私は真剣にコントやってるの。恋愛を持ち込まないで。正直、迷惑でしかないっ」

　恋愛。トリオ内で恋愛っ。

　私の耳が、気になる言葉をキャッチする。

　いや、でも。柿谷さんはかなり気が強そうだから、ほっこり担当のニコさんとは意外とお似合いかもしれない。間違いなく、尻に敷かれそうだけど。

「だって、好きになったのは仕方ないじゃないか」

　消え入りそうなニコさんの声。それに重なるように、

「うっせぇ、死ねっ」

ハスキーヴォイスが響いて、だんっ、とドアが開く。

柿谷さんが、苛立たしげに足を踏み鳴らしながら通り過ぎていった。赤いスカジャンにトゲトゲのついたブーツというレディースっぽいファッション。すれ違った後で、甘いイチゴと石鹸（せっけん）を混ぜたような香りがする。揺るぎない自分自身のキャラクターを全身で表現しているようだった。

「……あれ、一葉さん、なんでここに？」

横から声がする。

振り向くと、楽屋から出てきたニコさんが、泣き笑いのような表情で立っていた。


劇場の入っていたビルを出て、一緒に近くの喫茶店に入る。

とても、コントの感想を伝える雰囲気じゃなかった。ニコさんは、いつもの軽快な喋りはどこにいったのか、ぽつぽつと呟く。

「……あの、聞いてました、よね。アヤちゃんが、怒鳴ってたの」

アヤちゃんは、柿谷さんのことだろう。私は小さく頷く。

「聞いてました、ごめんなさい。ニコさんの気持ち、わかります。仕事関係の人のことを好きになっちゃいけないってわかっていても……好きになっちゃったのは、どうしようもないですよね」

私が思い浮かべたのは、椎堂先生だった。

酔っぱらった環希に、仕事に恋愛を持ち込むやつは死ね、と説教されたことはもう両手で数えきれない回数になってしまったけど、自分ではどうにもできない。

「一葉さんも、同じなんですか？」

「ええ、まぁ」

「じゃあ、仲間ですね」

「仲間です。私は、結局、気持ちを伝えるのは諦めてしまいましたけど」

頼んでいたコーヒーが届く。店員さんが立ち去ってから、何気なく尋ねた。

「どこが、好きになったんですか？」

「見かけによらず、気遣い上手なところかな。今日の箱は、個室の楽屋があるところだったけど、普段は大部屋のことが多いんだ。そこで、新しい人とか、浮いている人がいるとすぐに声をかけるし、スベったりして落ち込んでる人がいるとすぐに励ましにいくし」

「なるほど。みんなのお姉さんみたいですね」

ニコさんは、ほんの一瞬だけ、私の言い方が気になったように止まる。でも、すぐに話を続けた。

「まぁ、そうかもね。お姉さんみたいな雰囲気はあるかも。あとは、見かけによらずカッコイイものが好きなところとかさ。あの見た目でアメリカンバイク載ってるし、真冬は革ジャンとか着てるし、意外でしょ？」

「別に意外じゃないですよ。イメージそのままじゃないですか」

またニコさんが、話がかみ合っていないというように不思議そうな表情をする。

私は、なにか勘違いをしているのかもしれない。

確かめるように、問いかける。

「ニコさんが好きなのって、柿谷さんですよね？」

「僕が、アヤちゃんを!?　そんなわけないでしょ」

「え、でもさっき、恋愛を持ち込むなって言われてましたよね」

「あぁ、なんだ。最初から全部を聞いていたわけじゃなかったんだ。僕が好きになったのは、もう一人の方だよ」

「もう一人って……えぇっ」

今日のコントを思い出す。『フルーツバスケット』はトリオだ。メンバーは、ニコさんと柿谷さんと、もう一人、小柄で気弱そうな雰囲気の梨村光助さん。

「僕が好きなのは、光助だよ」

まさか、好きなのが光助さんの方だとは思わなかった。

同性が好きな友人は他にもいる。でも、まったく違う勘違いをしていたところでカミングアウトされるとさすがに驚く。

「やっぱり、驚くよね」

「いや、すっかり勘違いしていたから驚いただけで、別に、そんなに珍しいことでもないと思います」

「そっか。けどさ、僕自身がすっごい驚いてるんだ。今まで、好きになるのはずっと女の子ばっかりだったから」

「……梨村さんが、初めてなんですか」

「うん。きっかけは、なんとなくわかるんだ。僕ね、昔から勉強とかバイトとか、誰かと一緒になにかを必死にがんばった時さ、その人と通じたって感じることあるでしょ。その瞬間に、好きになるんだよ。いつもは女の子だったんだけど、今回は違った」

「今回がんばったのは、コントってことですか？」

「うん、そう。さっき言った好きなポイントは、ぜんぶ、後付けの理由。本当はさ、光助が台本書いて、それを僕が一生懸命練習して、ガチガチにぶつかって、たまに喧嘩して、高め合って、そのうちに、気が付くと好きになってた」

一緒に一つのことをがんばった仲間に、同志のような感覚が芽生えるのは、私も経験がある。それが恋に発展したことはないけれど、そういうことも、あるかもしれない。

恋愛コラムを担当してから、人間の恋は曖昧で、色んな形があることを学んだ。恋に落ちるきっかけも人それぞれで、人生にはあちこちに落とし穴が隠されている。

「ずっと、これは恋じゃないって思い込もうとしてた。ただの友情だって、仲間だから気になるだけだって。けど、無理だった。気づいちゃった。僕は、光助とぎゅっとしたいって、いつも思っちゃう。これは、恋だよ」

「柿谷さん、は？」

「アヤちゃんは天才肌でさ、一人で練習してすっと合わせられるタイプだから、あんまりぶつかったりしないんだよね。だから、光助と二人で台本直したり、練習したりすることが多くって。あ、アヤちゃんが真剣じゃないってわけじゃないからね」

「それは、わかります」

さっきの楽屋でのダメ出しや、ニコさんの恋愛に怒っていたところを見る限り、スタンスは違ってもコントについては真剣なんだろう。

「ニコさんが光助さんを好きなこと、どうして柿谷さんは知ってるんですか？」

「そりゃあ、僕が話したから」

あ、言ったのか。それで、今みたいな状態になっているのか。

「気持ちを隠したまま続けるのも違うと思って、光助に告白したんだ。それから、アヤちゃんに黙ってるのも違うと思って打ち明けた」

「それは、思い切りましたね」

「それから、光助は僕を避けるようになった。前みたいに二人きりで練習してくれないし、出番が終わるとさっさと帰っちゃうし。僕のせいで『フルーツバスケット』は空中分解する寸前だよ。光助も、避けなくたっていいのに。嫌なら嫌だって、そう言ってくれればいいのに」

「光助さんの気持ちも、わかりますよ。いままで同性で仲間だと思ってた人に告白されたら、どう付き合っていけばいいのか戸惑います」

「そう、だよね。やっぱり、戸惑うよね。わかってたんだ。けど……僕はさ、自分の気持ちを優先しちゃった。どうすればいいのかな。こんなことになるなら、恋だなんて気づかなければよかった。僕のせいで、光助もアヤちゃんも困ってる。口に出した言葉って、なんで取り消せないんだろうね」

お笑い芸人は、独特の世界だ。コンビやトリオを組んだら、ずっとそのメンバーで仕事をしていく。同じ人間関係での仕事がずっと続く。

私はふと、浅井さんが動物たちとの接し方について話していたことを思い出した。

動物園の動物たちも限られた関係性の中で暮らしている。だからこそ、動物たちは飼育員のことをよく見ているのだという。これまで懐いていた動物が、ほんの些細なきっかけ、エサやりの順番を間違えたり、上司に怒られているところを見られたり、そんなことで言うことをきかなくなり、関係が修復できなくなることもある。だから、動物たちの前では、変わらないことに気を配っているそうだ。

私の椎堂先生への恋も、同じだ。変わらないように気を配っている。

でも、ニコさんは変わらないことに耐えられなかった。人は変わる生き物だ。変わらない関係でいるには、きっと動物園の飼育員さんのような努力が必要だ。そして、変わってしまったものは元には戻せない。

「……『フルーツバスケット』のコント、とても面白かったです。三人ともとっても息がぴったりで、バランスがよくて……終わるなんて、もったいないです」

コントの感想を、こんな気持ちで伝えることになるとは思わなかった。

「光助さんも、きっと、いきなりのことで戸惑ってるだけですよ。もう少し、待ってあげたらいかがですか？」

口からでてきたのは、そんな当たり障りのないアドバイスだった。

恋愛相談のコラムなんてやっていても、誰かにアドバイスができるほど恋愛について知っているわけじゃない。

だけど、ニコさんは、私のせいいっぱいが伝わったのか、顔を上げてくれた。

「うん、そうする。一葉さんは優しいね」

やっと笑ってくれる。けれど、それはいつもと違って、どこか寂しそうな笑顔だった。

＊

【相談者：マオマオさん（サービス業・二十七歳・女性）】
このあいだ、会社の同性の後輩に告白されました。色々と仕事を教えているうちに、好きになったというのです。正直、告白されるまで、私は彼女のことを後輩としか思っていませんでした。これまでは男の人としか付き合ったことはありません。なのに、告白されてから、どういうわけか彼女のことを考えるとドキドキします。これは恋でしょうか？

次の恋愛相談は、ニコさんと同じく、同性から告白されたというものに決まった。

いや、告白される側だから、光助さんの悩みに近いだろうか。

私は同性にも異性にも告白されたことはない。

頭の中に、私の周りにいる仲の良い人々を思い浮かべる。

環希なら、きっと同性に告白されたことは何度もあるだろう。でも、椎堂先生のことを話すたび、仕事に恋愛を持ち込むな。好きになるのは仕方ないとしても墓場まで持っていけ、と怒鳴られた。あまり参考にならないかもしれない。

などと思っていたら、向こうから「今日の夜ヒマ、飲みにいかない？」というラインが入った。

ゾンビ映画が好きな環希は、ラインのスタンプもゾンビだった。食事に誘うのに、脳みそ食べてるスタンプを送るのはやめてほしい。

このまま一人で考えていても答えは出そうにない。

これも仕事のうちだ、と思いつつ、オーケーと返事をする。

集合場所は、いつものランプ軒だった。カメラマンはまだ男社会な部分が多く、飲み会に誘われるときは、だいたい環希が仕事で強烈なストレスを感じた時だった。だけど、今日は違った。愚痴ではなく、祝杯だった。これまであまり任されることのなかった大手ファッション誌の特集企画を撮ることになったという。しかも、クライアントからの指名らしい。

「別件で何度も仕事した人がさ、いつの間にか偉くなって、ファッション誌に異動してチーフになっててさ、あたしを名指ししてくれたわけ」

「すごいじゃん。見てる人は見てるんだよね」

「先輩たちの悔しそうな顔、見ものだったなぁ。今までさんざん、あたしのこと、女だからってだけの理由で、花形の報道やファッション誌の現場から遠ざけてたからさ。ざまぁみろってんだ。酒がすすむわー」

「最後のがなかったら、もっと素直な気持ちでおめでとうって言ったのに」

「なに言ってんだよ。あたしがどれだけ苦労してきたか知ってんだろ。やっと、今までやってきたことが評価されたって気がする」

「まぁ、わからなくもないけど」

ふと、今日の編集会議で、藤崎編集長からも褒められたことを思い出す。

「『ＭＬクリップ』は目標通り固定読者を獲得しました。あなたのオリジナル企画がこれまで五回の更新を行い、毎回ＰＶ数一万を超えたうえで大幅な減少が見られないことも評価します」

藤崎編集長はキーボードで、明らかに打合せと関係の無い仕事のタイピングをしながら話してくれた。とりあえずは、及第点ということらしい。

「どうですか？　周りの反応が変わったのがわかりますか？」

私は、黙って頷いた。今まで『ＭＬクリップ』なんて存在価値あんの、って言ってた他の雑誌の編集部の人たちが、今では載せて欲しいと頼みにくる。『恋が苦手な人間たち』も、こちらから検索しなくてもＳＮＳでは頻繁に感想が目に入る。

「数字は、あなたの仕事に説得力を与えてくれます。ですが、気を抜かないでください。ＰＶ数が減れば、周りはまたすぐに態度を変えるでしょう。数字は長所と短所を視覚化してくれます。よく分析してください、もっとたくさんの人に見てもらえるヒントがあるはずです」

私は、もう一度頷く。

環希のように、ざまぁみろ、なんて思わない。ただ、周りの急な変化に改めて実感した。

藤崎編集長の言う通り、ＰＶ数は正義だった。

「結局、結果がすべてなんだよ。あたしはムカついてたんだ。正当に評価されないことも、その壁を打ち破れない自分にも」

環希がビールを飲みながら続ける。

「ずっとムカついてた。ゾンビ映画見てさ、知ったような顔で、結局いちばん怖いのは人間、とか言うやつくらいムカついてた。ゾンビが怖(こえ)ぇに決まってるだろ」

「話がズレてるよ。隙をみつけてすぐ腐らせるんだから」

環希はそれからしばらく上機嫌で、これまでの努力と、これからの決意と、アメリカ人はなぜあんなにもゾンビ映画が好きなのかについて語った。銃社会とゾンビは抜群に相性がいいらしい。

話が一段落してから、ちょっと酔っぱらった環希に、今回の恋愛相談について聞いてみる。

期待していたのは、環希が学生の時に同性からモテたというエピソードだった。

でも、上機嫌のカメラマンが口にしたのは、意外な告白だった。

「あたしも経験あるな。女子高だったたんだけどさ、一つうえの先輩のことを好きになった」

「え、もっと詳しく」

「なんか、大人びててちょっと陰のある人で、不良ってわけじゃないけどさりげなく素行が悪くて、背が高くてめちゃくちゃ美人だった。あたし、学校遅刻すること多かったんだよね。で、先輩もよく同じタイミングで登校してたから、なんか仲良くなって――気がついたら、惚れてた」

なんだそれ。いいじゃないか。ドキドキしながら、ビールを一口含む。

「それで？　告白したの？」

「しないよ。でも、バレた」

「早く続き」

「なんでもない時に二人でいたらさ、急に、あんたって私のこと好きでしょ、って言われた。びっくりして黙ってたら、あんたと私が付き合ったら宝塚の男役同士の恋って感じだよねーって笑われた。そういうとこがさ、好きだったんだ」

「それで、どうなったの」

「それでおしまいだよ。先輩は卒業して、それっきり。今思えば、あれは恋だったのか憧れだったのか、よくわからん」

あっけない終わりだったけど、それがまた愛おしい。

環希は美人で、カメラマンだけあって美的センスもずばぬけてる。こいつが美人っていうんだから、かなり美人の先輩だったのだろう。制服はきっと紺のブレザーで、チェックのスカートで、二人が並んで歩いているところを想像する。良い。

「おい、なに拳を握り締めてんだ」

環希に睨まれて、妄想を頭の隅においやる。

それから、思いついたばかりの皮肉を口にした。

「あんたの今の恋も、憧れみたいなもんでしょ」

以前、環希に、片想いの相手がいることを打ち明けられた。それは、環希が目標としている年配のカメラマンだ。環希はその気持ちを打ち明けるつもりなんてなくて、この恋は仕事を頑張るためのエンジンだと言っていた。

ふざけんな、と言われるかと思ったけど、環希は、思いがけない言葉を聞いたように驚いた顔をしていた。

「そうか。私にとって恋は憧れなのか」

数日前、ニコさんに聞いた話が、頭を過ぎる。

ニコさんは、一緒に一つのことに夢中になった相手を好きになるといっていた。

「ほんと、人間の恋は色々ありすぎるね」

それが、面白いところだと思ったこともあった。

でも今は、ちょっと苦しい。

「椎堂先生とは、次はいつ会うの？」

「明日。もちろん仕事だよ」

なにも方向性が決まっていない状態で打合せをしても、また無駄になるかもしれないと悩んでいた。だけど、環希の話を聞いて、すっと道が開けた気がする。

「さっきまで困ってたけど、なんかふっきれた。恋はいろいろあっていい。相談者のマオマオさんの恋だって、色んな答えがあっていいんだよね」

きっとそれが、この相談にとってのなによりのアドバイスになるのだろう。

＊

研究室のある二階に上がって、辺りを見渡す。

今日は、村上助手の姿はない。いつも、なんであんなにばったり会うんだ、なんて思いながら歩いていると、耳元で声がする。

「一葉さーん。なんで私のこと警戒してるんですかぁ」

いつのまにか、背後をとられていた。

ぜったいにどこかで隠れて見てただろ。足音忍ばせて近づかないでください。

「お菓子はありませんよ」

ぱっと振り向く。いつものTシャツに白衣姿。Tシャツはイベントの記念品らしく「P級グルメ選手権夏の陣」と書かれている。P級はさすがに聞いたことがない。

「いやだなぁ、私をそんな食い意地の張った女だと思わないでくださいよ。そんなことより、遅ればせながら『恋が苦手な人間たち』の動画見ましたよ。おもしろかったです」

「ありがとうございます。椎堂先生には、あんまり見ていただけてないようですけど」

「え？　そんなことないですよ。先生、何回も繰り返し見てますよ。学生にも勧めてましたし。誰がそんなこと言ったんですか？」

村上さんが不思議そうに首を傾げる。意外な言葉だった。

今まで打合せには協力してくれるけど、求愛行動を話すこと以外には興味がない様子だった。完成した動画も、ほとんど見ていないと言っていたのに。

「椎堂先生から直接そう言われました」

「それは、あれじゃないですか。一葉さんとニコさんが、動画の中で仲良さそうにしているから、嫉妬したんじゃないですか？」

「まさか。椎堂先生に限って、そういうのは絶対にないと思いますよ」

「まぁ、なにを信じるかは、一葉さんの自由ですけど。あ、噂をすれば」

村上さんの視線が、私の背後に向けられる。

振り向くと、椎堂先生が近づいてくるところだった。私たちの視線に気づいたのか、先生は露骨に面倒くさそうな表情をする。

「なんだ。また、何かくだらない話をしていただろう」

「ただの雑談ですよぉ。ところで椎堂先生、この前、一葉さんの動画、面白いって褒めてましたよね？」

村上助手が言うと、椎堂先生はわずかに眉を寄せた。

「まぁ、そうだな。あまりよくは見ていないが、確かにそう言ったこともあった」

村上助手は、わざとらしく口を開けて、ぴんと指を立てた手のひらを口に当てる。

「えええぇ、何回も見てたじゃないですかぁ」

「それは……君は、三限目は教授のアシスタントだろう。そろそろ向かった方がいいのではないか」

「そうでしたー。では一葉さん、ごゆっくりー」

村上助手はさっと身を引くと、ぱたぱたと手を振りながら、廊下の向こうに消えていく。

「動画、やっぱりちゃんと見てくれてたんですね」

「……まぁ、一応、監修として関わっているのだからな。正しく伝えているか確認する責任がある。念のため確かめていただけだ」

「それでも、嬉しいです」

「村上君が余計なことを言っていたようだが、まったくの勘違いだ。君が誰と仲良く動画を作っていようが、俺には関係ない」

椎堂先生は眼鏡の縁に触れながら、よほど不快だったように眉間に皺を寄せる。

「さぁ、時間の無駄だ、さっさと今日の仕事を終わらせよう」

先生は不機嫌そうな声で続けると、居室に戻っていった。

私はいつものようにソファに腰を下ろすと、タブレットを取り出して恋愛相談を表示する。昨日、環希の話を聞いて、相談は決まっていた。

「今回は、同性から告白されて悩んでいるという悩みです。以前に動物にとって同性愛はたくさんあるという話を教えてくださいましたよね。フラミンゴの有名なカップルの話を、取り上げさせていただきました」

「カルロスとフェルナンドだな」

「そう、それです」

『恋は野生に学べ』の書籍化の仕事をしていた時、同じように同性との恋愛で悩む相談が寄せられた。その時に、椎堂先生から、数多くの動物で同性愛が確認されていることを教えてもらった。そして、その中でも有名な、イギリスのフラミンゴの雄同士のカップルのことをコラムにしたんだ。

「今回も近い悩みなんですが、今回の相談者さんは、今まで異性としか付き合ったことがなくて、この気持ちを恋かどうか判断できなくて迷っているそうです。ですから、野生にも色んな形の恋があるんだ、って伝わるようなエピソードが欲しいです」

私の話を聞いて、先生は思い悩むように目を瞑る。

「以前にも話したと思うが、動物行動学においては、オスとメスのみを考える性別二元論が基本的な考え方だ」

きっぱりと切り捨てるような言葉。それは、社会の変化と学問のあいだに、高い壁が聳えているのを感じさせた。

「野生動物は自らの遺伝子を残すために行動する。同性愛というのは実に不合理だ。だが――同性愛は、野生にも当たり前に存在する」

そう告げた瞬間、気怠そうだった目に力が宿る。バチンと、先生の中でスイッチが切り替わるのがわかった。

いつもの言葉に備えて、さっと鞄からノートとペンを取り出す。

「では――野生の恋について、話をしようか」

椎堂先生は、本棚から一冊の本を取り出す。そこには『自然界における同性愛』というタイトルが書かれていた。

「有名なものはキリンだな。キリンは数頭から多くとも十頭ほどの群れで活動している。キリンに発情期と呼ばれる時期はなく、十五日に一度、約二十四時間発情する。メスが発情すると、交尾をしようと群れ中のオスが集まってくる」

「十五日に一度って、なかなかちょうどいいですね」

「なにをもってそう言っているのかは理解できないが、確かに、すべてのメスが発情期にいっせいに発情するよりは合理的かもしれない」

先生はそう言いながら、本を開く。

そこには、二頭のキリンが長い首を絡ませている写真があった。

「この首を絡ませる行為はネッキングと呼ばれる。キリンのオスたちはこれらの行動によって、どちらが強いかを競い合う。もちろん求愛行動の場でも行われ、勝った方がメスと交尾ができるわけだ。そして、群れの中には力の強いリーダー格のオスがいて、メスとの交尾をほとんど独占する」

「……やっぱり、野生は厳しいですね」

「興味深いのはここからだ。メスと交尾できないオスたちが、たがいにネッキングをしているうちに、交尾をはじめるのが観察されている」

「え？　オス同士でですか？」

改めて、キリンの写真を見る。本のタイトルから察するに、このキリンたちは、オス同士なのだろう。

「目的は解明されていない。コミュニケーションの一環なのかもしれないし、ストレスの発散をしているのかもしれない。交尾の練習をしているとの説もある。野生の恋は合理的だ、俺は何らかの意味がある行動と考えている。だが、異なる意見の専門家もいる。つまり、ただの気まぐれや遊び心によるものではないか、という説だな」

これは、使えるネタかもしれない。

幸いにも、七子沢動物園にはキリンがいる。キリンの同性愛をテーマにすればきっと面白い。

「いいですね、この写真もインパクトがあります。ＰＶ数も稼げそうですね」

私がクルクルとスロットのように上がるＰＶ数をイメージしているあいだに、先生は本のページをめくる。次に出てきたのは、イルカだった。二頭のイルカが、お腹をこすり合わせるようにして泳いでいる。

「あとは、同性愛の多い動物として、バンドウイルカもあげられる」

「イルカですか？」

イルカといえば、水族館の人気者だ。賢くて頭が良くて人懐っこい、それがイルカのイメージだ。

「イルカは、同性間と異性間で行う求愛行動の頻度が大きくかわらないという報告がある」

いきなり、衝撃的な事実だった。

「イルカの求愛行動は、尻を鼻でつつき合う、互いにお腹を向けて泳ぐ、ヒレを相手の生殖器に擦りつけるなど様々なバリエーションがある。そして、これらの行動は、同性間、異性間に関係なく、非常に日常的に見られる。彼らが人間のボートに並走している、まさにその瞬間にも起きているかもしれない」

無邪気な好奇心で人間に近寄ってくるイメージが、ガラガラと崩れていく。イルカたちよ、嘘だと言ってくれ。

「……なんか、イルカを見る目が変わっちゃいますね」

「求愛行動が、社会的なスキンシップや遊びに組み込まれている可能性もある。ライオンの子らは、遊びの中から狩りを学ぶ。イルカがスキンシップや遊びの中から求愛行動を学んでいても不思議はない」

「やっぱり、野生には色んな形の求愛があるんですね。でも、せっかくＰＶ数が稼げそうなのにもったいないですが、イルカは七子沢動物園にはいないので、キリンでまとめようかと思います」

「さっきから、ＰＶ数というのはなんだ？」

「どれくらい動画が見られたかっていう回数ですよ。ＰＶ数が一万に届かないと企画は打ちきりだって編集長に言われているんです。ＰＶ数を稼げないと、七子沢動物園を応援することもできなくなります」

ノートを置いて、机の上にあったタブレットを拾い上げる。お気に入りから『ＭＬクリップ』の動画を開いて先生に向けた。それから、右下の数字を示す。

「なるほど。ウェブコンテンツでは、ＰＶ数が指標になるわけか。一つの基準で評価されるというのは実に合理的だ。求愛行動に通じるものがある」

「変な共通点を探さないでくださいっ」

椎堂先生の合理的という言葉が、藤崎編集長の効率的という言葉と重なって聞こえて、ほんの少しうんざりする。

それから先生は、話を戻すようにそっと眼鏡の縁に触れながら続ける。

「さっきも言ったが、動物行動学においては、オスとメスのみを考える性別二元論が基本的な考え方だ。だが、性差にかかわらずマジョリティの集団の中にマイノリティが生じるのは生命の基本的性質でもある」

マジョリティとマイノリティ。

その聞き慣れた言葉に、改めてはっとする。

結局、いきつくところはそれなんだ。ただ、マジョリティが市民権を獲得し、普通とされてきただけなんだ。

異性間と同性間の求愛行動の頻度が変わらないイルカには、マジョリティもマイノリティもない。どちらも普通のことなのだろう。

「魚類や爬虫類(はちゅう)に目を向ければ、環境によって性別が変わったり、成長によって性別が変わったりする生物は多い。動物を研究すればするほど、性差とは非常に曖昧でゆらぎやすいものだと感じることがある」

先生から送られてくるメールマガジンの中には、たまに魚類が紹介されていた。

コブダイは群れの中で一番大きい生体がオスになり、頭と顎にせり出したコブができる。チョークバスという魚は、繁殖期になりパートナーができると、一日のうち二十回以上も性転換をして互いに産卵するそうだ。

「……今の、いいですね。マジョリティの集団の中にマイノリティが生じるのは生命の基本的性質で、性差とは曖昧でゆらぎやすいもの」

呟きながら、その言葉をメモする。

マルチーズみたいな癖毛とくりっとした瞳が印象的な、求愛動画の相方のことを想った。

この言葉を聞いたら、彼の心は、少しは軽くなるだろうか。

ニコさんから電話がかかってきたのは、その日の夜だった。

＊

北陸大学から直帰して、ペットのレオパに餌をあげながらアイデアをまとめた。

レオパは、レオパードゲッコー、日本語だとヒョウモントカゲモドキいう名前の爬虫類だ。トカゲではないのだけど、見た目は手のひらサイズのトカゲ。種類はハイポメラニステック。名前はハリーといい、一人暮らしの私をいつも慰めてくれる同居人だ。

　ハリーに餌をあげてから、ノートパソコンを開く。

椎堂先生からもらったアイデアを元に原稿をまとめ、三回目の読み直しをしていた時だった。テーブルの上でスマホが震える。

時計を見る。夜の七時。まだ、遅くにごめんね、と口にするには浅い時間だ。

電話に出ると、ニコさんだった。電話の向こうで、静かに泣いていた。

「ねぇ、一葉さん。ちょっとだけ、話を聞いてもらっていいかな。こんなこと、話せる人、他にあんまりいないから」

　これは、きっと、ニコさんの恋に進展があったのだろう。

「どうしたんですか？」

「今日さ、光助に呼び出されたんだ」

　やっぱり。梨村光助。『フルーツバスケット』のメンバーの一人で、ニコさんの恋の相手の名前だ。

「光助、泣いてた。優しいやつだから、泣いてた。あいつ、こう言ったんだ」

　泣いているのは、ニコさんも同じだった。鼻を啜（すす）ってから、続ける。

「俺のことはすごく好きだって。だから、本気で考えたって。それから——お前の笑顔を思い浮かべると幸せになるし、お前が喜ぶことは色々やってやりたいって思う。

でも、違った。これは、恋じゃない。恋じゃなかった——そう、言ってくれた」

「そう、ですか」

さっき、彼が傷つきませんように、と祈ったのを反省する。

傷つくことが悪いわけじゃない。きっと、光助さんはしっかりと、友情と思いやりを持って傷つけてくれた。

「ちゃんと受け止めてくれたんですね。ニコさんの言葉を、ちゃんと悩んでくれたんですね」

「うん、フラれたのは哀しいけど、嬉しかった。これで前に進める。まだ、トリオでいられる。『フルーツバスケット』でいられるよ」

光助さんの言葉を、思い出す。

これは、恋じゃなかった。

すごく、素敵な言い回しだと思った。ちゃんと悩んでくれたのが伝わってくる。結局、恋かどうかを決めるのは自分なのだ。

「ねぇ、ニコさん。さっき、次の原稿が書き終わったんですよ。読んでもらえますか？」

「……今から？」

「はい。今がいいです」

メールに、書き上がったばかりの原稿を添付して送信ボタンを押す。

下書きのウィンドウが消えて、私の原稿が、ニコさんに飛んでいく。

メールが届いたのか、電話の向こうが静かになり、鼻を啜る音だけが聞こえる。


「――こんな風に、野生にも色々な形のカップルがいます。キリンのように同性間で求愛行動を行う動物もたくさんいます」

「特に動物園だと、同性でパートナーになるのは、よくあることだからな。せっかく子供を作ってもらおうとメスを呼んできても、オス同士でカップルになっていてうまくいかなかった、なんて話もあるくらいだ」

「遺伝子を残すためにパートナーを選ぶはずの動物がなぜ同性を選ぶのか、理由ははっきりとはわかっていません。ただ一つ言えるのは、生き物である以上、マイノリティとマジョリティが生まれるのは当たり前だってこと」

「人間たちの世界でも、だんだん色んな恋愛観が受け入れられるようにはなったってのは感じるよな。まだまだ差別的な部分はうんざりするほどあるけど。特に行政制度については、日本は海外よりもずっと遅れてる。でも、相談者のマオマオさんが悩んでるのはそういうことじゃねぇよな。それと恋する気持ちは別の話だよな」

「バクなのに行政制度とか言わないでください」

「お前っ。バクを差別するんじゃねぇ」

「つまり、私が言いたいのは、悩むべきは、相手が同性か異性かじゃない。相手のことが、好きかどうか。ただ、それだけを悩めばいいと思うのです」

「ママオさんは、これまでは異性が好きだった。今回はそれがたまたま同性かもしれない。ただ、それだけのことだな」

「大事なのは、マイノリティになにを言われるかじゃなくて、マジョリティにどう思われるかじゃなくて、自分自身が、どう思うか。キリンのように真剣に、イルカのように自由に、ただ悩めばいいのです。恋かどうかを決めるのは、あなたの匙加減でいい。曖昧で自由、それがきっと人間の恋の最悪だけれど良いところなのだから」

五分ほどしてから、声が聞こえた。

「一葉さん、これ……すごくいいですよ。元気もらえました」

それは、いつものニコさんのように陽気な声だった。

「アヤちゃんにも話さないと」

劇場ですれ違った柿谷さんを思い出す。彼女なら、きっと、真剣に向き合ってくれるだろう。

「この原稿の動画とるの、とても楽しみにしてます。がんばります」

そう言って、ニコさんは電話を切る。

ノートパソコンを閉じて、紅茶を一口飲んでから、窓の外に視線を向ける。

洗濯物をかけるハンガーが吊るされたままになったベランダ。その向こうに、夜空が広がっている。雲一つないけれど、都会の夜空には、ぽつぽつとしか星が見えない。

突然、ベランダの下から、二頭のキリンの頭が出てきて首を絡めあう姿が思い浮かぶ。あれは、オスとメスだろうか。それとも、オスとオスだろうか。

私には見分けがつかないけれど、どちらにしても幸せそうだった。

＊

キリンの求愛行動の動画が公開されたのは、六月の最終週だった。

夕方五時に公開され、初速は上々だった。私が寝る前に確認すると、ＰＶ数は七千を越えていて、これまでの動画と比較してもかなり良い数字だった。

翌朝、スマホのアラームで目が覚める。起きると同時に、ベッドの中でＰＶ数を確認するのは習慣になっていた。

編集者もそうだけれど、遅くまで仕事をして、自分の時間が夜になる人は多い。だから、ＰＶ数が夜に大きく動くことがある。

なにげなく、公開したばかりのキリンの求愛行動の動画を見る。

思わず跳び起きた。

誰かに話したい衝動に駆られて、思わず、レオパのケージに駆け寄る。

「ハリー、どうしようっ。バズった」

ハリーは、もうエサか、と言うようにウェットシェルターからちょこんと顔を出してくれる。

私はハリーに向けて、スマホの画面を見せた。

「ほら、見て。ＰＶ数二十万だって。こんな数字、他の雑誌のピックアップ記事でもなかったよ」

ハリーは、なに言ってんだこいつ、と言いたげにシェルターの陰に隠れる。

我に返って、虚しい気分になる。

理由を調べるけれど、きっかけのようなものは見つからなかった。単純に、いつもより多くの人が見てコメントしてくれたので、コメント数がランキングを押し上げ、人目につくようになったため爆発的にＰＶ数が増えたらしい。

この動画につられて、過去に公開した動画もＰＶ数が増加していた。

すごい、こんなことってあるんだ。

夢じゃないよね。なんかの間違いじゃないよね。

と、画面の更新ボタンを押す。ＰＶ数は変わらない。

これまで公開してきた動画と比べて、特別なことはしていない。同じように検討し、同じように努力しただけだ。

でも、どこかにＰＶ数の神さまがいて、私のがんばりを認めて、ご褒美をくれたような気がする。ＰＶ数の神さまってなんだ。

そこで、ラインが届く。浅井さんからだった。


一葉さん、新しい動画みました。再生数すごいですね。


その一文に、やっと誰かと共有できた気がして、嬉しくなる。

よかった。夢じゃなかった！　ありがとう、浅井さん。

返事を書こうとすると、先に、浅井さんから続けてメッセージが届いた。


時間のある時、電話いただけないでしょうか？

なんだろう、と思って、すぐに電話をかける。

スマホを握っていたらしく、浅井さんはすぐに出てくれた。

浅井さんはまず、キリンの動画のＰＶ数のことを絶賛してくれた。皆さんに協力してもらったおかげだから、と答えつつも、やっぱり嬉しくなる。

それから、浅井さんは本題を口にした。

「あの、一葉さん。連絡したのはですね、昨日、椎堂先生とランチにいったんですよ。すっごく楽しかったです」

舞い上がっていた気持ちが、途端に地面に引きずり降ろされる。

椎堂先生と食事にいくって言ってたの、昨日だったのか。

ランチだった、というのを聞いて、ちょっとほっとしている自分が情けない。でも、なんでそんなこと、わざわざ電話で報告するんだろう。

もやもやして返事ができないでいると、浅井さんの楽しそうな声が続いた。

「他の子も、楽しかったって言ってました」

ん？　他の子？

「二人じゃなかったんですか？」

「え？　違いますよ。動物園の飼育員やってる友達二人と椎堂先生の合計四人でいったんです。みんな、椎堂先生の話を聞きたいって言ってたので。ほら、椎堂先生の大学の授業、ネットで話題になってたから。まぁ、他の子は、先生がイケメンだからってのもあったみたいですけど」

確か、椎堂先生の授業が面白い、というのを北陵大学の学生が発信して、SNS上でちょっとだけ話題になったことがあった。

「じゃあ、なんで彼女がいるかなんて聞いたんですか？」

「だって、みんな私と同じくらいの歳だったし。私がもし彼女だったら、彼氏がそういうとこ行くの嫌だなぁって思って」

若い女子三人に囲まれるランチに彼氏が行くのは……うーん。露骨な下心がなければ、私は気にならないけど。

「それだけ？」

「はい。他になにかあるんですか？」

「あ、いや。なにもないですけど」

どうやら、私の勘違いだったらしい。浅井さんは、別に恋愛対象として椎堂先生が気になっていたわけじゃなかったのか。

「それでですね、椎堂先生が、一葉さんとニコくんの動画をみて、二人がすごく親密そうだって言ってたんです。だから、仲は良いけど、恋人とかそういう感じはまったくないですよって言っちゃったんです。よかったですか？」

浅井さんのトーンが下がり、ちょっと窺うような声になる。

「え、もちろん。その通りなんでいいですよ」

「よかった。余計なこと言っちゃったかな、と思ってたので念のため」

この人、いいひとだ。

改めて、そう思う。

連絡してきてくれたのは、勝手に私のことを話した一言が、ずっと余計だったんじゃないかと気になっていたかららしい。

「椎堂先生、なんか嬉しそうでしたよ。もしかしたら、椎堂先生って、一葉さんのこと気になってたりするんじゃないですか？」

元の明るさに戻った浅井さんが、からかうように聞いてくる。

椎堂先生が嬉しそうにしているのを想像し、すぐに首を振る。

「ないない、それはないって」

本当に、それはないのだよ、浅井さん。

私は頭の中で、椎堂先生に言われた言葉を繰り返す。

――君は余計な恋愛感情を交えず、ちょうどいい距離感で接してくれるから安心する。


電話を切ってから、自分の優柔不断さにうんざりする。

行き止まりの恋だって決めたはずなのに。浅井さんと食事にいったと聞いて落ち込んで、先生が私とニコさんの関係を気にしてたと聞いて動揺して、簡単に振り回されている。


駄目だ、これじゃ。

気持ちを切り替えるように、改めてキリンの動画のＰＶ数を見る。

増えていく数字に、自然と笑みがこぼれた。

ふと視線を感じて振り向くと、さっき隠れたレオパが、シェルターの隅からちょこっと顔を出していた。レオパはヤモリの仲間だけれど、瞼(まぶた)があるのが特徴だ。私の方をみて、ぱちくりとウィンクしてくれる。

私はハリーに歩み寄り、がんばろ、と呟いた。

第4話　カンガルーのように受け入れて

土曜日の七子沢動物園を見渡して、変化に気づく。

仕事で平日に訪れることが増えたため、週末にくるのは久しぶりだった。

動物園を訪れる人がずいぶん増えている気がする。キリンやカンガルーなどの人気動物の前では人だかりができているし、ソフトクリームの売店には列ができている。

七月も半ばをすぎ季節はすっかり夏で、園内放送では定期的に熱中症への注意喚起がされていた。外出を控えようとする人も多い中で、これだけの賑わいは盛況といっていいだろう。

「なんだか、お客さん増えましたね」

ハンカチで汗を拭いながら、隣を歩く浅井さんを見る。

浅井さんは、作業用のズボンに園のロゴが入ったTシャツ姿だった。

「一葉さんのお陰ですよ。『恋が苦手な人間たち』の人気で、お客さんも増えてるんです。お客さんから、求愛行動についての質問もたまに受けるんですから」

「そうなんですか？」

「なので、うちもがっつり乗っからせてもらってます」

浅井さんが指さす先には、サバンナの動物たちの展示があった。キリンとシマウマが同居している。柵には「『恋が苦手な人間たち』で紹介されました」というプラカードが飾られており、キリンが首をからませる写真と解説があった。すれ違うお客さんも、それを指さして話している。

「すごい、あんなの作ってくれたんですね。嬉しいです」

「それに、グッズも。今まで在庫の山だった、ヒトコブラクダのナナコちゃんとマレーバクのザワくんのぬいぐるみが、どんどん売れてます」

ちょうど、ザワくんのぬいぐるみをだいじそうに抱えた男の子とすれ違う。辺りを見渡すと、ちらほらとグッズを持っている人たちを見つけることができた。本当だ、すごい。でも、ザワくんの方が多いのはなぜだっ。

「これからも、もっとたくさんの人に来てもらえるようにがんばります」

「もう十分、がんばってもらってますって」

「いえ、実は、ここ数回の更新はＰＶ数がどんどん落ちていて、このままじゃヤバいんですよね」

キリンの求愛動画は評判になり、ＰＶ数は二十万を超えた。このまま勢いに乗りたいところだったけど、残念ながらそれがピークだった。

それ以降も隔週で動画を公開しているけど、キリンの記録は越えられない。それどころか、ブームは過ぎたとばかりに下がる一方だ。

ＰＶ数一万以上はキープしているけど、藤崎編集長からは明らかに目をつけられている。このあいだも、編集会議で釘を刺されたばかりだ。

「最近、『ＭＬクリップ』の知名度が上がったため、閲覧数が急速に伸びています。特に『リクラ』と『キャンプフィールド』の記事はコンスタントにＰＶ数が十万を超えるようになりました。各雑誌の編集部からも『ＭＬクリップ』経由での新規読者が増えているとの連絡を受けています」

編集長は具体的な数字データを示しながら説明してくれた。なにが言いたいのかは、良くまとめられた資料を見れば一目瞭然だった。

「オリジナル企画『恋が苦手な人間たち』ですが、六月の第七回更新でＰＶ数二十万二千を記録したものの、それ以後は低迷、最近三回の平均はＰＶ数一万二千。この動画作成には、雑誌のブラッシュアップ記事よりも多くのリソースを割いています。現状のままでは、効率が悪いと言わざるを得ません」

「あの、ＰＶ数が一万を超えれば連載は続けていいとの、ご指示だったはずです」

「その話をした時期よりも『ＭＬクリップ』の注目度が上がり、他の記事のＰＶ数が上がってきています。状況は変わりました。あなたの企画は効率的にリソースを使えていない。早急に立て直しを考えてください。以上です」

藤崎編集長は淡々と告げると、すぐに別の議題に移った。

それ以来、私は一時間おきにＰＶ数を確認している。


「そんなに、ＰＶ数ばっかり気にしないでくださいよ。一葉さんには、本当に感謝してるんですから」

浅井さんの励ましはありがたかったけれど、とても同意はできない。

だって、ＰＶ数を稼がなければこの企画は強制終了になる。そんなこと、毎回協力していただいている浅井さんには言えないけれど。

「ただ、できれば、もうちょっと早く会いたかったとは思いますけど」

ふと、いつも元気な浅井さんが、寂しそうな顔をする。その表情は、前にも見たことがあった。取材中に、子供がリスに石を投げて怪我をさせたことがあるという話を聞いた時だ。その時の浅井さんは、お客さんに憤り、それから、怪我をしたリスのことを心配して寂しい目をした。

「浅井さんも、元気がないですね。なにかあったんですか？」

「……この後、宗田園長から、話があると思います」

時計を見る。久しぶりに週末に来たのは、癒されたかったからじゃない。宗田園長から、今後の動画製作について相談したいとの連絡があったからだ。

宗田園長は多忙で、日程調整の結果、土曜日になった。せっかくだからと、早めにきて、動物園を見て回っていたんだ。

「そろそろ時間ですね。事務所にいきます」

「私も、エサやりタイムなので。しっかりお客さんを喜ばせてきますね。最近は、エサやりタイムもたくさんお客さんきてくれるんですよ」

そう言うと浅井さんは、さっき見せた寂し気な表情はなんだったのだろう、と思うほどカラッとした笑みで手を振る。どこから見ても、いつもの動物たちのことが大好きな飼育員だった。


「七子沢動物園の、閉園が決まりました」

事務所に戻り、挨拶もそこそこに打合せスペースに通される。

そこで、宗田園長は、閉園を告げた。

ショックで、なかなか事実が受け入れられない。熱中症にでもなったのかと疑いたくなるほど、頭が回らなかった。

ただ、一つだけすぐに浮かんだのは、浅井さんの寂しそうな表情の正体は、これだったのかということだった。

「どうして、ですか。お客さんも戻ってきているのに。今日だって盛況なのに」

「申し訳ない。私の、実力不足です」

宗田園長は、両膝に手をついて頭を下げる。

「もう何年も前から、七子沢動物園は赤字続きだった。なんとか黒字化できないかと知恵を絞って、企画を行ったり、新しい行動展示を取り入れてみたりしたが、だめだった」

「でも、七子沢動物園は市営じゃないですか。動物園はお金儲けのためにあるんじゃないって、以前も教えてくれたじゃないですか」

宗田園長に、動物園の役割について教えてもらったことがある。

種の保存、教育・環境教育、調査・研究、レクリエーションの四つがあると言われる。どれも、地球上にある命を守り、大切さを普及するために重要なことだ。お金に換えられるものじゃないはずだ。

「動物園には使命があります。だが、この国には動物園が多すぎるのも事実だ」

それも、宗田園長に教えてもらった。日本の動物園は、戦後の復興期に平和な文化施設として建築ラッシュがあり、全国各地に広まった。現在では日本動物園水族館協会には約九十の動物園が加盟している。人口当たりの動物園数では世界一位になるという説もあるそうだ。

「この動物園ができたばかりのときは、なにもしなくても大勢のお客さんがきてくれた。けれど、近隣の住宅街は高齢化が進む一方だ。都心部から客を呼び込もうにも、東京にはゾウやライオンのいる大型動物園がある。この地域の小学校も、遠足には都内の動物園に行く学校が増えた。来園者数も少なく、予算もなく、飼育できる動物たちも限られる――今やこの動物園は四つの使命を果たせていない」

宗田園長は悔しそうに、ぺたりと首に手をあてる。

「決定打となったのは、昨年の選挙で無駄な公共事業削減を訴える市長が当選したことです。昨日、正式に、市から連絡がきました。年内で――正確には、十二月の半ばで閉園です。あなたが企画を持ち込んできてくれた時から、閉園は避けられない状況だった」

十二月半ばということは、あと五ヵ月くらいしかない。さっきの、浅井さんの言葉が頭に蘇る。できれば、もうちょっと早く会いたかったとは思いますけど。

今の賑わっている状況が、もうちょっと早くできていれば、違う結果になったんじゃないか。そう思っていたのかもしれない。

「なんとか、ならないんですか」

「我々は市営の動物園です。市は親会社も同じ、市が決定したのであれば、もうどうにもならない。今、必死で動物たちの引き取り先を探しているところです」

「でも、『恋が苦手な人間たち』の企画で、お客さんが戻ってきているのに」

「それは、思い上がりですよ」

宗田園長は、冷たい視線で私を見つめる。

「あなたの企画一つでどうにかできるような状況であれば、こんな苦労はしていない。むしろ、そう思われているのであれば、今日までの私たちの努力への侮辱です。私たちもこれまで、様々な挑戦をしてきました。柵のないカンガルーパークも、オオワシの飛行ドームも、できたばかりの時は人がきてくれたが、すべて一時的なものだった。都内には魅力的な動物園がたくさんある、こんな片田舎の動物園のリピーターになるお客さんはそう多くない」

宗田園長の言葉は、これまで色々な工夫や挑戦をしてきたことを感じさせた。なんとかして閉園を避けようと努力を続け、それでも手が届かなかったのだろう。

そして、その言葉は、今の私の状況にも重なった。『恋が苦手な人間たち』は、確かにある程度の注目を集めた。でも、それも一時的なものだ。連載が始まってわずか四ヵ月、もうすでに飽きられ始め、ＰＶ数は低下を続けている。

「『メディアキャレット』で七子沢動物園を取り上げてくれるのは、とてもありがたかった。だが、七子沢動物園は、今年の十二月で閉園する。これから先、企画をどうするのかは、あなた方の判断にお任せします。こんなことになって申し訳ない」

宗田園長の言葉に、やっと気づく。これまで『恋が苦手な人間たち』は、七子沢動物園を盛り上げようという狙いもあり、コラボを前面に打ち出していた。だけど、閉園が決まった動物園とコラボすることに意味はあるか、それを心配してくれているんだ。

「……会社にもどって、上司と相談してきます」

私が口にできるのは、それが精一杯だった。

事務所を出てから、しばらく動物園を歩いた。

あまりにも唐突に告げられた終わり。がんばって作った砂の城が、ふいにやってきた大きな波に流され、あっという間に消えてなくなってしまったような喪失感だった。

賑わう動物園の中をふらふらと歩き、動物たちを眺めながら、心の中で問いかける。

ねぇ、知ってる？　この動物園は、あと五ヵ月でなくなっちゃうんだって。君たちの居場所がなくなっちゃうんだよ。呑気(のんき)に木陰でおっさんみたいに寝転がっている場合じゃないよ。

カンガルーパークで寝転がっているカンガルーを眺めていると、通りかかった浅井さんが声をかけてくれた。

「園長から、話は聞きましたか？」

「はい。残念です」

「せっかく、一葉さんのおかげでお客さんが増えてきたのに」

「私の企画なんて一時的なものですよ。さっき宗田園長に同じことを言ったら、思い上がりだ、って言われました」

「思い上がりだなんて、そんなことないですよ。ぜったい」

浅井さんが必死にフォローしてくれるけど、首を左右に振る。

「その通りだと思いました。これまで、皆さんの色んな努力があったから、今の七子沢動物園があるんです。部外者の私が特別なことをしたような言い方は、間違ってた」

それに、この企画がたくさんの人の目に触れたのは、藤崎編集長が改革したからだ。以前の会社ホームページ内にあった状態では、こんな結果を出すことはなかっただろう。

「この動物園がなくなったら、浅井さんはどうするんですか？」

「今、園長が必死でこの子たちの引き取り先を探してくれてます。私は最後の一頭が離れるまで、ここを守るつもりです」

「その後は、どうするんですか？」

「他の動物園で働きたいけど、動物園の飼育員って人気があるんですよね。基本的に、欠員が出たタイミングで募集がかかるから、いつどこに空きがでるかわからない。この人手不足な時代でも、募集はほとんどなし——居場所がなくなるのは、私もこの子たちと一緒ってことですね」

公立の動物園に採用されるには公務員試験に合格する必要があるため、浅井さんも公務員のはずだ。だけど、七子沢動物園は市営で、市内には他に動物園はない。

園長には、思い上がるなといわれた。それでも、考えるのを止めることはできない。

もっと人気が出ていたら、もっとお客さんを呼び込むことができていたら——。

すっかり癖になった、スマホを取り出して最新の動画の閲覧数を確認する。ノルマギリギリのＰＶ数一万を超えただけだった。

＊

朝から空を覆っていた灰色の雲は、午後になって雨を降らせた。

オフィスの窓からも大粒の雨が通りすぎるのが見える。夏が息切れして、梅雨に逆戻りしたようだった。

田畑さんと一緒に、編集長のデスクに相談に向かう。

「あの、ご報告したいことがあります」

藤崎編集長は、ほんの一瞬だけ視線を上げて、私を見た。それから、すぐに視線を画面に戻してキーボードを叩き始める。

「そのままどうぞ」

相変わらずのマルチタスク、効率マシーンぶりだった。

七子沢動物園の閉園のことを報告する。その後で、企画をどうするかを相談するつもりだった。だが、藤崎編集長は話を聞いても欠片も驚かず、キーボードを打つ手を止めずに告げた。

「最初に言ったはずです。あなたは大事なことが見えていない」

それは、この企画を始めた直後、編集長に言われた言葉だった。

「……もしかして、知ってたんですか」

「少し調べればわかることです。去年、当選した市長の公約の中に赤字公共施設の閉鎖と再利用があった。動物園のある地域は四十年以上前に建てられたニュータウンで高齢化が進んでいる。公立動物園だから来園者数のデータも公開されていましたね。あの動物園の経営が成り立っていないことは明らかです」

かつて経済誌の編集長だったことを彷彿とさせる言い方だった。

「宗田園長の経歴は調べましたか？　都内の有名な動物園でキャリアを積み、新しい行動展示や繁殖方法で数々の賞を受賞しています。東日本大震災の後は、東北の被災した動物園の園長に就任し、復興の陣頭指揮を取りました。その動物園は年間来園者数が被災前の倍を超える人気動物園に生まれ変わりました」

「そんなに、すごい人だったんですか」

「レジェンドと言ってよいでしょう。彼が動いても変えられなかったということは、もう手の施しようがないということです。この国に必要とされていない、役目を終えた場所だということです」

藤崎編集長の言葉は、正しいのかもしれない。

でも、そんな言い方をしなくても、と思う。七子沢動物園には、その流れをなんとかしようと、ずっと奮闘してきた人たちがいるんだ。

「……わかっていたなら、どうして企画の段階で教えていただけなかったんですか？」

「あなた自身で気づくことを期待していました。あなたは、動物園の人たちに肩入れしすぎて、自分の見たいところしか見ていなかった。七子沢動物園のことをフラットな視線で取材すれば、当然、閉園の可能性は視野に入るはずだった」

　そこで、編集長は手を止めて、顔を上げた。監視カメラのレンズのような瞳で見つめながら続ける。

「それからもう一つ、止めなかった理由があります。長いあいだ続いていたものが終わる瞬間というのは、人を惹きつけます。かつて人気であったものほど、輝いていた時代が鮮明であるほど、終わりの寂しさは引き立つのです。これを利用しない手はありません」

「まさか、そのために――企画を通していたんですか？」

「あなたは動物園の飼育員ではなく、月の葉書房の編集者です。存在意義を数字で示してください。使えるものはなんでも使ってください。消えていく動物園、ＰＶ数を稼ぐにはいいネタです」

「そんな、ネタだなんて――」

　だけど、ふと頭の中に浮かんでしまう。

　確かに、いいネタかもしれない。動物園が終わるという方向から盛り上げれば、今の落ちているＰＶ数を再び上昇させられる。

「理解できたようですね。これまで通り、動画更新は続けてください。それと並行して、七子沢動物園が終わることを公表し、寂しさを煽ってください。これは日本中で起きる社会的問題だと煽ってもいいです。使えるものはなんでも使い、注目を集めて、動物園の終わりまで取材してください。以上です」

藤崎編集長はそういうと、視線をディスプレイに戻し、キーボードを叩き始める。

席に戻ると、田畑さんが心配して声をかけてくれた。

「一葉さん、平気？　あんな言い方、しなくてもね」

私も、そう思った。

でも、ほんの一瞬でもPV数を稼げると喜んでしまった私には、編集長のことを非難する資格はない。それに、まだ間に合うかもしれない。PV数をたくさん稼いで、多くの人に見てもらって、七子沢動物園が素敵な場所だって知ってもらえたら……もしかしたら、今の状況が変わるかもしれない。

「田畑さん、私、今回は編集長の言う通りだと思うんです。七子沢動物園がなくなることも利用して、PV数を稼いでやりますよ」

ぐっと拳を握り締めて、自分に言い聞かせるように呟く。

アメリカの作家、ナポレオン・ヒルも言っている。「待っていてはだめだ、完璧な好機など永遠に来ない」。その通りだ、立ち止まらずに、進み続けるんだ。

＊

【相談者：パールさん（バーテンダー・二十五歳・男性）】
僕は今、ホテルのバーテンダーをしています。いま付き合っている彼女は、バーカウンターに立つ僕が好きだと言ってくれます。だけど、僕には彼女に話せてない秘密があります。推しがいるのです。『すみっこマイマイ』のレレちゃんという子を激推ししています。彼女の前ではレレちゃんの話はしません。彼女の理想に合わせて、強そうな服を着て、大人っぽく振舞っています。嘘をついている後ろめたさはありますが、彼女はあまりサブカルが好きじゃないので。彼女とは結婚を考えていますが、正直に打ち明けるべきでしょうか？

次の恋愛相談が決まった。

『すみっこマイマイ』を検索すると、下北沢（しもきたざわ）を拠点に活動するアイドルグループだった。レレちゃんは確かに可愛かった。趣味はカレー屋巡り。

今回の相談は、私も少しは共感できた。

以前に付き合っていた恋人に、レオパを飼っていることがきっかけで振られた。自分が好きなものが受け入れられなかった時の寂しさは、よくわかる。

あの時、ほんの一瞬だけど、彼が戻って来るならレオパを手放そうかと迷った。

今回の恋愛相談の文章からは、推し活をやめるって選択肢がないのは伝わる。それでも結婚を考えているなら、打ち明けるしかないんじゃないかって思う。

いずれにしても、七子沢動物園の閉園とPV数を稼ぐことで頭がいっぱいの私には、ささやかな悩みのような気がした。

でも、恋愛相談として選ばれた以上、全力で答えを探さないといけない。

「椎堂先生、推し活をする動物っていますか？」

椎堂先生の表情が、全面禁煙のカフェで煙草（たばこ）を取り出した人を見たように、不快感でいっぱいになる。

「なにを言ってるんだ、君は？」

相談が決まってから、パールさんの恋愛相談の回答を考え続けた。

どんな切り口で答えれば注目を集められるのか。PV数を稼げて、拡散しやすいフレーズがあればいい。そんなことを迷っているうちに時間が経ってしまい、結局、回答の方向性もまとまらないまま、椎堂先生との打ち合わせの日時になってしまった。

「あの、推し活というのはですね、他の誰かを全力で応援するファン活動のことです。パートナーとは別に、推しがいる動物っていませんか？」

野生は私の想像を超えてくる。もしかしたら、そんな動物がいるかもしれない、という強引な期待を込めて続けるが、先生の視線はさらに冷たくなるだけだった。

「前も言ったはずだ。人間の価値観を持ち込むな。動物に関わる質問に落とし込むのが君の仕事だろう」

「……すいません。今日は、まだ回答の方向性が決まっていなくて、もうちょっとまとめてから出直します」

明らかに準備不足だった。机の上に広げたタブレットとノートを鞄に仕舞う。

来週公開分のストックはあるので、まだ納期的には余裕がある。とりあえず、もう一度、ちゃんと考えをまとめて出直そう。

「ところで、先生。聞きましたか？　七子沢動物園が閉園になるそうです」

せっかくきたのだからと、話題を変える。アイデアがまとまっていないのに打合せを決行したのは、このことについて、先生と話しておきたかったからだ。

「あぁ、宗田園長から連絡を貰ったよ。正式に市のホームページで公開もされていたな。非常に良い動物園だったのだが、残念だ」

椎堂先生は、そっと眼鏡の縁に触れる。いつもの気怠そうな声だけど、それなりに付き合いが長いお陰で、先生が本当に惜しんでいるのが伝わってきた。

「私も、とてもショックです。でも、閉園というのは、チャンスでもあると思うんです」

藤崎編集長に言われてから、ずっと考えてきた。

存在する意味があるのか、と言われていた『MLクリップ』は、今や誰からも一目置かれるようになった。他の編集部に相談にいくと、以前は面倒そうに対応されたのに、今ではぜひ載せて欲しいと積極的に協力してくれる。

編集長の言った通り、数字は正義だ。編集会議でも、部内の他の会議でも、誰もがPV数を気にしている。

「閉園という事実をうまく宣伝に使えれば、動画はもっとPVを稼げるようになる。そして、PVを稼ぐことができたら、もしかしたら、閉園が取り止めになるなんてこともあるかもしれない」

「市が決めた閉園を、今からどうにかできると思っているのか？」

「難しいのはわかっていますけど、なにもしないよりいいじゃないですか」

「PV数というのは、そんなに重要か？」

「もちろんです。それがなければ、企画を続けることもできません。数字さえだせば、認められます。皆よろこんでくれます」

「そのために、動物園を閉園から助けるなどできもしないことを考えて、自分でも気づかないうちに都合のいい言い訳を並べているだけではないのか？」

そんなわけない、と言おうとして、ほんの一瞬だけ躊躇う。

本当にそう言い切れるだろうか。

ＰＶ数を稼いで、評価されて、もっと認められて――そんな下心があったのは否定できない。七子沢動物園をなんとかしたかったのは本音だけど、ボランティアをやってたわけじゃない。

頭の中を、藤崎編集長に言われた言葉がぐるぐる回る。

「先生、私は編集者で、会社にお給料をもらってるんですよ」

「わかっている。だが、最近の君は、ＰＶ数というものに拘りすぎではないか。確かに、指標としては明確だ。それを基準にするのはいいが、あくまで指標であって目的ではなかったはずだ」

先生の言うことはわかる。最初は、企画を続けるためのノルマだった。それがいつの間にかＰＶ数を稼ぐことが目的になった。増えたら喜び、減ったら不安になる。なにをしていても、気になって仕方がない。

「今の君は、モデルをやっていた時の俺のようだ」

「昔の、先生ですか？」

椎堂先生はかつて、ツカサ、という名前でモデルをやっていた。とても人気があって、十代女子の憧れの的だった。灰沢アリアと一緒に人気女性ファッション誌『Ｒｅｎａ』の表紙を飾った写真は、今でもたまにネットで話題になる。

でも、先生はある時を境にモデルを止め、自分の夢のために進学した。

「周りのプレッシャーに応えるために、本当にやりたいことを捻じ曲げている。そんな風に、見える」

先生の言葉が、私の上に、冷たい雨のように降り注ぐ。

私だって必死にやってきた。どうしてそんなことをいうんですか。私は、先生のようにやりたいことを仕事にしてるわけじゃない。そんな中でも、できることを見つけて、私らしさを見つけて、がんばろうとしてるんじゃないですか。

不満は次々と浮かぶけど、冷たい雨が熱を奪うように、私の中の言葉が消えていく。

「先生……今日は、帰りますね」

立ち上がって、頭を下げる。

頭の中がぐちゃぐちゃだった。何が正しいのか、自分がなにをしたいのかわからない。

ただ一つだけ、今の私には、他人の恋愛相談に乗る資格がないことはわかった。

大学を出て、歩き慣れた駅までの道を歩いていると、スマホが震える。

ディスプレイを見て、跳び上がりそうになった。

そこに表示されたのは、かつて日本中のティーンエイジャーのカリスマであり、現役のトップモデルであり――私にとっては神さまの名前だった。

＊

待ち合わせに呼ばれたのは、渋谷の裏路地にある焼鳥屋だった。

角地に建っている雑居ビルの一階、扉の前に『夜空』というプレートがぶら下がっている。一見では気づかない秘密基地みたいな店が、彼女のお気に入りで、初めて出会った場所だった。

中は普通の焼鳥屋だ。カウンター席の他に衝立で仕切られたテーブル席が三つ。一番奥のテーブルに、私の憧れの人が座っていた。

灰沢アリア。私が子供の頃、ティーンエイジャーのカリスマとして一世風靡したモデルだった。一時期は乳癌が理由で活動していなかったが、今はすっかり回復し、モデルとしてもタレントとしても大活躍している。

今日も、アリアは美しかった。整った形の大きな口、ツンと高い鼻にうっすら青い瞳。波打つように広がった長くて艶のある髪。

服装もシンプルだけどお洒落だった。黒いハイネックのトップスにオレンジ色でビビッドなテーパードパンツ。腕のベークライトのバングルがアクセントになっている。

『恋は野生に学べ』の連載が終われば、アリアとはもう会うことがないと思っていた。

でも、アリアは、気まぐれに私に電話をくれる。二ヵ月連続の時もあれば、数ヵ月空く時もある。そして、いつも気さくに飲みに行こうと誘ってくれた。

なにを気に入って貰えたのかわからないけれど、私にとって幸せな瞬間だった。

「ほら、アメリカ土産だ」

私が向かいに座ると、紙袋を突き出された。

アリアは、仕事で三日前までロサンゼルスにいたらしい。貰った紙袋を開くと、ピンクと紫のストライプで包装されたチョコレートが入っていた。

ビールで乾杯して、アメリカの話を聞く。ロサンゼルスでファッションショーに出て、本場のカジノにいって、本場のステーキを食べて帰ってきたらしい。

さんざん話をした後で、アリアに「それで、あんたはどうなの？」と聞かれた。

せっかくだから、と動画を見てもらうことにする。

「今、『恋が苦手な人間たち』っていう動画配信をやっているんです。これが、その動画です」

スマホに表示させると、アリアは顔の前で手を振る。

「あぁ、見た。宮田が送ってきたからな」

宮田さんは、アリアのマネージャーだ。最近は会っていないけれど、素敵な笑顔を思い出してほっこりする。

「そうだったんですね。嬉しいです」

「面白かったぞ。特に、ハダカデバネズミのやつな」

いかにも、アリアらしいチョイスだった。

ハダカデバネズミは、名前の通り体毛が細かく裸のように見えるネズミだ。地中で八十匹ほどの大規模な群れで生活する。群れの中には女王がいて、子供を産めるのは女王だけだという。女王以外のメスは、女王におしっこをかけられ、おしっこの中に含まれる成分によって子供を産めない体になり、ワーカーと呼ばれる労働ネズミになるそうだ。

リーダー格の女友達の言いなりになって、好きな人に話しかけられないという相談に、ワーカーになって一生を終えるつもりか、とアドバイスした。

「……あれ、ちょっと怖くなかったですか？　そのせいか、ＰＶ数も今イチだったんですよ」

「ＰＶ数なんて気にしてんのか、らしくねぇな」

アリアが鼻で笑うので、思わず反論してしまう。

「自分だって、会った時はインスタのフォロワー数とか気にしてたじゃないですか」

「あれは、あたしが自信のない時期だったからだ。今は、何人かも知らねぇな」

「私には大事なんですっ」

アリアのフォロワーは、私が出会ったころとは比較にならない。再ブレイクした現在は二百万を超えている。そりゃあ、気にもならなくなるだろう。

でも、私のＰＶ数は違う。だって、これがないとなにも認められない。七子沢動物園に奇跡を起こすこともできない。

そこで、ふと気づく。私の目の前にいるのは、日本でも屈指のインフルエンサーだ。

「そうだ、アリアさん。この動画、ＳＮＳで宣伝してくれませんか？　アリアさんが宣伝してくれたら、ぜったいにＰＶ数が爆増すると思うんです」

「あたしは、今日、ただの友人としてお前と飲みに来たんだ。このあたしを宣伝に使おうってのか？」

「いいえ。そんなつもりじゃ、ただ協力してもらえたら助かるなって」

次の瞬間、アリアの視線がすっと冷たくなる。

私は、自分の失言を悟った。

最近はすっかり親しくなって気を抜いていたけど、この人は、いつだってプライドの高い女王だった。

「ちょっと待ってください。アリアさん、ごめんなさいっ」

「やめだ、帰る。気分じゃなくなった」

慌てて呼び止める。アリアの大きな目が、私を睨みつけた。

「なんで謝ってるか言ってみな」

「それは、アリアさんが怒っているから」

「お前は、あたしのことをあたしとして見てるから気に入ってた。さっき、お前はあたしを道具として見た。それに、苛ついたんだよ。あたしが灰沢アリアでいるためにどんな犠牲を払っているかよく知ってるだろ。ただ乗りしようなんてよく言えたもんだな。もう二度と顔を見せるなっ」

……自分から誘ったんじゃないですかっ。

思わず言い返しそうになるけど、それよりもショックが大きくて言葉に出来なかった。

美しい瞳には、明らかな失望が浮かんでいた。あんたも結局、他のやつらと同じか、つまんねーやつになったな、そんな表情だった。

アリアはテーブルの上に、今日の会計よりも明らかに多い金額を置いて店を出ていった。

折りたたまれた一万円札は、まるで手切れ金みたいだった。

もともと、今まで相手にしてもらえたのが奇跡なんだ。だから、涙なんて出てこない。悲しむなんておこがましい。ただ、幸運を使い切ったような感覚だった。

一つだけわかったことは――今日、私は椎堂先生に失望され、私の神さまにも見捨てられたってことだ。

＊

七子沢動物園が閉園するという動画のＰＶ数は、十万を超えた。

マスコットキャラクターのヒトコブラクダのナナコちゃんと、マレーバクのザワくんが告げる閉園は、たくさんの人たちの心を動かした。動物園が思い出の一ページであった人は、私が想像しているより多かったらしい。七子沢動物園にいったことのある人は過去を振り返り、いったことがない人も自分の記憶に重ねた。

藤崎編集長の目論見(もくろみ)は当たった。誰もが日本中から動物園が消えていくかもしれない未来を憂えて、ＳＮＳにはこの記事を引用したコメントが溢れた。

でも、喜んではいられない。

肝心のパールさんの恋愛相談の方は、まだ方向性が決められていなかった。

　これまでずっと隔週で配信してきた。ペースを守って更新するには、明日中には原稿が上がっていないと厳しい。

　だけど、焦れば焦るほどアイデアは出てこない。閉園の告知動画のＰＶ数ですら、今の私には越えなければいけない壁のようなプレッシャーでしかなかった。椎堂先生やアリアに言われた言葉は逆に、もう私にはＰＶ数を稼ぎ続けて証明するしかないと迫ってくる。

　社外での打ち合わせを終えて会社に戻ると、夕方だった。

　ビルの隙間から漏れるオレンジ色の夕日が、会社の入口にスリットを描いている。いつもなら、綺麗だ、とテンションが上がるところだけど、今は一日の終わりを告げる寂しげな色に見えた。ロビーを定時上がりの人たちとすれ違いながら、うつむきがちに進む。

　そこで、唐突に名前を呼ばれた。

「柴田、一葉っ」

　しかも、フルネームで。

　振り向くと、会社のドアの入口に、中学生くらいの女の子が仁王立ちして、私を指差していた。人を指差しちゃいけないって習わなかったんだろうか。

学校の制服姿で、グレーのスカートに半袖ブラウス、首元には赤い紐のリボン。背後から夕陽が差して、若さが眩しい。

「さんっ！」

私の視線を感じて、思い出したように付け足す。

周囲の人たちが、いきなり会社のロビーに現れた女子中学生に、いったい何事だ、と不思議そうな視線を向けている。中には、一緒に仕事をしたことのある人の姿もあった。

もらい事故のような形で視線を集めたことに恥ずかしくなりながら、謎の女子中学生に近づく。

「あのー。私のこと、呼びました？　なにか用ですか？」

「話せば長いのですが、社会人と話す時はまずは結論を先に言うべきって聞きましたので、まず結論から。私と一緒に、ママを尾行してください」

改めて、彼女の顔を見る。

後ろで一つに束ねた長い黒髪に、思い込みの強そうな真っすぐの瞳。顔にちらほらと見える雀斑が、活発な印象を与える。なんとなくだけど、部活のキャプテンとかをやっていそうだと思った。

「ママって誰ですか？」

「私の名前は藤崎理恵。ママは、藤崎美玲です」

子供のいる私のことを知っている人……と考えて田畑さんのことを思い浮かべていたけど、まさかの藤崎編集長だった。

こんなに大きなお子さんがいたんだ。指輪してないし、てっきり仕事が生涯のパートナーの人だと思っていましたよ。なんだか裏切られた気分だ。

「ええっと、お母さんを、呼べばいいの？」

「呼ばないでください。私は、あなたに用があってきたんです。あなた、ママの部下なんですよね？」

「そうだけど、なんで知ってるの？」

「ママが家で仕事している時、パソコンを盗み見ました。会社のチームチャットに、あなたの写真が表示されていました」

チームチャットというのは、一年ほど前から採用したコミュニケーションツールだった。グループでチャット形式のやり取りやオンライン会議を行うことができる。

導入当初、ＩＴ部門から、社内のコミュニケーション活発化のために、プロフィールには写真を入れましょう、という案内があった。私はそれを見て写真を登録したけれど、意外と登録しない人が多く、今や写真をのせている人だけがちょっと恥ずかしい思いをしているのが現状だ。

「勝手に見るのはよくないと思うな」

「そんなことより、教えてください。ママから、最近付き合ってる彼氏の話とか聞いてないですか？」

「藤崎編集長は、そういうプライベートなこと話さないから。娘がいることも、たった今知ったよ」

「そう、ですか。ママの手帳アプリを見たんですけど、どうやら、あんまりよくない男と付き合ってるみたいなんですよね」

「だから、勝手に見ちゃだめだって」

「見えるようにするのが悪いです。ママ、よく仕事しながらリビングで寝てるから、目に入るじゃないですか」

おおう。藤崎編集長が仕事しながら寝落ちなんて、想像できない。完璧にバリバリ終わらせて、真っ白いパジャマに着替えて経済番組みながら歯を磨いて几帳面にベッドメイクされた白いベッドで寝そうなのに。ぜんぶ勝手なイメージだけど。

「ママが誰と付き合おうがべつにいいの。けど、ママ、その男にお金を渡してるみたいなんです。ラインでそんなやり取りをしてて」

「ラインまで……ほんと、駄目だよ」

口にしながら、ちょっと興味があるのと、関わりたくないのと、反する気持ちが私の中でシーソーゲームをする。そして、関わりたくないが勝った。

「そんなこと、私に話さない方がいいよ。家族とはいえプライベートなことだし」

「あ、ママは離婚してるから、浮気じゃないからそこは大丈夫だよ」

「いや、そういうことじゃなくて――」

できるだけ、何気ない振りで答える。離婚してたんだ。なんなのこの子。たった数分で、半年一緒に働いていてまったく知らなかった個人情報がたくさん入ってきて、もうお腹いっぱいだよ。

「あ、その目、やっぱり興味ありますよね？　気になりましたよね？」

「まったくなりません」

「そこをなんとかっ。お願いします、助けてください」

命の駆け引きでもしているような熱い瞳だった。理詰めの編集長と違って、すごい感情に訴えてくる。

「助けるって、どういうこと？」

「今日の夜、付き合ってください。ママがその男と会う約束をしてるみたいなんです。六本木（ろっぽんぎ）の華蘭（からん）ホテルのフレンチレストランってスマホのカレンダーアプリに書いてありました」

娘には情報ガバガバだな、編集長。ここまで続くと、見る方と見られる方、どっちが悪いかわからなくなってきた。

「中学生一人で入れる場所じゃないですよね。行き方もよくわかんないし」

「デート現場に突撃するつもりなの？」

「いえ、とりあえずは様子を見るだけです」

「そんなことするより、ちゃんとお母さんと話し合ったらいいんじゃない？」

「それができたらそうしてますよ」

これだから大人は、と吐き捨てるように顔を顰める。

「喧嘩してるの？」

「喧嘩というよりも、ここ半年くらい冷戦状態ですね。ママが、色々干渉しようとしてくるから。友達は選べとか、もっとまじめに勉強しろとか、私がやりたいことをぜんぶ否定するし」

私も覚えがあるからよくわかる。反抗期とかじゃなく、なんとなく親とうまくいかなくなる時期はある。でも、親のことがどうでもよくなったわけじゃない。

「なんで、私にそんなこと頼むの？」

「チームチャットの写真を見てピンときたんです。この人なら、手伝ってくれそうだって」

ずいぶんお人好しに写っていたらしい。あとで写真を変えよう。

「手伝えないよ、そんなこと。馬鹿なことを考えるのはやめて、家に帰った方がいいって」

そう言って、いつまでも喋ってられないと背を向ける。

「いいですよっ、一人でも決行しますから。けど、私が来たこと、絶対にママには言わないでくださいよ」

私の背中を、理恵ちゃんの声が追いかけてくる。

振り返らず、そのままエレベーターに乗り込んだ。

オフィスに戻ると、編集長は不在だった。田畑さんに聞くと、今日は『メディアキャレット』の本社へ行っており、『月の葉書房』には来ない予定らしい。

どうしようかと迷うが、わざわざ電話することでもないと判断する。もし編集長に伝えたとしても「それは、あなたの業務に関係があるのですか」とか平然と言われそうだ。

『恋が苦手な人間たち』の方はまったくアイデアが浮かばず、他の仕事を片付けている内に暗くなる。田畑さんに「そろそろ上がろっか」と声を掛けられて、時計を見ると八時を回っていた。

帰り支度をしていると、思い込みの激しそうな中学生の顔が浮かぶ。

ちゃんと家に帰っただろうか。本当に決行してないよね。

まぁ、どっちだとしても私には関係の無いことだけど。

＊

六本木に来るのは久しぶりだった。

改札を出て、ほんの数ヵ月のあいだに、駅前のディスプレイが季節に合わせて変わり、いくつかの店が入れ替わっているのに気づく。

相変わらずお洒落でちょっとお高い空気のする街だ、と現実逃避をしながら歩く。

片側三車線の大通りを渡る横断歩道の先に、東京でも有名な高級ホテルの一つ、華蘭ホテルが見えた。

大都会の土地をぜいたくに使った庭園風のエントランス、その向こうには十五階建てのガラス張りの建物が聳えている。入口はクラシックな回転ドアで、入ると違う世界に行けそうだ。

……それにしても、なんで来てしまったんだろう。

ホテルを眺めながら、自問する。私には関係ない、と言い聞かせて会社を出たけれど、やはりどうしても気になって、六本木に来てしまった。

まさか、本当にいるわけがないよね。

と、思っていたら、見つけた。夜の六本木に制服姿の中学生はやたら目立つ。理恵ちゃんは、華蘭ホテルのエントランスにあるベンチに座って、スマホをいじっていた。時折顔を上げて、辺りを気にしているのだろうか。とても怪しい。

と思っていたら、通りかかった警察官に話しかけられた。理恵ちゃんは、遠目にもわかるくらい動揺している。

横断歩道の信号が青になる。

私は慌てて、今日初めて知り合った、上司の娘の元に駆け寄った。

「お待たせせっ、ごめんね」

といって近寄り、待ち合わせをしていたことを警察官に説明する。危険なので未成年を一人にしないようにね、と注意をしてから警察官は離れていった。まったくその通りだと思いながら、去り行く背中に頭を下げる。

理恵ちゃんに向き直って、警察官に言われたのと同じ言葉を告げる。

「こんなところに一人でいたら、危ないでしょ。攫（さら）われちゃうよ」

理恵ちゃんは、きっと一人で心細かったのだろう、ほっとした様子で私を見上げる。そういう表情はズルい。

「柴田一葉、さんっ。来てくれたんですね」

「あぁ、もうっ。お母さんは中にいるの？」

「はい、そうです。若い男と一緒に入っていきました。私も中に入ろうとしたんですけど、ロビーまでしか入れてくれなくて、ロビーのソファで待ってたらホテルの人に怪しまれて、それでここに」

「ここでも十分怪しいけどね。とにかく中に入ろう。確か、一階にカフェがあったでしょ。おごってあげる」

「一葉さん、大好き」

さっきまで不安そうにしていた女子中学生は、調子よく私に腕を絡ませる。

ホテルのロビーには、いかにも高級そうなカフェがあった。入口の看板のコーヒー九百円に泣きそうになりながらも、ここは大人の余裕を見せなければ、と中に入る。できるだけエレベーターから目に着かない席を選んで座る。理恵ちゃんは二千円近くするショートケーキセットを頼み、私はアールグレイを注文した。

時計を見ると、八時半。カフェは十時までやっているらしい。

「ねぇ、お母さんは何時に入っていったの？」

「七時すぎくらい。朝出かける時は十時くらいに帰るっていってたから、そんなに遅くならないと思うけど。これが、その時の写真ね」

そう言って、スマホを見せてくれる。藤崎編集長と男が並んでエレベーターに入っていく写真だった。隠し撮りらしくちょっとぶれているけど、相手の男の顔立ちはわかった。かなりのイケメンだ。茶髪でちょっとホストっぽい。しかも、編集長よりもずいぶん若そうだ。

「……なんと」

意外すぎて、普段は言わない感嘆詞が漏れた。

「別に、ママが誰と付き合おうといいの。ママの人生だもん。けど、ヤバい男に引っかかってるのはほっとけない」

「お母さんが、この人にお金を払ってたの？」

「たまたまだけど、ママがこいつに、今月分のお金を振り込んだからまたデートしよう、ってラインしてるの見た」

「実は、お父さんだってことは？」

「ドラマの見過ぎ。それでも編集者なの？　お父さんとは年に二回くらい会ってるし。今は長野で別の家族と暮らしてる」

編集者がみんな物語と関わっていると思ったら大間違いだからね、と頭の中で反論しつつも、またしても気軽に投下された個人情報に頭がくらくらする。

「そう、なんだ。でもさ、お母さんが入っていくところは見たんでしょ。ここで出待ちしてなにするつもりなの？」

「出待ちなんて言い方しないで。それは、もっと特別な人を待つ瞬間のことだから」

「もしかして、アイドルとか好きなタイプだ」

口にした途端、理恵ちゃんが大事な部分を傷つけられたみたいに睨みつけてくる。

「別にアイドルが好きなわけじゃない。ただ、推しが一人いるだけ」

「ごめんね、決めつけるような言い方して。推しが一人いるだけか。それ、いいね。それで、お母さんが出てきたらどうするの？」

「なにもしない。証拠写真を撮って、家に帰ってから、変なことしないでって言うつもり。あと、ママがどんな顔で男と会ってるのかも、実際に見てみたかったし」

なかなかにキツい狙いだった。

私も、効率マシーンと呼ばれる編集長の顔しか知らない。藤崎編集長も、私には恋人といるところなんて見られたくないだろう。

「なんで、お母さんと冷戦状態なの？」

「あー。私、小さいころはお婆ちゃんの家に預けられてたの。お母さんは休みの日もたまーにしか会いに来なくて。二年前にお婆ちゃんが死んじゃって、お母さんと一緒に住むことになって、そしたら色々と、私のやる事に口挟んできて――今さらって思いますよね？」

わからなくはない。なにかの本で読んだことがある。幼い頃に両親と接する時間が短かった子供ほど、思春期の反抗は大きい傾向があるらしい。

「でもね、理恵ちゃん。働いているお母さんは、かっこいいよ」

いいこと言ったでしょ、という気持ちで振り向くと、理恵ちゃんは呆れ顔をしていた。

「知ってるよ、そんなこと。だから、こうしてここにいるの」

「そう、だよね」

時計を見る、九時を回っていた。

理恵ちゃんのケーキはいつの間にかなくなっていて、ミルクたっぷりのコーヒーを美味しそうに飲んでいる。

すこし手持ちぶさたになって、理恵ちゃんの推しの話を聞いてみることにした。今回の恋愛相談とも関連しているし、なにか参考になるかもしれない。

理恵ちゃんが好きなのは、蒼井涼（あおいりよう）だった。女子中高生に大人気の『クラッチボーイズ』という男性五人組アイドルの一人だ。略称はクラボ。

それからしばらく、理恵ちゃんはクラボと蒼井涼について語った。

ダンスが本格的、歌はそれなりだけど、だがそこがいい。冷凍餃子（ぎょうざ）のＣＭで食べてるところ可愛い。ファンサービスが神。食レポのときのコメントが面白い。チョコレートのCMで美味しそうに食べるの良い。炊飯器のCMでご飯をかき込む姿が素敵。食べてるとこ多いな。

「一葉さんは、推しとかいなかったんですか？」

話が一段落してから、理恵ちゃんが聞いてくる。

頭の中に浮かぶのは、たった一人だった。

「いたよ。とびっきりの推しがさ」

「聞かせてください」

何から話そうか。私はその人のことを、ずっと神さまだと思っていた。

かつてのティーンエイジャーのカリスマ。数々のコレクションに出演し、数えきれないほど雑誌の表紙を飾ったスーパーモデル。

そこで、つい数日前のやり取りを思い出し、胸がずきりと痛む。

「一葉さん、あれっ」

理恵ちゃんの声が、私を現実に引き戻す。

彼女の視線の先を追いかけると、エレベーターから藤崎編集長が下りてくるところだった。さっきの写真の男と一緒だ。おまけに腕まで組んでいる。

私たちのいるカフェは、ロビーの奥にある。エレベーターから出た藤崎編集長は、私たちに背を向けるようにして出口に歩いていく。

「ママ、すごい嬉しそう。女の顔してた」

ぽつりと、理恵ちゃんが呟く。娘に言われたくない台詞・オブ・ザ・イヤーだ。

でも、私も見てしまった。私の知っている、職場での藤崎編集長とはまったく違う雰囲気だった。楽しそうに笑いながら、年下のイケメン彼氏に甘えていた。

「……あんな楽しそうなママ、久しぶりに見た」

「気が済んだ？　なら、帰ろう」

そう言いながら時計を見る。

「ねぇ、一葉さん、あれ」

理恵ちゃんが私の服を引っ張る。

二人はすぐに外に出ず、ロビーにあったソファに二人で腰掛けた。そして、編集長は財布からお金を出し、相手の男に渡す。

本当だった。理恵ちゃんの言う通りだった。ヒモ彼氏は嬉しそうに金を受け取って、自分のポケットに仕舞う。それから二人は、何事もなかったかのように立ち上がり、また腕を組んでホテルから出ていった。

その背中が見えなくなってから、理恵ちゃんが聞いて来る。

「……見ました？　今、見ました？」

「もしかしたら、レストラン代を割り勘したのかも」

「そんな感じじゃなかったの、わかってますよね。そういうのズルいですよ」

理恵ちゃんといると、身に沁みついてしまった大人のズルさを実感させられる。確かに、そんな風には見えなかった。

「あ、戻ってきた」

理恵ちゃんの言葉に、もう一度、視線をロビーに向ける。出ていったばかりの編集長が中に入ってくる。彼氏はいない、一人だけだ。

忘れ物でもしたのかな、と思っていると、藤崎編集長は真っすぐに、私たちの座るカフェの方に歩いて来る。私のよく知る、感情をどこかに置き忘れてきたような表情だった。

監視カメラのレンズみたいに相手を分析するような視線が、私の方に向けられる。

あ、これ、バレてる。

理恵ちゃんも同じことを思ったらしく、ヤバ、と小さく呟く。

編集長がカフェに入ってくる。店員さんがもうすぐラストオーダーだと告げるのに、待ち合わせです、と被せるように答え、私たちの席にやってきた。

「どうして、あなたたちが一緒に、しかもここにいるのですか？　説明してもらえますか？」

「一葉さんは、悪くない。私のことを心配して、来てくれたの」

編集長は、仕事の時と同じ冷たい目で娘をチラ見すると、すぐに私に向き直る。

「柴田さん、もう少し席を詰めてください」

ソファ席を奥に詰めると、編集長はバレエ経験者のようにぴしっとした姿勢で座り、娘を正面から見る。

「では、聞きましょう」

娘にも、この態度なのか。反抗したくなる気持ちもわかる。

「ママのスマホを見たの。さっきの男とデートして、お金を払う約束してたでしょ。ヤバい男にハマってんじゃないかって心配してきたの」

「言いたいことは色々ありますが、まずは状況を整理しましょう。今の説明だと、柴田さんがここにいる理由が不明です」

「ママの会社のパソコンを見て、一葉さんがママの部下だってわかったから。ママの会社にいって見つけて、声を掛けたの。事情を話したら、心配してきてくれた」

「そうですか。柴田さん、娘が迷惑をかけました」

編集長が向き直る。普段、厳しい人から急に優しくされると、どうしていいのかわからなくて戸惑う。

「私の方こそ、すいません。編集長に連絡すべきでした」

「一葉さんはあやまることないって。全部、私のせいだから。私が無理やり付き合わせたんだから」

「私も同意します。悪いのはあなたです。勝手に人のスマホやパソコンを見ないでください。こんな時間にうろつくなんて危険です。そもそも、こんな馬鹿げたことしないで、私に直接聞いてください」

冷静に理屈を積み上げるような淡々とした口調だけど、いつもより早口で、編集長もさすがに怒っているのが伝わる。

「そうさせないような感じにしてんの、ママの方じゃん。それに、自分だって危ないことしてんじゃん。さっきの男なに？　別に、ママが誰と付き合おうと気にしないよ。でも、危ない人じゃないの？」

理恵ちゃんが、編集長の娘とは思えないほど感情的に言い返す。

私はなにを見せられているんだ。家でやってくれ。そう思いながらも、逃げ出すきっかけを見つけられず、できるだけ気配を消す。

「彼は、恋人ではありませんし、あなたに心配してもらうようなことはなにもありません」

「じゃあ、どういう人か説明してよっ」

「食事相手をレンタルするサービスです。さっき払ったお金は、その料金です」

藤崎編集長がスマホを取り出し、ホームページを表示させてテーブルの上に置く。

そこには『レンタルパートナー』という文字が踊っていた。
美しい見た目、ウィットに富んだ会話、洗練された所作。現実では会うことない理想のパートナーとのひと時をあなたに。

そんな宣伝文句が並んでいる。

「この会社は、しっかり身元保証された人物が登録されているため、数多ある出会い系サイトなどより安全です。ちなみに、この会社の経営者は私の知人でもあります」

衝撃だったのか、理恵ちゃんはなにも言い返さなかった。ホームページを凝視している。そして、おそるおそる指を出して、画面をスクロールしていく。

しばらくして、絞り出すように呟いた。

「……ママが、これをしてるの？」

気持ちは、すごいわかる。いつも効率マシーンと呼ばれ、機械のように働く姿からは想像できない。すごいギャップだ。

「私にも、そういう風に食事を楽しみたくなるときがあります」

「ママが選ぶのは、いつも同じ男の人なの？」

「ええ、そうです。彼は、駆け出しの舞台役者です。何度か劇も観にいきました。才能はあると思います。もっとも、ああいう仕事は、機会に恵まれるかどうか次第ですが。夢を応援するパトロン気分でもあるわけです。軽蔑しましたか？」

編集長がテーブルの上からスマホを拾い、鞄に戻す。

それがきっかけだったように、理恵ちゃんは勢いよく顔を上げる。

「しないよ。だってそれが、お母さんにとって大事な支えってことでしょ。私にとっての推し活みたいなもんじゃん。ギャップがすごくてびっくりしたけど、むしろ、お母さんにもそういう部分があって安心した」

「推し活、ですか。あなたにも推しがいるのですね」

「いるよ。そんなことも知らないの？」

「今度、聞かせてください」

さっきまでのトゲトゲした雰囲気が少し和らぎ、藤崎編集長と理恵ちゃんは小さく笑みを交わす。

そのやり取りを見て、はっとする。

てっきり、理恵ちゃんは拒絶すると思っていた。お金を払って男性と食事をするサービスなんて気持ち悪い、そう言うと確信していた。

でも、全然違った。お母さんが好きなことを、ただのギャップとして素直に受け入れて、よかった、と笑っている。それってすごいことなんじゃないか。

頭に浮かぶのは、悩み中の恋愛相談だった。

アイドルの推し活をしていることを彼女に打ち明けるべきかどうか迷っているとい

うパールさん。それはつまり、秘密や嘘ではなく、ギャップなんじゃないか。ギャップとは、これまで相手に見せていた側面との落差だ。ギャップを受け入れるということは、相手を信頼しているということなのかもしれない。

そこで、店員さんが近づいてきて閉店時間になったことを告げる。

「あとは、家で話しましょう。言いたいことはたくさんあります」

編集長はそう言うと、自然に伝票を取って席を立った。私もケーキを頼んでおけばよかった、とちょっと後悔する。

店を出ると理恵ちゃんは、ちょっとトイレと言って離れていった。

編集長と二人だけで、ロビーのソファに座って待つことにする。

ずっと気になっていたことがあった。脈絡のない話だけど、いまなら質問できそうな気がした。

「編集長、一つだけ聞いていいですか。どうして、日本で一番読まれてる経済誌の編集長にまでなったのに、全然違う業界に移動したんですか？　その後も、うちみたいな小さな会社の趣味の雑誌に関わっているんですか？」

いつも、どんな質問にもノータイムで答えてくれる編集長は、めずらしく時間をかけて口を開いた。ホテルのロビーを行き交う着飾った人たちを眺めながら、過去を思い出しているようだった。

「具体的なきっかけであれば、一つ、思い当たることがあります。エンゲージメントサーベイという言葉を聞いたことはありますか？」

まったくなかった。首を横に振る。

「社員の組織への愛着や貢献性を評価する方法の一つです。私が前にいた出版社でもアンケートを実施していました。ある時、部下たちの私への評価が著しく低かった。理由は、すぐにわかりました。副編集長だった人物が、部下たちと飲み会にいったさいに、全員で低くつけることを提案したそうです——私が、女だったから」

あまりにも稚拙な理由に、ぞっとした。

藤崎編集長は、いつもの監視カメラのレンズのような無機質な瞳で、淡々と続ける。

「経済誌の仕事は面白かったけれど、経済分野においては、編集者も取材先の経営者も、上にいくほど男性の比率が高くなります。だから私は、ずっと男たちと競い、勝ってきました。彼には、それが面白くなかったのでしょう。ささやかな腹いせのつもりだったのかもしれません。あまりにも非効率的な行為です。私はその事実を知って、冷めてしまったのです」

私がこれまで働いてきたのは、女性の方が多い編集部ばかりだった。だから、男ばかりの職場で働く難しさを知らない。だけど、その中で編集長まで上りつめるのが、すごく大変だってことはわかる。嫌な思いをしたことも、不本意な評価をされたことも、一度や二度じゃないだろう。

それが仕事ではなく、子供じみた悪戯となって現れた時、ぷつりと糸が切れるのも、なんだかわかる気がした。

「きっと、私が食事のパートナーをレンタルするのも、男と競ってきたからだと思います。お金のやり取りがある割り切った関係でないと、安心して甘えることもできないのです」

ふと、完璧に見えていた編集長が、急に寂しい人のように見えた。

紺野先輩から借りた本の中に載っていた、マリリン・モンローの言葉を思い出す。キャリアは素晴らしくても、寒い夜にはそれだけでは体を温めることはできないの。

「前の会社をやめた後、知り合いの一人に、『メディアキャレット』を一緒に起業しないかと誘われました。まったく違う業界であることに、惹かれたのです」

「ずいぶんと、思い切りましたね」

「私は、以前の仕事も、今の仕事も、特別に好きだと思ったことはありません。好き嫌いではなく、ただ、意義があると思う仕事をしてきただけです。経済の次は、エンターテイメントをやるのもいいかと思いました。エンターテイメントは、この社会の潤滑剤ですから」

「潤滑剤、ですか。いい言葉ですね」

編集長は眼鏡の位置を直すと、正面から私を見つめ直す。

「私は、あなたたちに厳しい目標を出し続けているように見えるかもしれません。ですが、忘れないでください。数字が目的ではありません。数字は、あなたの目的を正当化するための手段です。目的を言語化できてはじめて、本当の意味で数字を使えていると言えます」

その言葉に、はっとする。

それはまさに、私が椎堂先生から言われ、悩んでいたことだった。PV数ばかりに囚(とら)われ、PV数を稼ぐことが目的になっていた。閉園の決まった動物園をなんとかしたいなんて言い訳までつけて、それに縋(すが)っていた。


私がやりたかったことはなんだろう。


今さらながらの素直な問いが、頭に浮かぶ。スノードームの底の方でずっと引っかかっていた泡が、ちょっとした衝撃で解放されてやっと上ってきたようだった。

ロビーの奥から、理恵ちゃんが戻ってくるのが見える。

編集長はゆっくりと立ち上がりながら付け足した。

「それから、『月の葉書房』の雑誌は昔から好きでした。あなたの『恋は野生に学べ』も面白かったですよ。灰沢アリアは、私の推しですから」

その言葉に、思わず嬉しくなる。

「あら、噂をすれば」

と、編集長が告げる。顔を上げると、ロビーに飾られていた電子掲示板に、灰沢アリアが映っていた。

週末に華蘭ホテルで開かれる、花とドレスのショーのポスターだった。美しいドレスを纏った私たちの推しは、いつもの自信に満ちあふれた笑顔で微笑んでいた。

＊

二日後、椎堂先生の居室を訪れていた。

部屋に入るなり、待ちきれないように先生に尋ねた。

「――普段の姿と求愛行動にギャップのある動物はいますか？」

パールさんからの恋愛相談を、私なりに考えてみた。

アイドルが好きなことを打ち明けるかどうか迷っている。

でも、彼が一番迷っているのは、彼女が好きな自分とのギャップを見せることなんだ。そのギャップを、受け入れてもらえるかを心配しているんだ。

ギャップこそが、この恋愛相談の鍵の気がした。

「それならば、答えられそうだな。世間のイメージとギャップのある求愛行動を行う動物は数多くいるが……そうだな、七子沢動物園にはカンガルーがいたな」

「はい。広いカンガルーパークがあります。あそこのカンガルーは、普段はいつも週末のお父さんのように木陰で横になってますけど」

何度も足を運んだ、カンガルーパークのカンガルーたちを思い浮かべる。仲良くしている浅井さんの担当エリアだということもあって、いちばんよく見ているかもしれない。

「カンガルーは、植物から筋肉に必要なアミノ酸を合成できるため、草食動物だが筋肉が発達している」

「そういえば、七子沢動物園のカンガルーたちもすごいムキムキでしたね。アスリートというかボディビルダーというか、よく見るとそんな感じでした」

「七子沢動物園にいるのはアカカンガルーだな。アカカンガルーは一回のジャンプで約八メートルを跳び、約二メートルの高さまで跳ね上がる跳躍力を有している。時速六十キロほどで駆けることも可能だ」

跳躍力は、浅井さんから心理柵について教えてもらった時にも聞いた。でも、時速六十キロは初耳だ。車と並走できるのか。

「だが、面白いことにオーストラリアに生息する野生のカンガルーには、外敵といえる外敵はいない。いや、かつてはいたが、絶滅してしまっている。カンガルーの筋肉は、外敵と戦うために備わっているものではない」

「まさか、筋肉が求愛行動と関係あるんですか？」

カンガルーといえば、子供をお腹の袋にいれてぴょんぴょん跳ねる可愛らしいイメージだ。コアラと並ぶオーストラリアのシンボル。それが筋肉至上主義だとしたら、すごいギャップだ。

私がノートを取り出すのを見て、椎堂先生が小さく笑う。

「察しがいいな。では――野生の恋について、話をしようか」

その言葉を言った瞬間、気怠そうだった先生の表情が熱を帯びる。ゆっくりと立ち上がり、さっきまでと人が変わったような情熱的な声で話し出す。

「アカカンガルーは群れを作って生活しているが、発情期になるとメスを巡ってオス同士の争いが始まる。カンガルーの精液は、メスの膣（ちつ）内で固まって栓をする特徴があるため、最初に交尾をしたオスが確実に自分の子を残せる。だから、最初にメスに受け入れられることが非常に重要となる」

「うわぁ、なんですか、その特徴。メス側からしたらすごい嫌悪感しかないんですけど」

椎堂先生は、同じ特徴はテンジクネズミなどにもみられるな、と付け足す。七子沢動物園で見た、お帰り橋の可愛らしい行列を思い出す。聞きたくなかったっ。

「オスの争いは、ボクシングのような前足の殴り合い、カンガルーボクシングと呼ばれる行動が知られているな。尻尾で体を支え、両方の後足を使ったキックを行うこともある。カンガルーのキックは強力で、時には相手のオスを死に至らしめることもある」

メスを巡った争いの末に蹴り殺されるなんて、可愛らしいイメージとのギャップがすごい。

「筋肉はメスへの求愛行動にも使われる。自らが強い個体であることを示すために、メスの前で筋肉をアピールするのだ」

「……確かに、可愛らしいイメージとはギャップがありますよね」

「だが、もっと重要な求愛行動が他にある」

「他にもあるんですか」

だんだん、次はどんな筋肉エピソードが出てくるか楽しみになってきた。

「ちょっと待ってくれ。確か、デイビッドさんからもらった動画があったはずだ」

先生はそう言うと、デスクの上のパソコンを操作する。

デイビッドさんから貰った動画はすぐに見つかったらしく、ディスプレイをくるりと私の方に向けてくれた。

海外の動物園の映像のようだった。そこには、二頭のカンガルーが映っている。小さい方がメス、大きく筋肉が浮かび上がっているのがオスなのだろう。

ムキムキのオスは、メスの後ろにそっと近寄ると、壊れ物にさわるような優しい手つきで尻尾に触れた。メスが嫌がらないのを確認すると、ゆっくりスリスリと擦り始める。あれ、可愛い。

「まず、オスはメスの尻の匂いを嗅いで、メスがオスを受け容れ可能な状態かを確認する。その後、後ろからそっと近づくと、メスの尻尾を両手でつかみ、優しく撫でる。メスは、後ろからオスが近づいて来るのを敏感に察知する。もしオスが気に入らなければ、尻尾を触らせることはない」

「……さっきまでは筋肉を見せつけるとか、命を懸けて他のオスと喧嘩をするとか武闘派なエピソードだったのに。ギャップがエグい。筋肉関係なかった」

「今見せた動画は、オーストラリアに住んでいる求愛行動を探究する友人が送ってくれたものだ。この動画も提供できるが、宗田園長も持っているはずだ。相談してみるといい」

椎堂先生と話しているとたまに出てくるけど、求愛行動を探究する友人のネットワークすごいな。ありがとう、デイビッドさん。動画使わせていただきます。

「これで、恋愛相談にも答えて、いい紹介動画が作れそうです。きっとPV数も稼げます」

PV数という言葉に、先生はほんの少し不快そうな顔をする。

求愛行動を語り終えて、気怠げな表情に戻りながら呟く。

「また君は、そんなことを言ってるのか」

「だって、PV数を稼がないと、なにも変えられないので」

「今さら閉園を変えることなどできない」

ノートをテーブルの上に置くと、真っすぐに先生を見る。

このあいだは、失望させてしまった。だから、今日はちゃんと答えを聞いてもらおうと思ってきたんだ。

「昨日、七子沢動物園にいって、皆さんに話を聞いてきました。先生が前に言った通り、七子沢動物園の閉園はもう止められない。でも、まだ私にできることはある。だから、私にできることはなにかを、確かめてきたんです」

七子沢動物園のことを、そこで働く飼育員の人たちの顔を一人ずつ思い浮かべながら答える。

「いつもお世話になってる浅井さんや他の飼育員の皆さんは、動物たちの行く先を心配してました。他の動物園に引き取ってもらえないか交渉しているのですが、キリンやカンガルーみたいな人気の動物は引き取り先が決まっても、病気を持ってたり高齢だったり、元々ある群れに混ぜるのが難しかったりする動物は、なかなかもらってくれる動物園が見つからないようです。それから、血統管理から外れた動物たちも」

動物園の使命の一つとして、種の保存、希少動物を繁殖で増やして必要なら野生に戻すことがある。そのため、希少動物たちは血統を登録して管理されている。だから、血統が不明だったり亜種と認定されたりした希少動物たちは、同じ種でも一緒に飼育できなくなるため、他の動物園には受け入れられ難くなるそうだ。

「貰い手が見つかった動物たちだって、輸送費は七子沢動物園で負担することが条件となっているところもあります。大型の動物の輸送にはお金がかかるので、その予算を確保できるかも難しい問題です」

大型の動物を輸送するには、専用の輸送箱の手配や、動物が箱に慣れるためのトレーニングが必要になる。輸送には動物輸送専門の業者への依頼も必要になる。だけど、市でその特別予算が承認されるかはわからない。それに、輸送するよりも安く済む方法もある。

「ネットで調べたんですが、もし引き取り先が見つからなかったり、見つかっても輸送ができなければ——最悪の場合、動物たちが処分されることも有り得るそうですね」

処分という言葉を口にすると、途端に、動物たちを人間の所有物に落とし込んでしまったような罪悪感を覚える。

浅井さんは、そんなことは絶対にない、と言っていた。引き取り先がない場合も、最後まで飼育はされるはずだと、それができないなら動物園なんていらないとさえ口にした。

これまで日本で閉園になった動物園の動物たちがどうなったかを調べた。動物園がなくなっても、公園の一部などで残された動物が飼育されるケースもあるそうだ。けれど、動物園でなくなれば、専門の飼育員も減り、取り巻く環境は悪化するだろう。

それに、閉園を決めた市は、動物園の跡地に工場の誘致を進めているという噂だった。あの場所が、いつまであるかもわからない。

「七子沢動物園は募金やクラウドファンディングで資金集めをしています。目標額は二千万円、でもまだ、一割も集まっていないのが現状です」

動物園がクラウドファンディングを利用して資金集めをして成功した事例は数多くある。動物福祉の広がりによって、今では数多くの動物園が、環境保護や施設改善などの目的を掲げて募集している。

だけど、人気がなくて潰れる予定の動物園が資金を集めるのは難しい。閉園の動画のＰＶ数は十万を記録した。でも、それは多くの人の思い出を刺激しただけで、寄付には繋がっていない。

「それから、宗田園長が言っていました。小学生の時、大勢の人たちの中を、ご両親に手を引かれて動物たちを見て回ったのを覚えているそうです。もう一度、大勢の人で賑わう七子沢動物園を見てみたい――そう、話されていました」

椎堂先生を真っすぐに見つめて続ける。

「私、間違っていました。少し前までは、ＰＶ数を稼ぐことばかりを考えていました。でも、ＰＶ数はカンガルーにとっての筋肉のようなもので、あくまでメスに求愛する権利を得るための手段でしかない。本当に大事なのは、なんのためにＰＶ数を稼ぐのか。それを、見失っていた」

動物園で働く人たち、動物園を訪れる人たち、そして、動物たちの姿を思い浮かべる。

「ＰＶ数を稼いで宣伝すれば、七子沢動物園が、いちばんいい形で終わるための手助けになるんじゃないかと思うんです」

それが、私が見つけた答えだった。

飼育員の皆さんもアイデアを出し合って宣伝している。また思い上がりだと言われるかもしれないけど、『メディアキャレット』の記事だって、注目を集めるという点ではかなりの援護射撃になるはずだ。

「七子沢動物園があったことをたくさんの人に知ってもらいたい。そして、七子沢動物園で働いてる皆さんや動物たちの助けになりたい。ついでに『ＭＬクリップ』の読者が増えれば最高です。やっぱり仕事は、数字じゃなくて、人だと思うんです。数字も大事だけど、数字の先に人がいるんです」

「仕事は、人か」

先生はソファの上で、細長い指を組む。それから、本棚に飾られている求愛行動の本を眺めた。

「俺は自分の研究に没頭しているからな。君の、そういうところを尊敬していた」

「それは、私の方です。私はきっと、浅井さんや椎堂先生ほど、自分の仕事に情熱やプライドを持っていない。ファッション誌の編集者に憧れていましたけど、届かなかった。だけど、もしファッション誌の編集者になったとしても、同じように愚痴を言いながら働いていたと思います」

自分の仕事が好きでたまらない人たちに劣等感を覚えていた。私もそうならなければと思っていた。椎堂先生や宗田園長のように、浅井さんや環希や、そして、灰沢アリアのように。

でも、今は違う。

この社会で働くすべての人たちが、情熱とプライドを持って働いているわけじゃない。だからせめて、頑張ってる人を応援して、その姿を届けることが、この社会で働くすべての人の支えになるんじゃないかって思う。

「そういう、ものか」

椎堂先生が、いつもの気怠そうな雰囲気で答える。

「そう信じているだけです」

それから、私は編集長のことを思い出していた。

編集長も、あんなに働いているのに、仕事が好きなわけじゃないといっていた。もしかしたら、『メディアキャレット』を作ったり、『月の葉書房』の編集長になったのも、同じ気持ちだったのかもしれない。

自分の仕事が大好きな人を応援したい。

そして、自分の仕事が好きじゃなくても頑張っている人を応援したい。

それがきっと、私がここにいる意味なのだ。

＊

「カンガルーは筋肉でアピールする権利を獲得し、尻尾を優しく擦って求愛するんです。ギャップがすごいですよね」

「筋肉なら俺だって、意外と」

「無理しないで。バクにそのイメージはないよ」

「けっ。でもまぁ、普段の姿と、恋人に見せる姿が違うってのは当たり前だろ。それを嘘だって思う必要なんてねぇって。相手に見せていた一面と違う一面があるってだけ。つまり、ギャップだ」

「そうだね。みんな選ばれようと必死なんだから、自分が持っている最大の資源でアピールするのは当然のこと。それであなたは、彼女と付き合うことになった。それは恥じることではなく、胸を張ることだと思うのです」

「問題は、こっからだよなぁ」

「そう、これからです。選択肢は、いくつもあります。たとえば、あなたがこの先、推しを捨てて彼女の理想の恋人になることができるなら、すべては解決するでしょう」

「まぁ、恋愛相談からは、その気概は一ミリも伝わってこねぇけどな！」

「推しを捨てられないなら、その上で、彼女との結婚を考えるなら、打ち明けるしかないです。それはもう、あなたの一部なのだから。ギャップはカンガルーのように魅力になる時も、欠点になる時もある。どう受け止めるかは、あなたの恋人次第です。本当にあなたのことが好きなら、ギャップも愛してくれるはずです」

「好きでも受け入れられないって場合もあるけどな。爬虫類が苦手なのに、恋人が実は爬虫類マニアだったとか」

「あー。そういう人、近くにいましたねぇ」

「いたのかよ。でもまぁ、つまりは好きって気持ちと、ギャップとの比べ合いだろ。それがきっかけで、彼女がお前のことを嫌いになる権利はある。だって、結婚したら、一緒に暮らすわけだしな」

「一緒に暮らす前には、必要なステップです。ギャップがあなたの一部である以上、ギャップまで愛してくれるかどうかが、彼女があなたのことを、これから先も愛してくれるかどうかに繋がると思うのです」

「どんな結果になるか、責任は持てねぇけどよ。応援してるぜ！」

恋愛相談の後に、動物たちを守るためにクラウドファンディングを行うことを告げる動画を入れた。七子沢動物園の動物たちを救え、と銘打って寄付を募った。

会議室のスクリーンに動画が流れるのを、緊張しながら眺める。

少人数用の会議室には、私と藤崎編集長の二人だけだった。編集長は目の前に座っている。できあがった動画を、編集長に最終確認してもらっているところだった。

「恋愛相談の部分は良いです。その後、動物園のクラウドファンディングまで入れる必要がありますか？」

監視カメラのレンズのような瞳が私を見る。

「閉園まで、しっかり企画を続けます。ＰＶ数もずっとノルマをクリアしています。だから、七子沢動物園のクラウドファンディングの宣伝をさせてください。動物園のために、できることをしたいんです」

真っすぐに、頭を下げる。

私には、動物園の存在意義だとか経営だとか、難しいことはわからない。でも、あそこで働いている人たちや、懸命に生きている命を応援することならできる。

「これが、あなたの目的ですか」

藤崎編集長は、いつもなら動画を見終わると、ノートパソコンに視線を落としながら話し始めていた。ダブルタスク、トリプルタスクが当たり前の人だ。だけど、今日はじっとスクリーンを見つめていた。

「許可します。私が経済誌をやっていたとき、東日本大震災やリーマンショックを経験しました。その時の経験から学んだことは、会社の畳み方によって、そこで働いた人たちの再起の時の足取りが大きく変わることです。あなたの決意には、きっと意味がある」

「ありがとうございます」

藤崎編集長の言葉に、いつもとはまるで違って背中を押されるのを感じる。

これも、ギャップなのだろうか。ギャップとは不思議なものだ、今回の相談者さんのように、きっと受け入れてもらえないと悩むこともある。でも、上手く使えば、吊り橋効果のように好感度を上げるときもある。

私は、このあいだの華蘭ホテルでの出来事と、今日のやり取りで、あんなに苦手だった編集長が少しだけ好きになっていた。

そこで、編集長がいつもの淡々とした声で付け足す。

「目標を高く掲げたのだから、ノルマも高くするべきですね。今月からは達成すべきPV数は三万としてください。以上です」

え、なっ、と私が動揺した声を出すけれど、編集長はすぐにノートパソコンを閉じて、会議室を出ていく。

ちょっと好きになりかけたのは、やっぱり勘違いだっ。

相変わらずの効率マシーンぶり。ギャップは素敵でも、全部は受け入れられない。

ふと、逞(たくま)しい筋肉を纏ったカンガルーのオスが、会議室の隅で、メスの尻尾を丁寧に擦っているのが見えた気がした。彼らの愛らしい姿に、私は思わずため息をついた。

第5話　言葉じゃなくて、口蓋をさらせ

夢を見た。

七子沢動物園の動物たちが、鳥籠のような形をした檻の中にぎゅっと押し込められている。鳥籠は、空からロープでぶら下げられている。

動物たちが、悲しそうな目で私を見る。

シマウマ、キリン、スナネコ、カピバラ、マヌルネコ、マレーバク、ベンガルヤマネコ、サーバルキャット、ヨーロッパオオヤマネコ。ネコ多いな。

助けるっていったのに。助けてよ。ひどいよ。許さないよ。

人間代表として、冷たい視線を受け止める。

ごめんね。ごめんね。

私はひたすらそう叫んでいる。

気がつくと、私も同じ檻の中に捕らわれている。

ブチッと、鳥籠の檻がぶら下がっていたロープが切れる。

私はネコが多めの動物たちと一緒に落下する。

そして、どこまでも落ちていく感覚の中で——目が覚めた。

不安と罪悪感に苛(さいな)まれながらベッドを抜け出し、洗面台で顔を洗う。

いきなり動き出した私に驚いたのか、ケージの中で、ハリーがカタリと音を立てた。

顔を上げ、ふと、鏡に映ったカレンダーが目に留まる。

十月十五日。七子沢動物園の閉園まで、あと二ヵ月だった。

＊

秋になると、動物園の景色は一変する。

山麓の樹々(きぎ)は赤や黄色に色づき、園内の街路樹も同じく紅葉する。暖色に囲まれた美しい季節がやってくる。

七子沢動物園に展示されている動物は、動物園で生まれた個体が多いという。もし、野生からやってきた動物たちがいるなら、日本の四季はどんな風に映っているんだろう。綺麗だと感じるのだろうか、それとも生まれ育った土地に焦がれ続けているのだろうか。

次の動画の打ち合わせのために動物園を訪れていた。打合せの後、いつものように園内を散歩する。今日はちょうど休みの日だったらしく、ニコさんも一緒だった。

「また、お客さん増えてきましたね」

隣を歩くニコさんに話しかける。

どの動物の前にも、少し待たないと最前列では見れないくらいの人だかりができている。以前よりも動物園を訪れる人が増えているのは間違いなかった。

『恋が苦手な人間たち』も注目を集めているし、閉園のニュースを知って懐かしんで足を向けてくれた人も多い。

「終わるのを知って駆けつけるくらいなら、普段から来てくれればいいのに――なんて、思っちゃうよね。アサちゃんなんて、このあいだ、なんで潰すんだ、ここは思い出の場所なんだぞ、ってお客さんに怒鳴りつけられたって言ってた。いちばんそれを悔しがっているのは、アサちゃんたちなのに」

「それは辛いですね。動物園って色んな人の思い出になる場所だけど――それは、色々な人の努力で続いているだけで、当たり前のことじゃないんですよね」

言いながらも、私にだって、なにもせずにずっとその場所が続いていることを願っているだけの場所が、どれだけあるだろうと思う。

地元の書店に学生のころにお世話になった定食屋、友達と一緒にいった遊園地、上京してから通った公園、あまり立ち寄れていないけど最寄り駅にあるカフェもずっとそこにあって欲しい。どれも、私の勝手な願望だ。

「でも、まだまだ足りないよね」

歩いていると、すれ違う飼育員さんたちが声をかけてくれる。毎週のように通っているうちに、すっかり顔馴染みになってしまった。いつもありがとう、今回も面白かったよ、と言ってくれる。それはとても嬉しいけれど、同時に申し訳なく思う。

宗田園長がもう一度見たいと言っていた景色は、こんなレベルじゃないはずだ。

動物の柵の前が大勢のお客さんで埋まり、あちこちで歓声が上がる、一番人気があった時と同じ賑わいを取り戻したい。そのためには、まだまだ足りない。

カンガルーパークの前に行くと、浅井さんが自由気ままにまき散らされた排泄物を掃除していた。

通りかかった私たちに気づいて、声をかけてくれる。

「一葉さん、今日も来てくれてたんですね。ニコくんも一緒なんて珍しい」

「おつかれさまです。お客さん、また増えましたね」

「ぜんぜん足りないです。最後に、この動物園をお客さんでいっぱいにしたいんです。宗田園長が言ってたこと、実現したいんです」

浅井さんの返答は、私が考えていたことと同じだった。元気な笑顔から、閉園のショックから立ち直って、次の目標に向かって歩き出しているのが伝わる。

宗田園長の個人的な夢は、今や全員共通の目標になっていた。

「七子沢動物園のラストを盛り上げる企画を色々と考えてるけど、期待したほどの結果は出てないんですよ」

現在も、動物園の歴史を振り返る企画展示が行われている。園を訪れる誰もが、開業当時の写真の前で足を止めるけど――それだけでは、たくさんの人を呼ぶには足りない。

「僕もね、来月からはここでステージに立つんだ」

ニコさんが、楽しそうに笑う。

「ステージ、ですか？」

「週末にお笑いステージをやるんだ。動物ネタ縛りでね」

「ニコくんが自分で、宗田園長に売り込んだの。いつも営業は他のメンバーにお任せって言ってたのに、すっごい積極的でびっくりした」

「それだけ七子沢動物園が大事だってことだよ。それに、一葉さんと一緒に仕事をして、僕ももっとがんばらなきゃって思った」

そんな風に言ってくれるなんて、思ってなかった。

「私も、せいいっぱい頑張ります。求愛動画の他にも、なにか宣伝企画ができないか、他の雑誌の編集部にもお願いしてみます」

頭の中で、いくつか候補を挙げる。やっぱり、お願いするなら『リクラ』だろう。

会社に戻ったら、斎藤編集長や紺野先輩に相談してみよう。

「動物たちの引き取り先は、どうなりました？」

話を振ると、浅井さんの表情が曇る。

「宗田園長ががんばってくれて、ちょっとずつ決まってきてます。でも、まだ全部じゃない。それに、受け入れのための予算はこちらが負担することが条件になってるところもあって、資金も足りていません」

「クラウドファンディングの方は、どうですか？」

「まだ四割といったところ。このままじゃ、すべての動物を運び出すことはできない——毎日、動物たちが残される夢を見るんです」

「まだ、二ヵ月ありますよ。がんばりましょう」

動物園の閉園まで、まだ二ヵ月ある。クラウドファンディングも動物園をいっぱいにする計画も、まだこれからだ。

浅井さんはいつもの元気を取り戻して、そうですね、落ち込んでる暇なんてないですね、と言ってくれる。

それから私は、カンガルーたちにたっぷり癒され、やる気を養ってから動物園を出た。

茶色く色づいた欅並木の坂道を下りていると、スマホが震える。

取り出すと、椎堂先生の研究室の固定電話だった。

電話に出ると、間延びした声が聞こえてくる。

「あー、よかった。つながったー」

特徴的でマイペースな話し方、村上助手だった。どんなときも手を抜いて生きているような笑顔を思い出しながら尋ねる。

「なにかありました？」

「あのですねー、椎堂先生が風邪ひいたみたいなんですよぉ」

病気だと聞いても、村上さんの言い方が緩いせいで緊張感がない。

気にはなるけれど、出会ってから椎堂先生が病気になったことは一度もなかった。いつも体調管理にはかなり気を遣っている様子だったのに。

「そんなに、ひどいんですか？」

「いえ、ただの風邪なんですけどね。先生、一人暮らしだし、あんまりストックとかないと思うんですよね。ちょっと食料とか買ってお見舞いいってもらえますか？」

「なんで、私にそんなこと頼むんですか？」

「えー。なんでって、そんなこと、言わせないでくださいよー」

村上助手が、近所の世間話好きのおばさんのように笑う。

「まぁ、大人なんで放っておいても死ぬことは無いと思いますよ。だから、いくかどうかは一葉さんにお任せします。とにかく、先生の住所とか個人情報的なやつ送っておきますからー」

相変わらず適当だ、と思いながら電話を切ると、すぐにメールが届いた。

そういえば、椎堂先生がどこに住んでいるのかも、一人暮らしだっていうことも初めて知った。

メールに書かれていた住所は、大学の二つ隣の駅だった。

＊

迷った末に、会社に直帰の連絡をして大学方面に向かう電車に乗った。

二つ前の駅で降りて、駅前のスーパーで買い物をする。

スポーツドリンクに林檎（りんご）にゼリー、私が子供のころに風邪を引いた時、お姉ちゃんが買ってきてくれたもののセットだ。それから、雑炊も作れるようにレトルトのご飯と卵を買っておく。

行くかどうか迷っていたわりには、しっかり本気で買い物してしまった。これで、実は大したことなかったらどうしよう、と思いながら、地図アプリを頼りに先生の家に向かう。

村上助手から届いた住所は、駅から徒歩七分のところにある家族用マンションの六階だった。樹々に囲まれた真新しい外観にオシャレなエントランス、都心から離れているとはいえ、高級マンションの部類に入るんじゃないかと思う。

入口にはインターフォンがある。緊張するけれど、右手にぶら下げた食料品の重みが背中を押してくれる。

六〇三号室を呼び出し、しばらく待つと、気怠そうな声が聞こえてきた。

「……君は、こんなところでなにをしている？」

部屋からは、カメラでこちらの様子が見えるらしい。

「えっと、村上さんから、先生が風邪を引いて寝込まれていると聞いたので、お見舞いに」

「……不要だ。感染の危険がある」

「インフルエンザなんですか？」

「いや、ただの風邪だが」

「それなら大丈夫です、気にしないでください。村上さんから、先生は食料の買い置きとかあんまりしないと聞いたので買ってきました」

買い物袋を持ち上げて、カメラに映す。

村上助手の言う通りだったらしい。短い沈黙の後、わずかにほっとしたような声がする。

「……金は払う、すまない」

マンションのドアが開く。

インターフォン越しのやりとりからは、まったく辛そうには聞こえなかった。これで元気だったら大げさに騒いだみたいで恥ずかしいな、と思いながらエレベーターに乗り込む。

思ったより、重症だった。

玄関の鍵を開けて出迎えてくれた先生は、立っているのも辛そうで、真っ白い顔をしていた。口で息をする音がやたら大きく聞こえる。

いつもは綺麗に整えられている前髪は、体と一緒に弱っているかのようにくたりと額に張りついていた。顎や口元にも髭が伸びている。服装は灰色一色の生地が良さそうなパジャマ姿で、上のボタン二つが閉じられていないせいで鎖骨が覗く。

弱っていてもやはりイケメンだ。むしろ、いつものお洒落で隙の無い雰囲気と違って、妙な色気まであるじゃないか。ずりぃ。

イケメン好きではないけれど、改めて気づくとやっぱりドキドキする。

「すまない、買ってきたものは玄関に置いておいてくれ。金は、後日、払う」

先生は気怠そうに言うと、壁を伝うように奥に戻っていく。足取りはふらふらとしており、酔っ払いのようだった。

「いやいやっ、放って帰れるわけないじゃないですか！　寝覚め悪いですよ！」

相手が病人だということも忘れて、思わず突っ込む。

お邪魔しますっ、と宣言して家の中に入る。先生はなにも言わず、相手にするのも気怠いというように、そのままベッドに入って横になった。

先生の部屋は、寝室とリビングと書斎とキッチンの２ＬＤＫ。どこも男性一人暮らしとは思えないほど掃除され、生活感があまりなかった。

寝室にはベッドがあるだけ。寝室と繋がった広々としたリビングにも物は少ない。テーブルと二人掛けのソファが並んでいる。その代わり、壁には本棚が並び、動物行動学に関連する本が詰め込まれていた。雰囲気は、大学の研究室の居室とほとんど変わらない。

籠った空気を入れ替えようと、窓を開けながら尋ねる。

「いつから風邪引いてるんですか？」

「二日前だ。昨日くらいから、真っすぐに立てなくなった」

「ちゃんと食べてますか？」

「薬は、飲んでいる」

答えになってない。子供ですか。

「意地を張ってる場合じゃないですよ。食べるもの、作りますね。雑炊でいいですか？　あと、林檎も買ってきました」

「……あまり、人の手料理は好きではない」

「言ってる状況じゃないでしょう、ちゃんと食べないと」

「……好きではないが、君ならいいか」

消え入りそうな声が、聞こえてくる。

瞬きほどの時間、古い映画のＤＶＤが傷のある部分で一瞬だけフリーズするみたいに、私の時間が止まる。それから、何事もなかったように動き出す。

「……雑炊で、良いですね」

返事はなかった。先生はいつのまにか、眠っていた。

心臓が、やたらと早く脈打っている。

なんだ、今の椎堂先生らしくない言葉。まるで、私のことを特別に思ってくれてるみたいじゃないか。

ちょっと待て、調子に乗るな。椎堂先生は、恋愛とは無縁な関係でいられるのが良いと言ってた。そういう意味で、気を許してくれてるだけだ。

大きく深呼吸をして、気持ちを落ち着ける。

悩んでいる場合じゃない。とにかく雑炊に集中しよう。

腕まくりをして、キッチンに向かう。

台所には小さめの冷蔵庫と電子レンジとトースターが並んでいる。冷蔵庫を開けると、村上助手の予想通り、大した食材は入っていなかった。

ドレッシングとレタスとキュウリ、それから新潟の日本酒が二本。

日本酒飲むんだ、とちょっとだけ嬉しくなる。

誰かのために料理を作るのは久しぶりだった。

使い慣れない鍋、全然揃っていない調味料、なんだかそれが、ほんの少し楽しい。

お皿もスプーンも、あまり使われていない様子だけれど、海外のブランド食器が揃っていた。ロイヤルコペンハーゲンのスープ皿に、レトルトご飯で作った雑炊をよそう。

雑炊ができると、匂いにつられたように先生が起きる。

「……うまいな、とても」

先生は、寝室から出てきてソファに座ると、どこか朦朧とした様子で雑炊を食べる。

風邪をひいてからあまり食べ物を口にしていなかったのか、辛そうだけど、スープ皿の中にあった雑炊を黙々と完食する。これだけ食べられたら、回復は近いかもしれない。

作ったかいがあった。好きな人が、黙々と料理を食べてくれる、それって嬉しいことなんだ。長いあいだ忘れていた気持ちを思い出す。

窓の外は、もう真っ暗になっている。時計を見ると、八時過ぎだった。きっともう大丈夫だろう。先生の役に立てて良かった。それに、先生の意外な一面も見れてよかった。

先生がふらふらとした様子で、寝室のベッドに戻る。

それを見届けてから、私は静かにバッグを拾って立ち上がった。

「それじゃ、私は帰りますね」

枕元に歩み寄り、眠りを邪魔しないように、小さな声で呟く。

次の瞬間、ベッドから出てきた手が、私の左手首を腕時計の上から摑む。急に伸ばされた手は、びっくりするほど熱を持っていた。

「もう少しだけ、ここにいてくれ」

消え入りそうな、先生の声。

心臓が、聞いたことのない音で跳ねる。

ええっ。なに、それ。

もう少しっていつまでですか。あ、寝てるっ。寝てるーっ。

慌てる私を置いてきぼりにして、私の手首を握ったまま、寝息を立てていた。

この恋は、無理をしないと決めていた。

無理に忘れようとしなくていい。無理に告白しなくたっていい。好きじゃなくなるまで、ただ好きでいればいい。行き止まりの恋。

でも——たった一言で、振り回された。

「もう、帰らないと」

先生の手を、そっと引き離す。

寝入ったと思っていた先生が、小さく囁く。

「だめ、だ」

駄目、なんですか。

熱にうかされたうわごとなのはわかっている。だけど、私の気持ちは揺れていた。

明日も仕事だし、と言おうとして、金曜日だと気づく。特に予定もない。頭の中に浮かんだ言い訳が消えていく。

見舞いにきただけなのに、恋人でも友人でもないのに、そのまま夜まで過ごすなんてどうかしてる。

でも、その手を振り払うことはできなかった。

時計を見て、もう少しだけならいいか、とベッドの側に座り込む。タオルで先生の額に浮かぶ汗を拭きながら、頭の中ではもう、このマンションに来る途中に、コンビニがあったことを思い出していた。


時計の針は夜の十二時を回る。

もう終電は過ぎていた。

コンビニで買ったスキンケアセットで洗顔をすませ、リビングにあるソファで横になる。お風呂は、明日の朝になったらすぐ帰るからと諦める。先生が起きたらすぐにわかるように、寝室のドアは開けたままだ。

作り過ぎた雑炊を晩御飯に食べて、コンビニでついでに買ってきた炭酸水を飲みながら、タブレットを取り出す。

先生が深い眠りに入って手持ちぶさたになったので、次の恋愛相談について考えることにした。

今回の恋愛相談は、ちょっと重かった。

【相談者：ユニさん（会社員・三十二歳・女性）】

ずっと好きだと言えない人がいます。その人は、私の妹の元夫です。妹に初めて紹介されたときからずっと、その人のことが好きでした。妹は二年前に離婚しました。二年たっても、彼は私と、元義理の姉としてたまに会う程度の関係を続けてくれます。この気持ちを打ち明けると、彼がどんな答えを返してくれるかわかりません。この気持ちは伝えるべきでしょうか？

——伝える必要なんて、ないですよ。

心の奥の方から声がする。

もしかしたら、受け入れてもらえるかもしれない。そのもしかしたらのために、どれだけのものを差し出さないといけないのだろう。

悩んで苦しんで勇気を出して口にしても、受け入れられなかったら、関係は壊れてしまう。もう元には戻らない。割に合っていない。

もう一度、恋愛相談を読む。

私とは全く違う状況だし、ぜんぜん違う悩みだ。

でも、私の行き止まりの恋と、この相談者のユニさんの想いは、どこかで繋がっている気がした。

いつもより眩しい朝の光に、目を覚ます。

私の部屋よりもずっと窓が大きくて日当たりもいい。眩しさに目を細めながら、椎堂先生の部屋に泊まったことを思い出す。

ソファから起き上がり、先生の様子を見に行こうと振り向くと、寝室の入口に先生が立っていた。

無精ひげも脂ぎった前髪も相変わらずだけれど、顔色は良くなっていた。

一晩でずいぶん回復したように、壁に手をつくこともなくぴしっと立っている。

「昨日は、すまなかった」

いつもの気怠げな様子で告げる。

「いえ、気にしないでください」

「だが、病人のうわごとを真に受けて本気で泊るとは、なかなか良識を疑う行動だな」

うわ、そんなこと、言いますか。とショックを受けつつも、見舞いにきてそのまま泊るのは自分でもどうかしてたと思う。恋をしているのに賢くいるなんて不可能だ、というのはフランシス・ベーコンの名言だ。きっと、私も熱にうかされていたんだろう。

「ずうずうしく泊ってすいませんでした。辛そうで心配だったので——でも、もうよくなったみたいですね」

「あぁ、熱は下がったようだ。まだ少しだるいが、あとは一人でなんとかなる」

「よかったです。大した事、できませんでしたけど」

「いや、そんなことはない。良識を疑う行動だったが——君が隣の部屋にいてくれたおかげで、安心して眠れた。感謝する」

また、私の心臓が跳ねる。

それ、どういう意味ですか？

もちろんそんなことを言えるわけはなく、私は当たり障りのない笑みを浮かべる。

ほんの数秒、無言の時間が過ぎる。

その空気に耐えられなくなって、勢いよく立ち上がった。

「あ、そうだ、なにか朝ごはんを作りますね。雑炊かお粥(かゆ)くらいしかないですけど」

腕まくりをして、台所へ向かう。

そこで私は、自分がしっかりメイクを落としてソファの上で寝ていたことに気づく。

しまった。すっぴんを見られることなんて、まったく考えてなかった。

でも、椎堂先生は気にもしていないようだった。それはそれで寂しい。

昨日と少し味を変えた雑炊に、林檎の皮を剥いてお皿に盛る。手早く料理を終えてリビングに戻ると、先生が机の上を片付けていた。

私が昨日の夜に広げていたタブレットやスマホや文房具を、端に重ねて並べている。この部屋もそうだけど、大学の居室もいつ行っても整頓されていた。散らかっているのが許せない性格なのだろう。

「新しい恋愛相談を読んでいたのか。そういえば、風邪でなければ、今日、大学にくる予定だったな」

椎堂先生が、真っ黒になったタブレットの画面を見ながら聞いてくれる。朝ごはんをテーブルに並べてから、タブレットに電源を入れ直す。

そこに表示された恋愛相談を見ながら、先生に聞いてみた。

「今回の恋愛相談は、そうですね――好きになってはいけない人を、好きになってしまったというものです。そして、気持ちを打ち明けるべきか迷っているそうです。切ないですね」

昨夜、何度も読み返した恋愛相談を眺めながら告げる。

「人間の恋には興味がないな。どういう求愛行動が必要なのだ？」

先生は、ロイヤルコペンハーゲンのスープ皿に入った雑炊を食べながら聞いてくれる。食欲は、昨日よりもあるようだ。

椎堂先生と再会してから、私はずっと、自分にいいきかせてきた。無理に忘れようとしなくたっていい。無理に告白しなくたっていい。でも、昨日の、病気で弱っている先生を見て、やっぱり側に居たいと思った。意外な一面を見て、もっと知りたいと思った。なにかあったときに、すぐに駆け付けられる特別な存在でいたいと思った。もっと料理を作りたい。帰ろうとした時に掴まれたあの手で、もっと触れて欲しいと思った。私はなんて弱くて愚かなんだ。

「……きっと、相談したということは、この相談者の方は、背中を押して欲しいんだと思います。だから——だから、リスクを怖れない、本当の自分を真っすぐに相手にぶつける、そんな求愛行動はありますか？」

私が話しているあいだに、先生は雑炊を食べ終わっていた。

林檎を一切れだけ食べてから、思い出したように続ける。

「ちょうどいい、動物がいるな」

「なんですか？」

先生は、ちょっと待っていてくれ、といって立ち上がると洗面所の方に歩いて行った。

数分で戻ってくる。洗顔され、髭が綺麗に剃られていた。

求愛行動について語るには、ちゃんと身なりを整える必要があるらしい。

先生はパジャマ姿を不満そうに見下ろし、せめてとばかりに襟元を正すと、眼鏡の縁に触れながら告げた。

「それでは――野生の恋について、話をしようか」

さっきまでとはまるで違う、よく通るバリトンの声になる。

「非常にリスクの高い求愛行動をする動物の一つとして、ヒトコブラクダがいる」

その名前は、自分でも数えきれないほど口にしていた。

七子沢動物園のマスコットのうちの一頭であり、『恋が苦手な人間たち』の求愛動画で、いつも私がアテレコをしているキャラクター・ナナコちゃんのモデルになった動物だ。

七子沢動物園にももちろんいる。リオくんという名前のオスで、現在二十九歳。人間に直すと九十歳くらいになるという。

確かに、ちょうどいい。

「ラクダは口の中にある口蓋と呼ばれる器官を口から出し、風船のように膨らませてメスにアピールする。風船が大きい方がモテる」

「コウガイって、なんですか？」

「口の蓋と書いて口蓋だ。口の上側にある器官で、食べ物を固定するために使う。ラクダは、これがあるお陰でサボテンのような固いものや棘のあるものを食べることができる」

「サボテンをそのまま食べるんですか。さすが、砂漠の動物ですね」

「あぁ、確か動画があったな。これだ」

先生はスマホを取り出すと、すぐに動画を表示する。スマホのストレージにも求愛動画が詰まっているらしい。

ディスプレイに写っていたのは、七子沢動物園にいるリオくんよりも若くて、活力にあふれたヒトコブラクダだった。若いオスラクダはメスに近づくと、口の端から、べろりとピンク色の内臓を吐き出す。得体のしれない内臓は風船のように膨らんで、顔と同じくらいの大きさになる。正直、グロい。

「なんだか……口から胃袋がはみ出ているみたいですね」

「胃袋と勘違いする者は多くいるが、これが口蓋だ。ラクダは、この口蓋を出して求愛行動を行う。大きい方がモテる」

「そんなの、口から外に出して大丈夫なんですか？」

「口蓋は非常に重要な器官だ、大丈夫なわけがないだろう。口蓋が傷つくと食事がうまく取れなくなり、最悪の場合は衰弱死する」

「なんで、口から出してるんですかっ」

「さらに、ラクダのオスは、メスへ求愛する権利を求めて競争することがある。その時、ライバルのオスに対しても口蓋を出して威嚇に使用する。時には、互いに口蓋を出したまま喧嘩をする」

「そんな大事な部分、出したまま喧嘩したら危ないですよね」

「喧嘩の時に、口蓋を相手のオスに噛まれて死亡するオスもいるそうだ」

「ほらぁ、言った通りじゃないか」

「おそらくは、口蓋の大きさが肉体の強さを示すのだろう。だが、ここまで弱点を晒（さら）す行為をする動物も珍しい。まさに、ラクダは命を賭けて求愛をするのだ」

先生の声は、病み上がりとは思えないほど伸びやかで、感動に打ち震えていた。

とても共感できない。馬鹿なの、確かにちょっととぼけた顔してるけど、やりすぎだよ。ヒトコブラクダなんだし、瘤（こぶ）の大きさでいいじゃん。瘤にしとけよ。

もう一度、先生のスマホに視線を向ける。

そこには、口蓋をべろんと出し、唾を垂らしながら求愛するラクダの映像が繰り返し流れていた。

パートナーに選ばれるためには、自らの重要な器官が傷つくリスクも厭（いと）わない。そういう思い切りの良さがラクダにはある。

ふと、動画の中のラクダと視線が重なる。ちょっととぼけた、それでいてどこか憂いを湛えた瞳。その瞬間、私の頭に問いが浮かぶ。

私に、このラクダを笑う資格があるの？

あぁ、そうか。

野生動物は、いつだって、大事なことを気づかせてくれる。

私はずっと、自分に言い聞かせてきた。無理に忘れようとしなくていい。無理に告白しなくてもいい。ただ、好きじゃなくなるまで好きでいる。

もちろん、そういう恋があってもいい。でも、私のは違う。違った。

ラクダのように、自分の弱いところを晒すのが怖くて、言い訳をしていただけだ。

本当は伝えたいのに、本当は傷つきたいのに、傷ついた後で変わってしまうことが怖くて——言い訳で自分を守っていた。


「……先生、好きです」


気が付くと、口にしていた。

視線の先では、ラクダが口蓋をべろりと出している。

勇気を振り絞り、視線を先生に向ける。

椎堂先生は、求愛行動とは関係のない話をしている時のような気怠げな表情だった。そして、人間の恋愛相談を聞いた時と同じ、どこか冷めた瞳だった。

でも、もう口にしてしまった。戻れない。

飛び出た口蓋を引っ込めることはできない。ぱんぱんに膨らませて、すべて晒して、弱点をあけすけにして、そして、いっそ衰弱死がしたい。

「先生が、こういう言葉を望んでいないのは知っています。だけど、あなたのことが、好きです」

椎堂先生は、しばらく私の表情を見つめていた。

それから、視線を逸らす。

囁くような声が聞こえてきた。

「君は、そんなことを言わないと、思ってた」

あぁ、やっぱりだ。

またか、と思われたのだろう。

いつか先生は、モデル時代に大勢の女性にモテたせいで、周りで多くの人が傷つき、裏切るのを見たと言っていた。贅沢な悩みだけれど、それで先生が、深く傷ついたのは知っている。

それから、人間の恋愛に失望し、関わらないようにしてきたのも知っている。

先生の言葉は、お前もか、と裏切者を指差すように聞こえた。

あぁ、やっぱりこうなった。これで、終わりか。

机の上にあったタブレットやノートを、まとめて鞄に仕舞う。

「――すいません、失礼します」

先生の顔を見ずに告げると、そのまま逃げるように部屋を跳び出した。

別れ際、先生がどんな表情をしていたのか、見ることさえできなかった。

追いかけてきてはくれない。期待なんてしていなかった。病み上がりだし、失望したような表情をしてたし、椎堂先生だし。当たり前だ、と思ったけど、それでも傷ついた。

逃げるようにエレベーターに乗り込む。奥の壁にある鏡に映った自分を見て、メイクを落としたままだったことに気づく。

人目につかないように、顔を伏せながら駅までの道を歩く。

アスファルトの隙間に根を張る草が、やたらと目に付いた。

涙が零れてくる。悲しいけれど、不思議と後悔はなかった。

口蓋を噛まれて衰弱するオスの気持ちが、ほんの少しわかった。リスクを冒した結果なのだとしたら、受け入れるしかない。

今日は、帰って思い切り泣こう。そして、来週から、また仕事をがんばろう。

もう半年以上、アテレコを続けているヒトコブラクダのナナコちゃんを思い出す。

それから、相棒のザワくんのことを、それにつられて、七子沢動物園の他の動物たちを思い出す。夢の中で、私と同じ檻の中に入って、落ちていった動物たち。

これで、よかった。これで、仕事に打ち込める。

名前も知らないアスファルトに点々と緑の線を描く雑草たちが、静かに私のことを励ましてくれた。

＊

一週間後、椎堂先生に次の恋愛相談について打合せを入れた。

緊張しながら、先生の居室のドアをノックする。

告白した後の気まずさ。大人になったら、こういう気持ちは、もう味わわないと思っていた。でも、恋をする限り、年齢は関係なかったらしい。

「今、手が離せない。入ってくれ」

居室から、先生の声がする。ドアを開けると、先生はパソコンの画面で、食い入るように求愛行動の動画を見ていた。私の方には、振り向きもしない。

画面に映っていたのは、ハシビロコウだった。

動かない鳥、そして、目つきの悪い鳥として有名なハシビロコウ。だけど、その求愛行動は普段の石像のような姿からは想像できないほど活発だった。

嘴を小刻みに動かして音を鳴らしてから、ばさりと大きくお辞儀をする。

「……ちょうどさっき、友人から動画を貰ったんだ。ハシビロコウの嘴を鳴らす動作は、クラッタリングと呼ばれる。じつに、情熱的な演奏だな」

それから先生は、たっぷり十分ほどハシビロコウの求愛行動を堪能してから、私の方を振り向く。

「待たせてすまない。それで、今回はどんな求愛行動が知りたい？」

私は、しばらく動けなかった。

椎堂先生は、あまりにもいつも通りだった。私が告白したのは、なにもなかったことになっているみたいだった。

面倒なのか、どうでもいいのかわからない。

でも、先生がまったく気にしていないなら、もうそれでいい。

ここにくるまで、元通りの関係には戻れないかもしれないと覚悟していた。求愛動画の仕事を続けられるだろうかと悩んでさえいた。

そんな心配は、まったくなかったようだ。

告白した時、ヒトコブラクダのように、恋に破れて衰弱死してもいいと思った。

だけど、人生はそんなに甘くない。

恋に破れてもお腹は空くし、ラーメンもケーキもちゃんと美味しい。仕事は大変だし、毎日を生きてくのに必死だ。

私は、鞄からノートとタブレットを取り出しながら、決意を新たにする。

もう、恋に悩むのは終わりだ。

これから閉園まで、七子沢動物園のためにがんばろう。

＊

十一月に入ると、七子沢動物園もクリスマス飾りに彩られる。

「これも、今年で最後ですね」

カンガルーパークの入口にいる木彫りのカンガルーが被ったサンタの帽子を眺めながら、浅井さんが呟く。

閉園まで、あと一ヵ月に迫っていた。

すっかり街路樹の葉は落ちて、代わりにイルミネーションのＬＥＤが巻き付く。動物園から見える山の景色はすっかり、茶色と常緑樹の深い緑のグラデーションに変わっている。

夏場は暑さでぐったりしてることが多かった動物たちは活発に動き回り、冬の訪れを歓迎しているように見えた。

「お客さん、また増えたよね」

辺りを見渡すと、たくさんの人が行き交っている。親子連れも、カップルも、年配や学生のグループもいる。世代を問わず、たくさんの人が足を運んでくれているのがわかる。

「一葉さんの企画のおかげですよ」

浅井さんは、また嬉しいことを口にしてくれる。

『恋が苦手な人間たち』は、一時の落ち込みから回復し、毎回PV数は五万を越え、SNSでも話題になっていた。

動画を作るのにもすっかり慣れてきたし、クオリティも上がってると思う。それに、ニコさんの所属する『フルーツバスケット』の人気がでてきたのも追い風になっている。

他にも、色んな雑誌の編集部に頼み込んで協力してもらった。

『リクラ』では七子沢動物園特集を組んでくれたし、働く女性の応援マガジンがキャッチフレーズの『仕事と私』でも、動物園で働く人、として飼育員さんたちを取り上げて記事にしてくれた。もちろん、私も全面的に協力した。

あちこち声をかけすぎて、社内では、動物園の子、というあだ名をつけられた。藤崎編集長には「一つの仕事に時間をかけすぎないでください。他の仕事も手を抜かず、何事も効率的にこなしてください」と何度も注意された。

確実に、七子沢動物園の知名度は広がっている実感はあった。


——でも、このままじゃ、駄目だ。


カンガルーパークの近くにあるベンチで、浅井さんに七子沢動物園の現状について話を聞いた。

「このカンガルーパークのカンガルーたちは、宗田園長のツテで引き取り先が見つかりました。長崎ジオパークという大きなサファリ形の動物園です」

「それは、よかったですね」

「それから、一葉さん、私も。これも宗田園長が紹介してくれたんですが、都内にある動物園で飼育員として働けることになりました。ここよりもずっと大きいところです」

おめでとうございます、と言いかけて、浅井さんの表情が晴れないことに気づく。

「けど——まだまだ、引き取り先のいない動物たちがいます」

引き取り先の決まった動物たちは事務所のホワイトボードに貼り出されている。

残っているのは、高齢のヒトコブラクダのリオくん、他の群れと一緒にするのが難しいニホンザルなど。キリンやシマウマは、七子沢動物園が移送費を出すという条件で決まっているが、資金集めは難航中だ。

「クラウドファンディングは、目標額の半分も集まってません。飼育員はみんな再就職先が決まりました。だけど、思うんです。じゃあ、残された動物たちは、誰が見るんだろうって」

「……宗田園長は、残るっていってたね」

「はい。最後の一頭がいなくなるまでここに残るっていっています。でも、一人でどうにかできるわけがない。エサ代だってすごくかかるし、市がいつまでここを使わせてくれるかもわからない。こんな気持ちじゃ、新しい職場なんて喜べない」

浅井さんは、手にしていたデッキブラシの柄をぐっと握り締める。

「……ごめんなさい、一葉さんは頑張ってくれてるのに、愚痴みたいなこといって」

「謝らないでください。それより――まだ、できることがあるはずです。考えましょう」

思わず口にしていた。

浅井さんはしばらく俯(うつむ)いてから、デッキブラシの柄を、こつん、と地面に叩きつける。そして、思いついたように告げた。

「閉園のイベントを、たくさんやるってのはどうですか？」

「閉園イベントなら、もう告知してるぞぉ」

横から別の声が聞こえる。近くでエサやりをしていた、もう一人のカンガルー担当の坪井さんだった。顔を合わせるたびに動物のことを親切に教えてくれるベテラン飼育員だ。

坪井さんが指を差す先、カンガルーパークの入口には、さよなら七子沢動物園、というポスターがあった。日付は最終開園日の十二月十五日。副市長や地域の小学生を招待してセレモニーを行うらしい。

「これまでの歴史を振り返る企画も色々やってるだろ」

「そうじゃなくて、一葉さんみたいに、もっとエンタメに振ったイベントがあってもいいと思うんです。ほら、ニコくんがやってるお笑いライブはすごい盛況じゃないですか」

「言いたいことはわかるけど、あと一ヵ月だしなぁ」

「それ、お笑いライブを増やすのはどうですか？」

背後から声がかかる。蛍光ピンクのダウンジャケットに身を包んだニコさんが立っていた。

今日はお笑いライブの日なので、終わってから浅井さんに会いにきたらしい。

「もしオーケーなら芸人仲間に声かけてみますよ。僕たちの週末ライブ、そこそこ話題になってますし、もっとたくさんのグループを呼んでやってもいいと思うんです。コントライブ・イン・動物園なんていいでしょ。予算は応相談ってことで」

「それは確かに、面白いかもしれないですね」

私が動物園でのお笑いライブを想像していると、浅井さんも横から声を上げる。

「前に、キリン担当の花山さんが、キリンのエサやり体験をしたいって言ってましたよね。ちゃんと教えてできるようになったんだけど、閉園のゴタゴタでスタートできてなかったんですよ。今、始めるのもいいかもしれないです」

「キリンにエサをあげられるんですか。すっごい楽しそう」

「他の飼育員のみんなにもアイデアがないか聞いてみます」

「それなら、求愛行動の説明を生でやるってのはどうだ？　この動物園のマスコットキャラクター二人を使ってさ。俺、あの掛け合い、すごく好きなんだよなぁ」

さっきまでちょっと面倒そうだった坪井さんの意外な言葉に、私とニコさんは顔を見合わせる。

「生でやるって、あれはＣＧのキャラクターが話してるんですよ」

「いやいや、さすがに知ってるって。最近、あんまり使ってないけど、いいものがあるんだ。ちょっと待っててくれ」

坪井さんは、鼻歌を歌いながらカンガルーパークを出ていく。それからすぐに、台車に大きな段ボールをのせて戻ってきた。

「これだよ、これ」

段ボールの中には、七子沢動物園のマスコットキャラクターであるヒトコブラクダのナナコちゃんとマレーバクのザワくんの着ぐるみがあった。

「これを着て、『恋が苦手な人間たち』の解説をやるとかどうだ？　動物たちの前で、フリップとか使ってさぁ」

「その着ぐるみ、大丈夫なんですか？　ずいぶん使ってないみたいですけど」

うっすら埃を被っていて、長い間、放置されていたのがわかる。見てるだけで、ちょっと痒くなってくる。

「大丈夫だよぉ。今から綺麗にするし、中には俺が入るから。動画から音声を借りることになるけどいいかな？」

「それはぜんぜん問題ないですけど」

「僕でよければ、生でアテレコもしますよ！　ねぇ、やりましょうよ、一葉さん！」

ニコさんが手をあげるけど、さすがにそれはちょっと嫌だ。人前で生アテレコなんて緊張するに決まってる。

それから、浅井さんや坪井さんは、アイデアをまとめて宗田園長に相談にいくと話してくれた。他の飼育員さんとも話してみるそうだ。きっと素敵なイベントになるだろう。

でも、それだけじゃだめだ。

今までだってせいいっぱい頑張ってきた。だけど、届かなかった。

藤崎編集長に、七子沢動物園の閉園を相談した時に言われた言葉が、頭を過ぎる。

使えるものはなんでも使ってください。

動物園を出て、欅並木の坂道を下りながらスマホを取り出す。欅はほとんど葉が落ちて、所々に寂しく残っているだけだ。

私には、一人だけ、インフルエンサーの知り合いがいる。

あの人が協力してくれれば、きっと注目を集めることができるだろう。

わかっているけれど、最後に会った時に言われた言葉が頭を巡り、発信ボタンを押せないでいた。

迷っていると、着信でスマホが震えた。

表示された名前は、編集長、だった。慌てて電話に出る。

「本日は会社に戻る予定はありますか？　短時間の打ち合わせをしたいのですが」

「昼過ぎには、出社します」

「わかりました。では、詳細はその時に話しますが、概要だけ先にお伝えします。七子沢動物園の件、テレビ局の知り合いに頼んでみました。テレビ向けの企画書を用意してください」

編集長の声は相変わらず淡々としていたけれど、それは、衝撃的な内容だった。

＊

「テレビは一時期より見る人が減ったと言われますが、人気番組であれば他のメディアを圧倒する宣伝効果を持っています」

会社に戻ると、藤崎編集長は視線を向けようともせず、明らかに違う仕事の資料を作りながら説明してくれた。

「経済誌をやっていた時から付き合いのある知り合いに、七子沢動物園のことを話す機会がありました。動物関連の番組のプロデューサーで、明日の夕方、企画を見る時間を三十分ほどとってくれます」

「え……編集長が、話してくれたんですか？」

「私はあなたの上司です。それくらいのサポートはします」

カタカタとキーボードを弾きながら、当然のように告げる。相変わらずブレない効率マシーンっぷりだけど、意外な気遣いに嬉しくなる。

「ありがとうございますっ、私、編集長のこと誤解し――」

「感情的な言葉のやり取りは不要です。『メイプルトレインの体当たり動物王国』という番組は知っていますか？」

「はい、よく見ています」

かつて、灰沢アリアがレギュラー出演し、再ブレイクのきっかけの一つになった人気番組だ。アリアは今はもうレギュラーじゃないけれど、たまにゲストで出ている。

「要点は先ほどチームチャットに送りました。パワーポイントで五枚、先方の要求に合う企画資料を作ってください。説明もあなたがしてください。資料は明日の九時までに私にメールを。それより前は見る時間がありませんので、早めに送る必要はありません。以上です」

「今日中に、資料を作るってことですか」

「そう言っています。なにか問題が？」

藤崎編集長は一区切りしたのか、キーボードを打つ手を止めて顔を上げる。監視カメラのレンズのような瞳が私を見つめる。

「ありません。がんばりますっ。今までまとめていた資料もあり――」

「決意表明は不要です。それからもう一つ」

相変わらずの切れ味で私の言葉を遮ると、編集長は淡々と告げた。

「宗田園長は、マスコミ嫌いで有名です。事前に、了承を得てください。できますか？」

「わかりました、意地でもやります」

「いえ、効率よく作業してください。以上です」

編集長と別れてから、自席に戻る。

資料のイメージはできていた。これまでも、自分であちこちにお願いにいくために、七子沢動物園の魅力や、他媒体でどのように取り上げてもらいたいかという資料はすでにある。夜までにはテレビ局向けにアレンジできるだろう。

だけど、どうにも落ち着かない。

編集長の言葉を聞いて、はっきりと傷ついていた。

テレビ局の人気番組のプロデューサーに三十分の時間を貰うのが、どれくらい大変かは、メディアミックスに関わったことのない私にだってわかる。

使えるものは、なんでも使う。

いつか藤崎編集長に言われた言葉だ。

でも、今の私には、それができていない。まだ自分の持ってるモノぜんぶを使えてない。それは私の中で自信を削っていく。

このままじゃ、駄目だ。

定時が近づき、慌ただしくなったオフィスを出て、フロアの隅にあるカフェスペースに移動する。

窓の外、夕焼けに染められた街を見ながら、スマホを取り出す。

深呼吸をしてから、どうにでもなれ、というような気持ちで発信ボタンを押した。

「――なんだ、もう電話してくんなっていっただろ」

聞こえてきた声は、相変わらず、気高く我儘な女王様のようだった。

私は、体中から勇気を掻き集めて告げる。

「アリアさん、もう一度だけ、私の話を聞いてください」

オレンジ色の景色に街灯が灯り、夜の訪れを知らせてくれる。

電話の向こうからは、神さまの舌打ちが聞こえた。

＊

灰沢アリアが待ち合わせに指定したのは、最後に会った焼鳥屋だった。

渋谷の裏路地にある隠れ家『夜空』のテーブル席に座る。私が到着すると、アリアは先にいて、日本酒を口にしていた。

灰沢アリアは、今日も美しかった。

いつもよりマニッシュな成分が多めの服。ネイビーで金ボタンが目立つセットアップのジャケットに白いシンプルなブラウスを合わせている。オーバーサイズな分、袖から伸びた手首がやたらと細く見える。

私が正面に座ると、苛立たしげに睨みつけられた。

「いったいなんのようだ。また、つまんねぇ話じゃないだろうな」

すでに臨戦態勢だった。ガルル、と牙をむいている虎のようだ。

逃げ出したくなるのを堪えて、必死で声を出す。

「このあいだは、すいませんでした。私は、大事なことが見えなくなっていました」

アリアの表情が、少しだけ和らぐ。許したというより、怒りのボルテージが十から九になりました、くらいの感覚だけど。

「で、話ってのは？」

「お願いしたいのは、前と同じ相談です。『ＭＬクリップ』に掲載している、求愛動画を宣伝して欲しいんです」

ほんの一瞬だけ下がったボルテージが、瞬時に沸騰する。

「お前、喧嘩売りにきたのか？」

「聞いてください。この間、見てもらった求愛動画ですけど、七子沢動物園という動物園とコラボしてるんです」

スマホを取り出し、『恋が苦手な人間たち』の動画の下に表示されている、七子沢動物園を救えプロジェクトを表示して机の上に置く。

アリアはちらりと視線を向けただけで、真剣に読もうとはしてくれない。苛立ったように私を睨みつける。

「これが、なんだ」

「七子沢動物園は、もうすぐ閉園します。でも、このままじゃ閉園できません」

ぎゅっとテーブルの上で拳を握り締める。

「私はこのあいだ、あなたを宣伝の道具として見てしまった。あなたが優しくしてくれるのに甘えて、なんの覚悟もなく利用しようとした。アリアさんが怒るのも当然です。反省、してます。だから、今日は——あなたを宣伝道具として利用するだけの覚悟と理由を持ってきました」

それから私は、七子沢動物園について語った。

どれほど素敵な動物園かということ。飼育員の人たちも動物のことを一生懸命に考えていること。閉園が迫っているが、動物たちの譲渡先が決まっていないこと。宗田園長を始めとする多くの人たちが、最後に、たくさんのお客さんで溢れた動物園を見たいと思っていること。

「どうしてもあなたの力が必要です。どうか、七子沢動物園と、そこで働く人たちのために、灰沢アリアを利用させてください」

アリアは日本酒をほんの一口だけ口にすると、改めて私を睨む。

「なんで、お前がそこまでする」

「動物たちを助けたい、というより、私はきっと、飼育員さんたちの助けになりたいんです。私は、大好きなことを仕事にできなかった。だから、自分の仕事に誇りを持って戦っている人を応援したい。それが、編集者としての私の、目的なんです」

そう思わせてくれたのは、灰沢アリア、あなたです。

声にならない言葉を、一つだけ、胸の中で付け足す。

左胸の膨らみがなくなっても東京デザイナーズコレクションのランウェイを歩くアリアを見て、逆境の中でも美しく輝くあなたのことを記事にすることで、前に進めた。

それが編集者、柴田一葉が生まれた瞬間で、原点だ。

「お前の理由はわかった。あたしが、それをやるメリットはなんだ？」

「メリットなんてありません。だけど、私には、あなたに貸しがあるはずです。それを今、返してください」

「借りた覚えなんてねぇ」

「あなたが再ブレイクするきっかけになったのは『恋は野生に学べ』じゃないです

か。そのコラムを書いたのは、私です」

これを口にしたら、本当に、もう二度と灰沢アリアとは会えなくなるかもしれない。でも、それでも、他に方法は思いつかなかった。

「あなたは仕事に対して誰よりもプライドがあり、灰沢アリアでいるために血の滲む努力をしているのは知っています。だけど、それは、再ブレイクした今があるからです。あなたの望む灰沢アリアでいられるのは、私のおかげですっ」

「思い上がるんじゃねぇ。お前なんていなくても、あたしは自分の力で這い上がってた」

思い上がるな。それは、宗田園長にもいつか言われた言葉だった。

でも、あの時とは違う。これに関しては、思い上がりじゃないっていう自信がある。私は立ち上がり、何年か越しに、『恋は野生に学べ』をやっていたとき、なんども叫びたくて叫べなかった想いを、全力で叫んだ。

「だったら、恋愛コラムくらい、自分で書いてみろっ！」

しん、と店内が静まり返る。

思いもよらず、大きな声が出ていたらしい。困ったような視線を向けてくる店員さんに、ぺこりと頭を下げて、椅子に座り直した。

正面を見るのが怖かった。

アリアは、声も出ないほど激怒しているだろうと思った。

そっと視線を上げる。

意外にも、アリアは怒っていなかった。ふてくされたように一口、日本酒を口に運んでから、芸術的に美しい指先で長い髪を掻き上げる。

それから、ほんの一瞬だけ天井のライトを見上げ、どこか悔しそうに口を開いた。

「つたく。言ってくれる——まぁ、あたしが、今の灰沢アリアでいられるのは、ほんのちょっとはお前のおかげだってのは認めてやるよ」

「え？」

「そんな驚いた顔するんじゃねぇよ。あたしは、お前がちゃんと頼みにくるなら、利用されてもいいって思ってたんだ」

「そう、なんですか？」

「貸しとか借りとかじゃねぇ。お前、自分の仕事が好きじゃないって言ってたろ。それなのに、馬鹿みたいに必死にがんばってた。最初は、そんな風に働いてなにが楽しいんだ、ダサいやつって呆れてた。でも、お前を見ているうちに、あたしも変わらないとって思った。あたしがあたしでいるためには、好きじゃないこともがんばらないといけない。それが、あたしをこの場所に連れ戻してくれた。だから、お前がダサく働いてる限りは、協力してやるよ」

最初は動物が嫌いといっていたアリアが、急に動物番組に出るようになり、それがきっかけで再ブレイクを果たしたのを思い出す。

まさか、その決断に、自分なんかが関わっているとは思いもしなかった。私がコンプレックスに感じていた、自分の仕事が好きになれないことが、灰沢アリアを変えていたなんて。

「アリアさん、そんなこと言われたら……私、泣いちゃいます」

「もう泣いてるじゃねぇか。うわ、余計なもんまで垂らすな、汚ねぇなっ」

アリアはそう言うと、テーブルにあった紙のおしぼりを押しつけてくる。

私は遠慮なく、おしぼりで涙と鼻水を拭いた。

「まったく、頼みに来るのが遅(おせ)ぇんだよ。さんざん待たせやがって」

え？　なに、それっ。

びっくりしすぎて、涙も鼻水も引っ込んでしまった。

「二度と顔を見せるなって言ったの、そっちじゃないですか」

「うるせぇな。勢いでそんくらい言うだろ」

当然のように言いながら、また日本酒を口に運ぶ。相変わらずの我儘ぶりだ。

でも、アリアらしいと受け入れてしまう。ずるい。

「あたしは、動物園の閉園の話を聞いてから、ずっと、いつくるかって待ってたんだよ」

「……動物園が閉園すること、知ってたんですか？」

「お前が、動物たちをなんとかしようってがんばってるのは、司から聞いてた」

「椎堂先生が？」

「意外だろ。あいつ、お前のことになるとらしくねぇことするよな。いきなり電話してきて、力を貸してやってくれって言われたよ。だから、お前がもっかい頼みにきたら、手伝ってやるって答えた。もうけっこう前だけどな」

気怠げな椎堂先生の表情を思い浮かべる。それと同時に、鼓動が早くなる。好きです、と告げてからもうすぐ一ヵ月になる。この一ヵ月は、自分でも驚くほど仕事に集中してきた。それでも、ふとした瞬間に、あの日のことを思い出す。

「……そう、だったんですか」

「とにかく、これで今までのことはチャラだ。あたしが最高の宣伝をしてやる」

「ありがとう、ございます」

アリアは、許した証とばかりにメニューを差し出してくる。喉がゴクリとなるけど、まだ仕事は山積みだったので、泣く泣く烏龍茶を頼む。アリアは不満そうな顔をしていたけれど、明日、テレビ局へ企画を出しにいく話をすると納得してくれた。

「そういうことは早く言え。じゃあ、それ飲んだら帰れ」

届いた烏龍茶で、すぐに乾杯する。次の瞬間だった。

「そういえば、お前、司となんかあったのか？」

思わず、咽せそうになった。

「え、いや、特になにもないですけど」

「あいつ、変なこと言ってたぞ。お前を、傷つけたかもしれないって。だから、せめて、これくらいは手伝ってやりたいって」

「そう、ですか」

「まぁ、なにがあったかは想像できるけどよ、あたしからのアドバイスは一つだ――ダセぇ後悔するんじゃねぇぞ」

「後悔に、ダサいとかあるんですか？」

「色々あんだろ。まぁ、いちばん簡単なのは、やらなかったことをやっとけばよかったってのはクソダセぇ」

アリアはそう言って、また日本酒を口に運ぶ。

そっか、先生はあの日のことを、すこしは気にかけてくれていたのか。応援してくれていたのか。

烏龍茶を一気に飲んで、テーブルの上に戻す。

「私、いきます。がんばります」

アリアがひらひらと綺麗な指を振るのに見送られ、居酒屋を出る。

渋谷の繁華街を抜ける冬の夜風が、火照った体に心地よかった。

＊

待ち合わせは、大栄テレビのロビーだった。

テレビ局に打ち合わせにくるのは、もちろん初めてだ。それも、日本を代表するキー局のオフィスビル。ガラス張りの開放的なフロアには、夕日が差し込んでいる。

私の隣には、藤崎編集長が座っていた。ノートパソコンを開き、相変わらず別件の仕事をしている。ちらりと画面を見ると、プログラムコードのようなものが並んでいた。そんな仕事もするのか。緊張していたのが、途端に落ち着く。

準備はなんとか間に合った。アリアと別れてから夜中まで資料を修正し、事前に編集長にチェックしてもらい、大量の指摘を貰って泣きそうになりながらまた修正。喋る練習も質問対策もばっちりだ。

午前中には、資料を睨みながら七子沢動物園に向かって、宗田園長にも直談判した。

多忙の園長を浅井さんが捕まえてくれて、十五分だけ話ができた。

テレビ局が嫌いな宗田園長に、出来立ての資料を見せて必死に説明する。

「――宗田園長が、過去に嫌な思いをしたのはよく知っています。それでも、使えるものは使うべきです。多くの人が七子沢動物園の動物たちを救おうと努力している。きっと、その手助けになります。いえ、テレビの規模を考えれば、逆転の一手になるかもしれない」

昨日、アリアに相談できたから、自信を持って口にできた言葉だった。

宗田園長は、しばらく事務所の壁にかかった写真を眺めていた。

そこには、動物たちと、これまで七子沢動物園で働いていた人々、今この瞬間も園のために働いている人々の写真が並んで飾られていた。色褪せたものも、まだ真新しいものもある。

「……柴田さん、私はね、あのニホンカモシカの件から、ずっとマスコミが嫌いだった。だけど、なんでも一括りにしちゃいけないね。どんな分野にも、どんな組織にも、一生懸命な人もいれば狡い人もいる。当たり前のことだった。それは、あなたがこれまで積み重ねてきた仕事を見ればわかる」

宗田園長は、ぺたりと首に触りながら告げる。

「取材を受けよう。いや、今のは言い方が違うな——柴田さん、宜しくお願いします」

宗田園長は、疲労がたまったような表情に、どこかほっとした笑みを浮かべて頭を下げてくれた。

「お待たせしました」

声と同時に、カツカツと黒光りする床を鳴らしながら四十代くらいの男性が近づいて来る。

テレビ局の、それもバラエティ番組のプロデューサーといえば、もっとチャラい雰囲気をイメージしていた。ジーパンだったりセーターを肩に掛けてたり、テンガロンハットを被ってたっておかしくない。

でも、私の期待を裏切り、ビシッとしたスーツ姿だった。紺一色、お洒落というよりも、上質さが際立っている。ブランドはわからない、もしかしたら、老舗テーラーの仕立てかもしれない。

私は慌てて立ち上がり、頭を下げる。

「このたびは、貴重な時間をいただきありがとうございます」

い話なんです？」

「うん、どうも」

老舗テーラーは、私の名刺を片手で受け取ると、そのまま藤崎編集長の前に座る。

「藤崎さんの頼みなら、聞かないわけにはいかないですからね。今度は、どんな面白い話なんです？」

編集長はノートパソコンを閉じると、いつもの冷たい声で告げた。

「今日は、それほど面白い話ではないです。ただ、あなたの動物番組に社会貢献の側面があるなら、聞いておいて損はないです。話は、こちらの柴田が」

老舗テーラーは、そこでやっと、私から片手で取った名刺を見る。

「柴田、一葉さん。役職はなしね」

たった数分のやり取りで、宗田園長の気持ちを理解した。

もちろん、全員が全員、こういう人ばかりじゃないだろう。でも、一人一人が会社の顔とはよく言ったものだ。大栄テレビのロゴを見るたび、この老舗テーラーを思い出すだろう。

「では、聞きましょう」

老舗テーラーが、足を組み、膝の上で指を絡ませる。

気持ちを切り替え、プレゼン資料を印刷した紙を渡し、それからタブレットにも同じ資料を表示しながら説明を始める。

七子沢動物園の概要と魅力。それから、七子沢動物園が閉園になること、まだ動物たちの譲渡先が決まっていないこと、輸送にも資金が必要なこと、テレビ局の力を借りて譲渡先探しとクラウドファンディングの知名度アップをしたいこと。そして、数々の閉園イベントを企画しており、動物園の終幕を盛り上げたいこと。

「……なるほど。あなた方が、テレビに来て欲しい理由はわかりました。それで、我々がそれをやる意味は？」

老舗テーラーは、仕事に対しては真摯なのか、私の資料に価値を感じてくれたのか、先程より真剣な口調で質問してくれる。

「動物園は戦後復興の象徴の一つとなり、全国各地に建設されました。ですが、社会や家族の形が変わり、少子化が進み、今までの経営が成り立たなくなる動物園はこれからも増え続けるでしょう。これは七子沢動物園だけの問題ではありません」

すべて、七子沢動物園に関わるまでは知らなかったことだ。

動物園は当たり前にあちこちにあって、これからもあり続けるんだと思っていた。そこにいた飼育員さんたちの弛まぬ努力や、直面している問題を知らなかった。

「それを、視聴者に知っていただくことは意味があると思います」

「社会問題の側面があるのはわかりました。では、それが七子沢動物園である意味は？　同じ社会問題を取り上げるなら、他の動物園でもいい」

「一番大きな理由は、東京都内の動物園であることです。地方都市ではなく、東京の、かつてニュータウンと呼ばれた地域で起きてること」

「確かに、インパクトはありますね」

「それに、今は閉園までを盛り上げるためのイベントも色々やってます。動物ネタ縛りにしたお笑いライブなんかも。視聴者も楽しんでいただけるんじゃないかと」

私がスライドを捲ると、現在、ライブに出てくれている芸人さんの一覧が表示される。

老舗テーラーは値踏みするようにスライドを眺めた。

「一番売れてるのは『フルーツバスケット』ですね。といっても、ひな壇の一番上くらいですが」

それから、現在行われている閉園イベントについて語った。色々なイベントがあるため、それを紹介してもらえればきっとテレビ的にも盛り上がるはずだ。私が視聴者なら見たい。

説明を終えてから、隣に座る藤崎編集長を見る。相変わらず無機質な表情だったけれど、補足も訂正もなかった。及第点はもらえたのがわかる。

わずかな間があり、老舗テーラーが口を開く。

「面白い企画ですが——閉園である十二月半ばまでに番組を放送しようとすると、企画から放映までを二週間で仕上げなければならない。これは、厳しい。私たちの『動物王国』は一ヵ月以上の前撮りが基本です」

「そこを、なんとか――」

「もう一つ言うと、悪くはないですが、どうしても欲しいという要素がない。なにか強烈にプッシュできる、確実に注目されるという要素が一つもない。一言でいうと、地味です。そんなレベルの企画に、短期間対応をやるのは採算が合わない。藤崎さんの頼みだから聞きましたが、ここまでです」

そう言うと、高級そうな時計を大げさに見て立ち上がる。それから、藤崎編集長にだけ、気遣いのように会釈をしてから歩き去っていった。

去り際があまりにも流れるようだったため、すぐに、自分が大きなチャンスを逃したことに気づけなかった。

駄目、だったか。テレビで取り上げられたら、大きな宣伝になったのに。せっかく編集長が見つけてくれたチャンスだったのに。

無力感が、体を覆っていく。しばらくは立ち上がれそうになかった。

「少し、待ちましょう。可能性がゼロになったわけじゃありませんから」

藤崎編集長の声に、思わず振り向く。

老舗テーラーは、明らかに興味を失くしていた。

可能性なんてどこにも感じられなかった。オフィスに戻ったら、きっと私の企画なんて忘れているだろう。名刺だってゴミ箱に入れられてるかもしれない。

私の視線に気づいてか、編集長が補足してくれる。

「彼は、ああ見えて慎重な部分があります。もし、他番組や他局が七子沢動物園を取り上げて話題になったら、彼の面目は丸潰れです。自分の判断が間違っていなかったことの確認のために、今ごろ七子沢動物園のことを自分でもスマホでチェックしているでしょう」

意図は分かったけれど、チェックしたところで、私がプレゼンした以上の情報は出てこないはずだ。期待なんてできない。

その時だった。

「よかった、まだいた」

正面から、声がかかる。

ロビーに戻ってきたエレベーターから、老舗テーラーが降りて近づいて来る。

右手には、編集長の予想通り、スマホが握りしめられていた。

「まったく、藤崎さんも人が悪い。こういうことがあるなら、先に言っていてくださいよ」

私たちの前に座ると、テーブルの上に自分のスマホを置く。

そこに写っていたのは、灰沢アリアのインスタグラムだった。

アリアが七子沢動物園を訪れ、次々と動物たちや動物園で見つけた面白いものと一緒に写真をアップしていた。日付は今日、リアルタイムで更新中のようだ。そして、どの投稿にも三十万を越えるいいねが付いている。

……嘘、なにこれ。

確かに、昨日、宣伝に協力すると言ってくれた。でも私は、ＳＮＳで『七子沢動物園』が閉園する情報を拡散してくれるだけだと思っていた。まさか、わざわざ動物園に足を運んで宣伝してくれるなんて、これじゃまるで親善大使だ。

しかも、投稿の一つには、閉園イベントに触れ「動物王国で企画やんないかな」と投稿されていた。五十万を越えるいいねが付いている。

……アリアさん、ここまでやってくれるなんて。

昨日の焼鳥屋でのやり取りを思い出し、思わず泣きそうになる。

「とにかく、灰沢アリアが推してバズっているなら、企画が通せる。ぜひやらせてください。あ――うっかり忘れていました」

そこで、老舗テーラーは思い出したように、自分の名刺を取り出して、私に渡してくれた。

灰沢アリアの投稿がきっかけで、停滞していたクラウドファンディングへの寄付が増加した。動物園を訪れる人も爆発的に増えた。

それから二週間後に七子沢動物園が『メイプルトレインの体当たり動物王国』に取り上げられると、さらに寄付は増え、目標としていた二千万円を達成した。

放映された翌日、浅井さんから電話がかかってきた。

クラウドファンディングの目標金額を達成したこと、それから、すべての動物たちの譲渡先が決まったことを教えてくれた。

浅井さんは、泣いていた。

この仕事に関わることができてよかった――心からそう思った。

そして、七子沢動物園の最後の日がやってくる。

＊

その日は、朝から七子沢動物園に入る予定だった。

藤崎編集長からは、『ＭＬクリップ』にこれまでの企画の集大成として閉園の記事が載せられるようにしっかり取材してきてください、と指示も受けていた。カメラマンを依頼した環希と一緒に、二人で七子沢動物園に向かう。

門に着いたところで、初めて見る光景に衝撃を受ける。

動物園の最寄りの第一駐車場が、朝の時点で満車だった。チケット購入にも長い列ができている。

十二月になってからはお客さんの入りも格段に増えていたけれど、さすがにここまではなかった。

「やっぱり、惜しまれつつ終わるってのは、こういう感じじゃないとね。たとえば――」

その言葉に、お台場にあった観覧車や、ハリー・ポッターの体験施設に生まれ変わったとしまえんがなくなった時のニュースを思い出す。

「『ウォーキング・デッド』のように」

うるせぇよ。ゾンビを混ぜるな。

天気は快晴で、十二月にしては気温も高めらしい。環希なら、きっと最高の写真を撮ってくれるだろう。

二人で、大勢のお客さんで賑わう園内をぐるりと見て廻る。それから、写真をもっと撮りたいという環希と別れて、事務所へ挨拶に向かった。

最終日ということもあり、皆忙しそうだったけれど、宗田園長は私を見かけると作業を止めて近づいてきてくれた。

それから、窓の外、大勢のお客さんで賑わう園内を眺めながら教えてくれた。

「これです。これが——かつて私が見た景色です」

事務所の窓から見えるのはキリン舎だ。花山さんが提案したキリンのエサやり体験は大好評で、手にした野菜が紫色の舌にからめとられるたび、大きな歓声が上がっていた。

「柴田さん。いつかは、思い上がるな、なんて言って申し訳なかった。七子沢動物園が閉園するのは、すべては私の力がなかったから。あなたにはわずかな責任も感じて欲しくなかった」

かつて、宗田園長に言われた言葉を思い出す。

あの時は、自己嫌悪に陥った。でも、今なら——宗田園長の優しさだったのだとわかる。

「だけど、ここまで注目を集められたのは、まぎれもなくあなたの力だ。私たちの努力だけではどうにもならなかった。灰沢アリアさんの宣伝や、テレビ番組に取り上げられたこともそうだ」

「いえ、私はただ、自分の仕事をしただけです」

私がそう答えると、宗田園長は自分の意思が伝わっていないというように残念そうな顔をする。言葉を重ねようとするが、それを遮るように、私の背後から声がした。

「柴田の言う通りです。お礼を言っていただくことはありません。『恋が苦手な人間たち』は平均一万程度のＰＶ数でしたが、閉園が決まってから急上昇し、最近では平均ＰＶ数は二十万を超えています。これは、会社としても素晴らしい成果です」

サポートＡＩよりも淡泊な口調は、聞き間違えようがなかった。

振り向くと、編集長が立っていた。

「ご挨拶が遅くなりました。柴田の上司の藤崎と申します」

藤崎編集長は、マナー本に出てきそうなピシリとした動きで宗田園長に名刺を渡す。宗田園長が驚いたような笑みを浮かべ、自席に名刺を取りに戻る。

その隙に、小声で話しかけた。

「編集長、どうしてここに？」

「あなたの仕事の集大成を、見届けようと思いました。それに、七子沢動物園の皆様にもご挨拶をしたかった」

「わざわざ直にですか？　それって、効率が悪くないですか？」

「いいえ、あなたの成長を考慮すれば、タイミングも効率も今がベストです」

編集長の表情からは、決して義理や冗談で言っているのではないことが伝わる。

そこで、宗田園長が戻ってくる。

園長から名刺を受け取ってから、改めて、編集長は窓の外に向き直る。

「よい景色ですね。先ほど、園内も見て回りました。晴々とした終わりは、良き始まりです。このように終われることは、本当に幸福なことです」

かつて、経済誌の編集長として様々な会社を見てきたことを感じさせる言葉だった。宗田園長も目を細めながら頷く。

「本当に、その通りです」

事務所のドアが開き、浅井さんが顔を出す。

「一葉さーん、そろそろ出番ですよぉ」

「あ、編集長、私、行きますね」

閉園イベントの一つとして、『恋が苦手な人間たち』で取り上げた求愛行動を、マスコットキャラクターの着ぐるみを着た飼育員が解説するという企画があった。今日は特別に、私とニコさんが声を当てることになっている。

「少し待ってください、柴田さん」

編集長に呼び止められ、立ち止まる。

「上層部より、各編集部に一人ずつ、ウェブメディアに強いキーマンを配置する検討依頼が来ています。将来的には、これまでうちでやっていた各雑誌のウェブコンテンツ化を、各編集部でやってもらうのが狙いです。『リクラ』編集部に戻ることもできますが、興味はありますか？」

唐突な、質問だった。

『リクラ』のことを思い出す。この七子沢動物園の宣伝も手伝ってもらったので懐かしさは特にない。ただ、どちらが私のやりたいことができるだろうか、と悩む。

「今すぐに、答えないとだめですか？」

「いえ、明日の正午までに聞かせてください。今、質問だけしておく方が効率が良いと思っただけですので」

「じゃあ、動物たちを見ながら考えます」

一度頭を下げてから、浅井さんの方に速足で向かう。

『恋が苦手な人間たち』のイベントは、ふれあいパークで開催予定だった。

対象の動物は、ヒトコブラクダのリオくんだ。

「こんなにお客さんが来てるのに、今日で閉園なんて嘘みたいですね」

ふれあいパークまで歩きながら、浅井さんに話しかける。

「そうですね。でも賑やかなフィナーレになりそうでよかったです。それに、私たちにとっては、まだ終わりじゃないんです。動物たちの譲渡先が決まったのは二週間前だし、資金もやっと集まったばかりだから輸送のトレーニングもこれからなんです。閉園した後も、私はしばらくここで働きます。動物たちを送り出すトレーニングをして、送り出す日まで世話をしないといけないから」

「次の職場は、もう決まってたんじゃないんですか？」

「事情を話したら、待ってくれるって」

浅井さんは嬉しそうだった。大切な場所の最後を見届けることができる——それは、サヨナラの中ではきっと最高に近いものだろう。

「一葉さん、ここまで連れて来てくれて、ありがとうございました」

「私はただの、編集者ですよ」

たまたま上手くいっただけなのに、色んな人に過剰に感謝されているようでくすぐったい。

ふれあいパークに着くと、ニコさんは先に来ていた。準備用のテントの中に入ると、ザワくんの着ぐるみに入った坪井さんもスタンバイしている。ナナコちゃんは誰がやるんだろう、と思っていたら、いそいそと浅井さんが着替えていた。

マスコットキャラクターの着ぐるみは、倉庫から出てきた時と違って、すっかり綺麗に手入れされていた。ぜんぶ、坪井さんがやってくれたらしい。

三十分前から園内放送がかかっていたので、ふれあいパークにある小さなステージの前には、大勢のお客さんが集まっていた。

音楽が鳴り、ステージの上に着ぐるみ姿のナナコちゃんとザワくんが登場する。二人は、毎日この舞台をやっていてすっかり慣れているようだった。コミカルな動きで観客を盛り上げている。

いつもは、過去に公開した求愛動画の音源をそのまま流していたらしい。

でも今日は、私とニコさんが、実際に舞台袖からマイクを使って声をあてることになっている。ちょっとはお客さんとコミュニケーションをとった方がいいんだろうか。練習はしてきたけど、やっぱり緊張する。マイクを持つ手に、汗がにじむ。

横からニコさんが笑いかけてくれた。

「大丈夫だよ、僕たちはお笑いのコンペにきてるわけじゃない。今日集まったのは、動物が好きで、七子沢動物園が好きな人たちだ。ここはホームだよ、楽しませようとしなくていい、一緒に楽しめばいい」

毎日たくさんのステージをこなしている芸人さんならではのアドバイスだった。

その言葉に、ふっと肩の力が抜ける。

改めて、ステージの周りに集まったお客さんを見る。親子連れが多いけれど、テレビやネットで興味を持った幅広い年齢の人たちもいた。かつてこの動物園に通い詰めたのだろう、懐かしそうに笑う年配の方々もいる。みんな、楽しそうだった。

そっか。私も、楽しめばいいんだ。

ニコさんがハンドサインで合図をくれる。私の話す番だった。

「こんにちはー、今日は七子沢動物園の最後の日に、たくさんきてくれてありがとう！」

私の声が、ふれあいパークに響き渡る。こんにちは、が少し裏返ったけど、そこからは落ち着いて話すことができた。

「まったく、どいつもこいつも暇だな」

「そういうこと言わないのっ」

ニコさんの安定感が、素人の私の演技力を引き上げてくれる。

親子で楽しめるようにマイルドにした恋愛相談を読み上げた後で、ステージ上にヒトコブラクダのリオくんが登場する。お客さんは有名アーティスト登場のように沸いた。今日の求愛行動のテーマは、ヒトコブラクダだった。
この求愛行動の原稿をまとめたのは、もう二ヵ月も前だ。妹の元結婚相手、気持ちを伝えるのが難しい相手を好きになってしまったという相談だった。文章からも、深く悩んでいるのが伝わってきた。公開した動画にも、かなり反響があったのを覚えている。

「こうやって、ヒトコブラクダは、命を賭けてプロポーズをするのです」

ヒトコブラクダの求愛行動を聞いたのは、椎堂先生が風邪をひいてお見舞いにいった時だった。

「生きるか死ぬかのプロポーズなんてよ、ラクダってちょっと抜けた顔してるイメージだったけど、かっこいいな。そんな大事な部分をさらすなんて馬鹿だけど、馬鹿なところがかっこいいな」

ニコさんが軽快に台詞を読み上げる。
次は、私の番だ。チクリと刺すような胸の痛みを思い出しながら口を開く。

ヒトコブラクダの求愛行動に触発されて、告白をした。でも、先生とはその後も、なにもなかったように打合せを続けている。返事がないのが、返事だってことだろう。うやむやになってしまったけど、椎堂先生らしいなとは思う。

「ラクダのように、傷つくことを恐れずに気持ちをぶつけてみればいいと思う。その思い切りの良さが、活路を開くことがあるかもしれないです」

相談者のユニさんは、想いを告げられただろうか。

せめて、あなただけは幸せな結末であって欲しいと願う。

「――結果は誰にも保証できない。けれど、大切な部分をさらして傷ついたとしても、後悔はしないはずだと、そう思うのです」

最後の台詞を口にする。

二ヵ月前に私が書いた原稿は、まるで昔の自分から手紙が届いたようだった。

あれ以来、必死で仕事をしてきた。だから、あまり痛みは感じなかった。でも、ずっと傷ついていた。そしてなにより、不満だった。

口から出た言葉が、まだ着地点を見つけられず彷徨（さまよ）っている。
今日で七子沢動物園が閉園する。私が、勝手に抱えていた使命感も終わる。
この気持ちとも、正面から向き合わないといけない。

「じつは、今日はこのイベントの元になった『恋が苦手な人間たち』の動画で実際に声を担当しているお二人に来てもらってます。編集者の柴田さんと、人気の若手芸人トリオ『フルーツバスケット』の桃山ニコさんです」

司会をやっていた飼育員さんが、私たちの名前を呼ぶ。途端に、私の意識は現実に戻された。そんなの、聞いてないんですけど。

「呼ばれちゃったね、いこう」

ニコさんはアドリブ対応にも慣れているらしい。私を引っ張って、ステージの上にあがる。マイクを渡され、まずはニコさんが応じる。

「僕は、七子沢動物園の側にある七子沢ニュータウンで生まれ育ちました。この街の子供たちは、みんなこの動物園があることが当たり前で、その当たり前に救われていました。悩んだ時、傷ついた時、逃げ出したくなった時、この動物園が僕らの居場所になってくれた。だから――今までありがとうと、言いたいです」

ニコさんの思い出は、多くの人たちの共感を呼んだようだった。ほんの一瞬だけステージの周りが静まったあと、大きな拍手に包まれる。

「あ、面白いこと言わなくてごめんなさい。次は、はい、一葉さん」

私に、マイクが渡される。

なにを喋ろう、前もって言っててくれれば考えたのに、とりあえず自己紹介か。

「月の葉書房で、『恋が苦手な人間たち』の担当をしていました柴田一葉です。えーと」

見渡す人たちは、みんな、ささやかな期待を浮かべているようだった。自分に言い聞かせる。止まるな、なんでもいいから喋り続けろ。

「私は……途中まで、自分のためだけにこの企画をやっていました」

口をついて出たのは、そんな言葉だった。なに言ってんだ、と思うけど、不思議と言葉は次々と繋がる。

「でも、途中から気づいたんです。私は、なんのために編集者をやっているのか。それは、応援。仕事が好きで頑張ってる人を応援したい、それを読んだ人も元気になって欲しい。自分の仕事が好きじゃない人にも、頑張ろうと思えるようになって欲しい。それに気づいてから、できることを精一杯やりました。それに気づかせてくれたのが、この七子沢動物園を愛する人たちでした。私も、ありがとうって言いたいです」

ニコさんの時よりも、やや控えめな拍手に包まれる。半分くらいは、なにが言いたいんだろう、って顔をしていた。でも、中には嬉しそうに笑っている人もいた。

押し付けるように、マイクを司会の飼育員さんに返す。

頭の中に、編集長の言葉が過ぎった。

働く目的の言語化。きっと今のが、私にとってのそれなんだろう。

改めてお客さんを見渡す。私の応援は、届いただろうか。

ふと、そこで、お客さんの中に、見覚えのある人を見つけた。

賑わう人込みの外側に、仕立ての良さそうなノーカラーのジャケットを身に纏った、明らかに目を引くイケメンが立っていた。

イベントが終わり、集まっていた人たちが思い思いに散らばり始める。せっかくふれあいパークに来たから、とウサギやヒツジとふれあえるコーナーにいく人が多い。その中で、イケメン大学准教授は、ステージに背を向けてパークの外に出ようとしていた。

私はステージから駆け下りると、先生の方へ走った。

先生は、マレーバクの方へと歩いていた。他のイベントに人が集まっているからか、辺りに人通りは少ない。

追いついて、声をかけた。

「椎堂先生。きてくれたんですね」

先生は立ち止ると、気怠げな表情で振り返る。

「あぁ、君か。邪魔にならないように、少しだけ見て帰るつもりだったのだがな」

「先生は、目立ちますから」

通り過ぎた女の子のグループが、イケメン、と囁くのが聞こえた。

こうして人通りがある中で向き合うと、嫌でも格差を感じる。

「さっきの舞台は、君の企画から生まれたのだな。素直に尊敬する」

珍しく、先生に褒められる。

「ありがとう、ございます」

「なにより、老若男女問わず大勢の人が、動物たちの求愛行動に興味を持ってくれていた。実に素晴らしかった」

「ぜんぶ、椎堂先生が教えてくれたことです」

「俺はただ、自分の好きなことを話しているだけだ。それを誰かに伝える物語にしたのは、君のアイデアと努力だ。人と関わりながら仕事をするのも、良いものだな」

思わず笑顔になる。

いつも通りに、話せている。本当に、二ヵ月前の告白なんてなかったみたいだ——

でも、このままじゃ駄目だ。

うやむやにされたままじゃ、どこにも踏み出せない。あの時、口にした言葉に、どんな形でも決着をつけないといけない。

「ヒトコブラクダの話を聞いた時のこと、覚えていますか？」

思い切って、口にした。

「あぁ、覚えている」

先生の表情は、変わらない。求愛行動とまったく関わりの無い話をしている時のように気怠そうな表情のままだ。

きっと、先生は迷惑に思ってる。

出会った時からそうだった。人間の恋愛感情なんてわずらわしいだけ、時間の無駄だと言っていた。

決着をつけるなら、いっそ、なかったことにしたっていいかもしれない。

心の中に、臆病な願いが響く。

「……あの日のことは、椎堂先生を好きだと言ったことは忘れてください」

先生の視線が、私を見つめる。

なにを考えているのか、わからない。その視線が、私の心の奥の方から、どんどん口にしやすい言葉を引き出す。

「中途半端な気持ちで口にしたわけではないです。でも、私は、先生が以前に、容姿を目的に女性から迫られるのは苦痛だ。私はちょうどいい距離感で接してくれるから気が楽だ、そう言ってくれたのに、それを壊してしまったのが――先生の期待を裏切ってしまったみたいな気がしていました」

その言葉を聞いたのも、七子沢動物園だった。

あれがなければ、この動物園と、こんなに深く関わることもなかっただろう。椎堂先生が、この動物園と関わるきっかけをくれた。

これまで先生とは、動物の求愛行動を通して、色んな話をしてきた。楽しかった、居心地の良い時間だった――だから。

「これからも、今まで通り気楽に動物の求愛行動について話ができる、そんな関係でいたいです」

これがきっと、最良の言葉。これがきっと、椎堂先生の望んでいる言葉。

胸の奥で、誰かがドアを不満そうにノックする。だけど、開かないように必死に押さえて、聞こえない振りをした。

「ああ、わかった。これまで通りだな」

先生は、どうでもよさそうに呟く。

それを聞いた途端、ドアのノックが急に乱暴になる。口当たりのいい言葉と引き換えに、大切な物を失う――そんな予感がした。

「それでは、仕事があるので戻ります」

逃げるように背を向ける。

先生は、それ以上、なにも言わなかった。マレーバクの方に歩いていく。

ふれあいパークまで戻ると、ヒトコブラクダのリオくんがいつもの場所に戻っていた。たっぷりの干し草や芋をもらい、美味しそうに食べている。

「……これで、よかった」

自分に言い聞かせるように呟く。

リオくんと、目が合った。

その瞬間、私の中で、なにかが弾けた。

リオくんに言われた気がした。

リスクを恐れるな。言葉じゃなくて、口蓋をさらせっ。

心の奥で、押さえつけていたドアが勢いよく開かれる。乱暴にドアをノックしていた感情が流れ込んでくる。

これまで押し込めていた不満が、大声で叫ぶ。

これでいいわけ、あるかぁっ！

二ヵ月前の告白は、ただ勢いで口にしただけだ。あれじゃ納得できない。なかったことになんてできるわけないのに、上辺だけ取り繕ってどうする。時間は戻らない。口にした言葉は消えない。このまま疎遠になるだけ。わかってるくせに気づかない振りするなっ。

動物たちの求愛行動から、なにを学んできた。

自分の心に嘘をつく動物がいたか。求愛行動を途中であきらめる動物がいたか。みんな、いつだって全力だった。必死だった。

ヒトコブラクダだけじゃない。自分の気持ちをすべて吐き出すようなペンギンたちのディスプレイ、自慢の尻尾を切られても恋をあきらめないコクホウジャク、お互いが最高の相性かを確かめるために鉤爪を絡ませてスカイダイビングを行うハクトウワシ、孤独な旅の果てにパートナーを見つけるオオカミ。

頭の中に浮かぶ映像が、次々に力をくれる。

私はもう一度、ふれあいパークに背を向けて走り出した。

椎堂先生は、まだマレーバクの近くにいた。あの時に求愛行動を受けていたマレーバクのローズは、無事に子供を出産した。最近になって公開されたマレーバクの子供は、親とは違って白と黒の水玉模様をしていて、すっかり人気者だった。

バクの展示の周りには人がたくさんいたけれど、先生はもう見終わったようで、少し離れて歩き出そうとしていた。

追いついて、先生、と声をかける。

驚いたように私を振り返る。

「――嘘です、さっきのは嘘です」

整った顔立ちが顰められる。理解できないものを見せつけられて、不快に感じたかのようだった。

でも、もうそんなもの気にしない。

引くなら引くがいい。拒絶されるなら、もうそれでいい。

私は大きく息を吸う。二ヵ月前とは違う、ちゃんと覚悟をもって口にする。

「やっぱり、私はあなたのことが好きです。もう会えなくたっていい、返事なんて期待してないっ。だから、忘れないでください」

先生は、答えなかった。

なにも言わず、じっと私を見つめる。

マレーバクを見ていた一団が、私たちの方に歩いて来る。変な空気を感じたのか、椎堂先生のイケメンが気になったのか、私たちの側を通るときにほんの少し声のトーンが小さくなる。

賑やかな声が通り過ぎた後、先生の気怠そうな声が聞こえた。

「そうか……忘れなければ、いいのか」

それが、先生の答えだった。

わかってた。

でも、これでよかった。

あのまま、うやむやになるよりずっとよかった。

「はい、忘れないでください」

そう言うと、くるりと背を向けて走り出す。

今度は、逃げるためじゃない。仕事をするためだ。私の気持ちの整理のために使った時間を取り戻すためだ。

言いたいことは、全部言えた。もう、これでいい。

目の奥が熱くなるのをぐっと堪える。

今は、まだだめだ。

今日は七子沢動物園の最後の日。この動物園の最後を、最高の記事にするんだ。

走っていると、正面から聞き覚えのある声がする。

「あ、一葉、見つけた。どこいってたのよ」

立っていたのは、環希だった。その隣には、紺野先輩がいる。いや、それだけじゃなかった。『恋が苦手な人間たち』でさんざんお世話になった田畑さんも一緒だ。

「皆さん、どうしてここに?」

「あんたの応援に」

紺野先輩が、当たり前のこと聞くな、とでも言いたそうに私を指差す。

「正直、人があまりいなかったらどうしようと思って、少しでも賑やかしになればなんて考えてたんだけど、必要なかったね」

と付け足してくれたのは、田畑さんだ。紺野先輩とは違って、言葉から優しさが滲み出ている。

「……ねぇ、あんた、なにかあった？」

環希が、手に持ったカメラを構えながら聞いてくる。

たくさんの人たちに支えられてここまできたんだ、と改めて実感する。

いや、ここにいる人たちだけじゃない。ウェブメディア部のみんなにも、『リクラ』編集部のみんなにも、北陸大学の椎堂先生にも村上助手にも、もちろん、七子沢動物園の皆さんにも、たくさんの人に支えられ、手を引かれてきた。

「なにもないっ。さぁ、今日は七子沢動物園の最後の日なんで、がんばって取材しますよ」

プライベートな傷をぐっと押さえて歩き出す。

そこで、ジャケットに突っ込んでいたスマホが震えた。

取り出すと、灰沢アリアから写真とメッセージが届いていた。

今日はいけねぇけど、応援してる。あたしに感謝しろ。

私の神さまは、美しい石畳の街並みの中を、映画のワンシーンのように歩いていた。おそらく海外、ヨーロッパのどこかの町角のようだ。右手にはくるっと巻いたピザを持っているのが、なぜかお洒落アイテムに見える。

ありがとうございます。

心の中で短く返信する。本物の返信はちゃんと落ち着いてから、と決めてスマホをポケットに戻した。

「環希、撮った写真、見せて！」

私の恋は、終わった。

きっと、今晩は泣くのだろう。

でも、諦めなかった。逃げなかった。動物たちのように懸命に向き合った。ちゃんと胸を張れる。

七子沢動物園を見渡す。大勢の人たちが、楽しそうに行き交っている。別れを惜しむ人も、懐かしそうに言葉を交わす人もいる。

それは、晴々とした終わりだった。

午後には、短いセレモニーが催された。

副市長や宗田園長がスピーチをして、地元の小学校の子供たちが歌を披露し、市民代表が飼育員の皆さんに花束を贈った。

暗くなると、動物園にはイルミネーションが灯る。そして、六時に閉園を迎えた。

今日は大勢の人が来園したけど、さすがに閉園間際までいる人は多くなかった。

環希も、先輩や田畑さんもセレモニーを見届けると先に帰っていった。私は飼育員の皆さんにお礼を言ってから、一人で動物園の門を潜る。

すっかり歩き慣れた、駅まで続く欅並木の坂道を下る。

周りには、同じく閉園まで動物園に残った人たちがいた。誰もが名残惜しそうに、口から白い息を吐きながら歩いていく。

日が沈むと、昼間の季節外れの陽気が嘘みたいに寒くなっていた。冷たい空気が辺りを包んでいる。

閉園まで残っていたのは、やはりこの街に住んでいる人たちが多かったのだろう。駅に近づくにつれて、人通りはまばらになっていく。

空を見上げると、オリオン座が輝いていた。オリオンの物語は、小学校の星座の授業で習った。内容はよく思い出せないけれど、とにかく恋の多い男だったのは覚えている。きっと、神話の中の英雄も、恋に何度も泣かされたのだろう。

駅が近づくと、ふらりとベンチに座っていた人影が立ち上がる。

すぐに、誰だかわかる。

「なんで……ここにいるんですか？　閉園までいたんですか？」

椎堂先生が、私の前に立っていた。先生は手に持っていた分厚い本を、さりげなくポケットに仕舞う。

自分で質問しながらも、それがありえないことはわかっていた。取材のために動物園中を歩き回っていた。先生がいれば、ぜったいに気づいたはずだ。

……もしかして、と思う。でも、そんなわけないとも思う。

「君を待っていた」

先生は、静かに告げた。

思わず、顔を見上げる。

いつものように気怠げだった。だけど、ほんの少し、緊張しているようにも見えた。

「君に、言いたいことがあった」

その言葉に、心臓が跳ねる。

……よかった。あれで、終わりじゃなかった。

なんの期待もないし、きっと傷つくことになる。それでも、先生はちゃんと、私の告白に答えようとしてくれている——それだけで、救われた気がした。

どんな答えでも、受け入れようと思った。

「俺は、人間の恋愛には興味がない」

嫌というほど聞いてきた言葉だった。

「知ってます。出会った時から、知ってました」

「だが、動物の行動には先天的なものと後天的なものがある。後から獲得することもあるのかもしれない」

先生は、気持ちを抑えるように眼鏡の縁に触れた。

……なにを、言ってるんですか。

予想した言葉と違う。なにが言いたいのかわからない。

「以前、君とこの動物園に来た時には、その気持ちが煩わしくて遠ざけようとした。いや、むしろ、これまであまり感じたことのない感情に戸惑って、あんなことを言ったのかもしれない。君が始めた動画を、最初のうちは見れなかったのも、今思えば、君とお笑い芸人の彼が、楽しそうに話すのを見たくなかったのだろう」

え、え。

それって、まさか。

だんだん、先生の答えが向かう方向がわかってくる。

ずっと、興味なんてないと思ってた。もしかして、と思うことはあってもすぐに否定されて、届くことのない気持ちだと諦めていた。

「俺は、ずっと人間の恋愛には興味がない、そう思ってきた。だからこそ受け入れ難くて、そのせいで、君を、傷つけたかもしれない」

私と先生が話している横を、閉園までいたお客さんたちが通り過ぎていく。

やがて、欅並木にいるのは私と先生だけになる。駅を通り過ぎる特急列車の音が遠く聞こえる。

「だが、今はちがう。君はちょっとぬけていて、がんばっているけれどどこか空回っていて、不思議と近くにいて安心する。これからもずっと傍にいて欲しいと思う」

先生の声には、求愛行動を語る時ほどの情熱はなかった。けれど、求愛行動とは関係ない話をしているときの気怠さもない。わずかに熱を帯びた、私の知らない先生の声だった。

「この気持ちに、恋と名前をつけて良いだろうか？」

どこか理屈っぽい答えに続いたのは、先生らしい面倒くさい問いだった。

『恋が苦手な人間たち』の求愛動画の恋愛相談を思い出す。同性から告白されて、自分の気持ちに戸惑っているという問いを受けたことがあった。その時に、私が自分で書いた答えを口にする。

「恋かどうかを決められるのは、自分だけです」

短い沈黙の後、先生は改めて口にした。

低く、よく通る声が、体中に響く。

「柴田一葉さん、俺はあなたのことが好きだ」

まさか。こんなことって、あるんだ。

私は、心臓が破裂しそうに動くのを感じながら、これまで見てきた数々の動物たちの求愛行動を思い出していた。

求愛行動を受け入れられた動物たちが、嬉しそうに振舞う気持ちがわかる。それは、広大な自然の中で偶然に出会い、パートナーとの相性、ライバルとの競争、色んな問題を乗り越えた時にだけ訪れる奇跡のような瞬間だった。

「それって、私と付き合うって、そういう意味ですか？」

奇跡を確かめるように、問いかける。

先生は、眼鏡の縁に触れながら、照れくさそうに答えてくれた。

「俺は、人並な恋愛は苦手だ。君を退屈させたり呆れさせることもあるだろうが——それでもよければ」

もし先生と付き合うなら、と妄想した数々のデートが浮かんでくる。きっとほとんどが動物の求愛行動に関わることになるだろう。動物園なんていい方で、野山のフィールドワークがデートになるかもしれない。あとは、ファッションには拘っているので、たまにはショッピングもあるだろうけど、私が好きな店とは重なりそうにない。どれも——これ以上ないくらい、面倒そうだ。

「知ってますよ、そんなこと」

そう答えると、先生に、あと半歩近づく。

抱き着くことはできない。そんなに急には、関係を変えられない。

だから、普通に話すよりも半歩近い距離で、私はそっと体重を預けるように体を前に倒す。私の額が、先生の胸で支えられる。

椎堂先生は、ためらいがちに、両手を私の背中に回してくれた。その不器用さが、愛おしい。

控えめに抱きしめられながら、動物たちのことを思い出していた。

私の恋は、まだ始まったばかりだ。

これからも、色々な困難があるだろう。

私たちはきっと、パンダより恋が苦手で、ラクダよりも告白が下手で、ペンギンよりも相手の気持ちがわからない。

人間の恋は非効率で不自由だ。だけど、その中で悩み苦しみ続けるからこそ、相手のことをより深く理解できるのかもしれない。

私は恋に悩むたび、これからも、この地球上に存在するたくさんの恋愛の先輩たちの、恋する姿を思い出すのだろう。

そして、他のどんな生き物とも違う恋を見つけるだろう。

泣きたい夜も、不安でたまらない時も、目の前が真っ暗になることもきっとある。

背中に回された手の温かさを感じながら思う。

でも、私はもう、きっと大丈夫だ。

参考文献

『動物園を考える　日本と世界の違いを超えて』佐渡友陽一著（東京大学出版会）
『大人のための動物園ガイド』成島悦雄・草野晴美・高藤彰・土居利光・堀秀正著（養賢堂）
『動物園ではたらく』小宮輝之著（イースト・プレス）
『もっと知りたい動物園と水族館　園長のはなし、飼育係のしごと』小宮輝之著（メディア・パル）
『ホルモンから見た生命現象と進化シリーズⅣ　求愛・性行動と脳の性分化―愛―』小林牧人・小澤一史・棟方有宗共編（裳華房）
『基礎からわかる動物行動学』トリストラム・D・ワイアット著／沼田英治監訳／青山薫訳（ニュートンプレス）
『恋するいきもの図鑑』今泉忠明監修（カンゼン）
『生きものたちの奇妙な生活　驚きの自然誌』マーティ・クランプ著／長野敬・赤松眞紀訳（青土社）
『生きものたちの秘められた性生活』ジュールズ・ハワード著／中山宥訳（ＫＡＤＯＫＡＷＡ）
『Ａｃｔ ｏｆ Ｌｏｖｅ』上田恵介・小宮輝之・大渕希郷監修（Ｈｕｍａｎ Ｒｅｓｅａｒｃｈ）

本書は文庫書下ろし作品です。

|著者| 瀬那和章　兵庫県生まれ。2007年に第14回電撃小説大賞銀賞を受賞し、『under　異界ノスタルジア』でデビュー。真っ直ぐで透明感のある文章、高い構成力が魅力の注目作家。著作に、「パンダより恋が苦手な私たち」シリーズ、「花魁さんと書道ガール」シリーズ、「後宮の百花輪」シリーズ、『雪には雪のなりたい白さがある』『フルーツパーラーにはない果物』『わたしたち、何者にもなれなかった』『今日も君は、約束の旅に出る』などがある。

パンダより恋が苦手な私たち２

瀬那和章

定価はカバーに
表示してあります

2023年12月15日第１刷発行

発行者——髙橋明男
発行所——株式会社　講談社
東京都文京区音羽2-12-21　〒112-8001
電話　出版（03）5395-3510
　　　販売（03）5395-5817
　　　業務（03）5395-3615

デザイン—菊地信義
本文データ制作—講談社デジタル製作
印刷———株式会社KPSプロダクツ
製本———株式会社国宝社

Printed in Japan

ISBN978-4-06-534024-0

講談社文庫刊行の辞

二十一世紀の到来を目睫に望みながら、われわれはいま、人類史上かつて例を見ない巨大な転換期をむかえようとしている。

世界も、日本も、激動の予兆に対する期待とおののきを内に蔵して、未知の時代に歩み入ろうとしている。このときにあたり、創業の人野間清治の「ナショナル・エデュケイター」への志を現代に甦らせようと意図して、われわれはここに古今の文芸作品はいうまでもなく、ひろく人文・社会・自然の諸科学から東西の名著を網羅する、新しい綜合文庫の発刊を決意した。

激動の転換期はまた断絶の時代である。われわれは戦後二十五年間の出版文化のありかたへの深い反省をこめて、この断絶の時代にあえて人間的な持続を求めようとする。いたずらに浮薄な商業主義のあだ花を追い求めることなく、長期にわたって良書に生命をあたえようとつとめるところにしか、今後の出版文化の真の繁栄はあり得ないと信じるからである。

同時にわれわれはこの綜合文庫の刊行を通じて、人文・社会・自然の諸科学が、結局人間の学にほかならないことを立証しようと願っている。かつて知識とは、「汝自身を知る」ことにつきていた。現代社会の瑣末な情報の氾濫のなかから、力強い知識の源泉を掘り起し、技術文明のただなかに、生きた人間の姿を復活させること。それこそわれわれの切なる希求である。

われわれは権威に盲従せず、俗流に媚びることなく、渾然一体となって日本の「草の根」をかたちづくる若く新しい世代の人々に、心をこめてこの新しい綜合文庫をおくり届けたい。それは知識の泉であるとともに感受性のふるさとであり、もっとも有機的に組織され、社会に開かれた万人のための大学をめざしている。大方の支援と協力を衷心より切望してやまない。

一九七一年七月

野間省一

講談社文庫 最新刊

柿原朋哉 匿(とく)名(めい)
超人気YouTuber・ぶんけいの小説家デビュー作！「匿名」で新しく生まれ変わる2人の物語。

いしいしんじ げんじものがたり
いまの「京ことば」で読むと、源氏物語はこんなに面白い！ 冒頭の9帖を楽しく読む。

佐々木裕一 将軍の首 〈公家武者信平(のぶひら)ことはじめ(十四)〉
腰に金瓢箪(きんぴょうたん)を下げた刺客が江戸城本丸まで迫りくる！ 公家にして侍、大人気時代小説最新刊！

輪渡颯介 闇試し 〈古道具屋 皆塵堂〉
幽霊が見たい大店のお嬢様登場！ 幽霊が見える太一郎を振りまわす。〈文庫書下ろし〉

瀬那和章 パンダより恋が苦手な私たち2
編集者・一葉(いちは)は、片想い中の椎堂(しどう)と初デート。告白のチャンスを迎え――。〈文庫書下ろし〉

朝倉宏景 風が吹いたり、花が散ったり
『あめつちのうた』の著者によるブラインドマラソン小説！〈第24回島清恋愛文学賞受賞作〉

深水黎一郎 マルチエンディング・ミステリー
密室殺人事件の犯人を7種から読者が選ぶ！読み応え充分、前代未聞の進化系推理小説。

講談社文庫 最新刊

講談社文芸文庫 

高橋源一郎
君が代は千代に八千代に
解説＝穂村 弘　年譜＝若杉美智子・編集部

「この日本という国に生きねばならぬすべての人たちについて書くこと」を目指し、ありとあらゆる状況、関係、行動、感情……を描きつくした、渾身の傑作短篇集。

978-4-06-533910-7
たN5

大澤真幸
〈世界史〉の哲学 3 東洋篇
解説＝橋爪大三郎

一二世紀頃、経済・政治・軍事、全てにおいて最も発展した地域だったにもかかわらず、覇権を握ったのは西洋諸国だった。どうしてなのだろうか？ 世界史の謎に迫る。

978-4-06-533646-5
おZ4

講談社文庫　目録

瀬那和章　今日も君は、約束の旅に出る
蘇部健一　六枚のとんかつ
蘇部健一　六　と　ん　2
蘇部健一　届かぬ想い
曽根圭介　沈　底　魚
曽根圭介　藁にもすがる獣たち
田辺聖子　ひねくれ一茶
田辺聖子　愛の幻滅(上)(下)
田辺聖子　う　た　か　た
田辺聖子　春情蛸の足
田辺聖子　蝶花嬉遊図
田辺聖子　言い寄る
田辺聖子　私的生活
田辺聖子　苺をつぶしながら
田辺聖子　不機嫌な恋人
田辺聖子　女の日時計
谷川俊太郎訳 和田誠絵　マザー・グース 全四冊
立花　隆　中核VS革マル(上)(下)
立花　隆　日本共産党の研究 全三冊
立花　隆　青春漂流
高杉　良　労働貴族
高杉　良　広報室沈黙す(上)(下)
高杉　良　炎の経営者(上)(下)
高杉　良　小説 日本興業銀行 全五冊
高杉　良　社長の器
高杉　良　その人事に異議あり〈女性広報主任のジレンマ〉
高杉　良　人事権！
高杉　良　小説消費者金融〈クレジット社会の罠〉
高杉　良　小説 新巨大証券(上)(下)
高杉　良　局長罷免―小説通産省
高杉　良　首魁の宴〈政官財腐敗の構図〉
高杉　良　指名解雇
高杉　良　燃ゆるとき
高杉　良　銀行大合併〈短編小説全集(上)〉
高杉　良　エリートの反乱〈短編小説全集(中)〉
高杉　良　金融腐蝕列島(上)(下)
高杉　良　勇気凜々
高杉　良　混沌 新・金融腐蝕列島(上)(下)
高杉　良　乱気流(上)(下)
高杉　良　小説 会社再建
高杉　良　新装版 懲戒解雇
高杉　良　新装版 大逆転！〈小説 三菱・第一銀行合併事件〉
高杉　良　新装版 バンダルの塔
高杉　良　第四権力〈巨大メディアの罪〉
高杉　良　巨大外資銀行
高杉　良　最強の経営者〈アサヒビールを再生させた男〉
高杉　良　リベンジ〈巨大外資銀行〉
高杉　良　新装版 会社蘇生
竹本健治　新装版 匣の中の失楽
竹本健治　囲碁殺人事件
竹本健治　将棋殺人事件
竹本健治　トランプ殺人事件
竹本健治　狂い壁　狂い窓
竹本健治　涙香迷宮
竹本健治　新装版 ウロボロスの偽書(上)(下)
竹本健治　ウロボロスの基礎論(上)(下)
竹本健治　ウロボロスの純正音律(上)(下)

講談社文庫　目録

高田文夫 TOKYO芸能帖〈1981年のビートたけし〉
高村 薫 李 歐
高村 薫 マークスの山(上)(下)
高村 薫 照 柿(上)(下)
多和田葉子 犬 婿 入 り
多和田葉子 尼僧とキューピッドの弓
多和田葉子 献 灯 使
多和田葉子 地球にちりばめられて
多和田葉子 星に仄めかされて
高田崇史 QED〈百人一首の呪〉
高田崇史 QED〈六歌仙の暗号〉
高田崇史 QED〈ベイカー街の問題〉
高田崇史 QED〈東照宮の怨〉
高田崇史 QED〈式の密室〉
高田崇史 QED〈竹取伝説〉
高田崇史 QED〈龍馬暗殺〉
高田崇史 QED ～ventus～〈鎌倉の闇〉
高田崇史 QED〈鬼の城伝説〉
高田崇史 QED ～ventus～〈熊野の残照〉
高田崇史 QED〈神器封殺〉
高田崇史 QED ～ventus～〈御霊将門〉
高田崇史 QED ～flumen～〈九段坂の春〉
高田崇史 QED〈諏訪の神霊〉
高田崇史 QED〈出雲神伝説〉
高田崇史 QED〈伊勢の曙光〉
高田崇史 QED ～flumen～〈ホームズの真実〉
高田崇史 毒 草 師〈QED Another Story〉
高田崇史 QED〈～flumen～月夜見〉
高田崇史 QED〈～ortus～白山の頻闇〉
高田崇史 QED〈憂曇華の時〉
高田崇史 QED〈源氏の神霊〉
高田崇史 試験に出るパズル〈千葉千波の事件日記〉
高田崇史 試験に敗けない密室〈千葉千波の事件日記〉
高田崇史 試験に出ないパズル〈千葉千波の事件日記〉
高田崇史 パズル自由自在〈千葉千波の事件日記〉
高田崇史 麿の酩酊事件簿〈花に舞〉
高田崇史 麿の酩酊事件簿〈月に酔〉
高田崇史 クリスマス緊急指令〈～きよしこの夜、事件は起こる！～〉
高田崇史 カンナ 飛鳥の光臨
高田崇史 カンナ 天草の神兵
高田崇史 カンナ 吉野の暗闘
高田崇史 カンナ 奥州の覇者
高田崇史 カンナ 戸隠の殺皆
高田崇史 カンナ 鎌倉の血陣
高田崇史 カンナ 天満の葬列
高田崇史 カンナ 出雲の顕在
高田崇史 カンナ 京都の霊前
高田崇史 軍 神 の 血 脈〈楠木正成秘伝〉
高田崇史 神の時空 鎌倉の地龍
高田崇史 神の時空 倭の水霊
高田崇史 神の時空 貴船の沢鬼
高田崇史 神の時空 三輪の山祇
高田崇史 神の時空 嚴島の烈風
高田崇史 神の時空 伏見稲荷の轟雷
高田崇史 神の時空 五色不動の猛火
高田崇史 神の時空 京の天命
高田崇史 神 の 時 空 前紀〈女神の功罪〉

武内　涼　謀聖 尼子経久伝〈雷雲の章〉
立松和平　すらすら読める奥の細道
高梨ゆき子　大学病院の奈落
珠川こおり　檸檬先生
陳　舜臣　中国五千年(上)(下)
陳　舜臣　中国の歴史 全七冊
陳　舜臣　小説十八史略 全六冊
千早　茜　森の家
千野隆司　大店の暖簾〈下り酒一番〉
千野隆司　分家の始末〈下り酒一番(二)〉
千野隆司　献上の祝酒〈下り酒一番(三)〉
千野隆司　大酒の合戦〈下り酒一番(四)〉
千野隆司　銘酒の真贋〈下り酒一番(五)〉
千野隆司　追跡
知野みさき　江戸は浅草
知野みさき　江戸は浅草2〈盗人探し〉
知野みさき　江戸は浅草3〈桃と桜〉
知野みさき　江戸は浅草4〈冬青灯籠〉
知野みさき　江戸は浅草5〈春の捕物〉

崔　実　ジニのパズル
崔　実　pray human
筒井康隆　創作の極意と掟
筒井康隆　読書の極意と掟
筒井康隆 ほか12名　名探偵登場！
都筑道夫　なめくじに聞いてみろ〈新装版〉
辻村深月　冷たい校舎の時は止まる(上)(下)
辻村深月　子どもたちは夜と遊ぶ(上)(下)
辻村深月　凍りのくじら
辻村深月　ぼくのメジャースプーン
辻村深月　スロウハイツの神様(上)(下)
辻村深月　名前探しの放課後(上)(下)
辻村深月　ロードムービー
辻村深月　ゼロ、ハチ、ゼロ、ナナ。
辻村深月　V. T. R.
辻村深月　光待つ場所へ
辻村深月　ネオカル日和
辻村深月　島はぼくらと
辻村深月　家族シアター

辻村深月　図書室で暮らしたい
辻村深月　嚙みあわない会話と、ある過去について
新川直司 漫画 辻村深月 原作　コミック 冷たい校舎の時は止まる(上)(下)
津村記久子　ポトスライムの舟
津村記久子　カソウスキの行方
津村記久子　やりたいことは二度寝だけ
津村記久子　二度寝とは、遠くにありて想うもの
恒川光太郎　竜が最後に帰る場所
月村了衛　神子上典膳
月村了衛　悪の五輪
辻堂　魁　落暉に燃ゆる〈大岡裁き再吟味〉
辻堂　魁　山桜花〈大岡裁き再吟味〉
フランソワ・デュボワ　太極拳が教えてくれた人生の宝物〈中国・武当山90日間修行の記〉
手塚マキと歌舞伎町ホスト80人 from Smappa! Group　ホスト万葉集〈文庫スペシャル〉
土居良一　海翁伝
鳥羽　亮　金貸し権兵衛〈鶴亀横丁の風来坊〉
鳥羽　亮　提灯斬り〈鶴亀横丁の風来坊〉
鳥羽　亮　お京危うし〈鶴亀横丁の風来坊〉
鳥羽　亮　狙われた横丁〈鶴亀横丁の風来坊〉

講談社文庫　目録

長嶋　有　夕子ちゃんの近道
長嶋　有　佐渡の三人
長嶋　有　もう生まれたくない
永嶋恵美　擬態
永井　均／内田かずひろ 絵　子どものための哲学対話
なかにし礼　戦場のニーナ
なかにし礼　生きる力〈心でがんに克つ〉
なかにし礼　夜の歌(上)(下)
中村文則　最後の命
中村文則　悪と仮面のルール
編/解説 中田整一　真珠湾攻撃総隊長の回想〈淵田美津雄自叙伝〉
中田整一　四月七日の桜〈戦艦「大和」と伊藤整一の最期〉
中村江里子　女四世代、ひとつ屋根の下
中野美代子　カスティリオーネの庭
中野孝次　すらすら読める方丈記
中野孝次　すらすら読める徒然草
中山七里　贖罪の奏鳴曲
中山七里　追憶の夜想曲
中山七里　恩讐の鎮魂曲
中山七里　悪徳の輪舞曲
中山七里　復讐の協奏曲
長島有里枝　背中の記憶
長浦　京　赤刃
長浦　京　リボルバー・リリー
長浦　京　マーダーズ
中脇初枝　世界の果てのこどもたち
中脇初枝　神の島のこどもたち
中村ふみ　天空の翼　地上の星
中村ふみ　砂の城　風の姫
中村ふみ　月の都　海の果て
中村ふみ　雪の王　光の剣
中村ふみ　永遠の旅人　天地の理
中村ふみ　大地の宝玉　黒翼の夢
中村ふみ　異邦の使者　南天の神々
夏原エヰジ　Cocoon〈修羅の目覚め〉
夏原エヰジ　Cocoon2〈蠱惑の焔〉
夏原エヰジ　Cocoon3〈幽世の祈り〉
夏原エヰジ　Cocoon4〈宿縁の大樹〉
夏原エヰジ　Cocoon5〈瑠璃の浄土〉
夏原エヰジ　連理の宝〈Cocoon外伝〉
夏原エヰジ　Cocoon〈京都・不死篇―蠢―〉
夏原エヰジ　Cocoon〈京都・不死篇2―疼―〉
夏原エヰジ　Cocoon〈京都・不死篇3―愁―〉
夏原エヰジ　Cocoon〈京都・不死篇4―嗄―〉
夏原エヰジ　Cocoon〈京都・不死篇5―巡―〉
長岡弘樹　夏の終わりの時間割
ナガノ　ちいかわノート
西村京太郎　華麗なる誘拐
西村京太郎　寝台特急「日本海」殺人事件
西村京太郎　十津川警部　帰郷・会津若松
西村京太郎　特急「あずさ」殺人事件
西村京太郎　十津川警部の怒り
西村京太郎　宗谷本線殺人事件
西村京太郎　奥能登に吹く殺意の風
西村京太郎　特急「北斗1号」殺人事件
西村京太郎　十津川警部　湖北の幻想
西村京太郎　九州特急「ソニックにちりん」殺人事件

西村京太郎　東京・松島殺人ルート
西村京太郎　新装版 殺しの双曲線
西村京太郎　新装版 名探偵に乾杯
西村京太郎　南伊豆殺人事件
西村京太郎　十津川警部 青い国から来た殺人者
西村京太郎　新装版 天使の傷痕
西村京太郎　新装版 D機関情報
西村京太郎　十津川警部 猫と死体はタンゴ鉄道に乗って
西村京太郎　韓国新幹線を追え
西村京太郎　北リアス線の天使
西村京太郎　十津川警部 長野新幹線の奇妙な犯罪
西村京太郎　上野駅殺人事件
西村京太郎　京都駅殺人事件
西村京太郎　沖縄から愛をこめて
西村京太郎　十津川警部「幻覚」
西村京太郎　函館駅殺人事件
西村京太郎　内房線の猫たち〈異説里見八犬伝〉
西村京太郎　東京駅殺人事件
西村京太郎　長崎駅(ナガサキ・レディ)殺人事件
西村京太郎　十津川警部 愛と絶望の台湾新幹線
西村京太郎　西鹿児島駅殺人事件
西村京太郎　札幌駅殺人事件
西村京太郎　十津川警部 山手線の恋人
西村京太郎　仙台駅殺人事件
西村京太郎　七人の証人〈新装版〉
西村京太郎　十津川警部 両国駅3番ホームの怪談
西村京太郎　午後の脅迫者〈新装版〉
西村京太郎　びわ湖環状線に死す
西村京太郎　ゼロ計画(プラン)を阻止せよ〈左文字進探偵事務所〉
仁木悦子　猫は知っていた〈新装版〉
新田次郎　新装版 聖職の碑(いしぶみ)
日本文芸家協会編　愛染夢灯籠〈時代小説傑作選〉
日本推理作家協会編　犯人たちの部屋〈ミステリー傑作選〉
日本推理作家協会編　隠された鍵〈ミステリー傑作選〉
日本推理作家協会編　Play(プレイ) 推理遊戯〈ミステリー傑作選〉
日本推理作家協会編　Doubt(ダウト) きりのない疑惑〈ミステリー傑作選〉
日本推理作家協会編　Bluff(ブラフ) 騙し合いの夜〈ミステリー傑作選〉
日本推理作家協会編　ベスト8ミステリーズ2015
日本推理作家協会編　ベスト6ミステリーズ2016
日本推理作家協会編　ベスト8ミステリーズ2017
日本推理作家協会編　2019ザ・ベストミステリーズ
日本推理作家協会編　2020ザ・ベストミステリーズ
二階堂黎人　ラン迷宮〈二階堂蘭子探偵集〉
二階堂黎人　増加博士の事件簿
二階堂黎人　巨大幽霊マンモス事件
新美敬子　猫のハローワーク
新美敬子　猫のハローワーク2
新美敬子　世界のまどねこ
西澤保彦　新装版 七回死んだ男
西澤保彦　人格転移の殺人
西澤保彦　夢魔の牢獄
西村健　ビンゴ
西村健　地の底のヤマ(上)(下)
西村健　光陰の刃(やいば)(上)(下)
西村健　目撃
楡周平　修羅の宴(上)(下)
楡周平　バルス

講談社文庫　目録

楡　周平　サリエルの命題
西尾維新　クビキリサイクル〈青色サヴァンと戯言遣い〉
西尾維新　クビシメロマンチスト〈人間失格・零崎人識〉
西尾維新　クビツリハイスクール〈戯言遣いの弟子〉
西尾維新　サイコロジカル (上)〈兎吊木垓輔の戯言殺し〉(下)〈曳かれ者の小唄〉
西尾維新　ヒトクイマジカル〈殺戮奇術の匂宮兄妹〉
西尾維新　ネコソギラジカル(上)〈十三階段〉
西尾維新　ネコソギラジカル(中)〈赤き征裁 vs. 橙なる種〉
西尾維新　ネコソギラジカル(下)〈青色サヴァンと戯言遣い〉
西尾維新　ダブルダウン勘繰郎　トリプルプレイ助悪郎
西尾維新　零崎双識の人間試験
西尾維新　零崎軋識の人間ノック
西尾維新　零崎曲識の人間人間
西尾維新　零崎人識の人間関係　匂宮出夢との関係
西尾維新　零崎人識の人間関係　無桐伊織との関係
西尾維新　零崎人識の人間関係　零崎双識との関係
西尾維新　零崎人識の人間関係　戯言遣いとの関係
西尾維新　xxxHOLiC アナザーホリック　ランドルト環エアロゾル
西尾維新　難民探偵

西尾維新　少女不十分
西尾維新　本題〈西尾維新対談集〉
西尾維新　掟上今日子の備忘録
西尾維新　掟上今日子の推薦文
西尾維新　掟上今日子の挑戦状
西尾維新　掟上今日子の遺言書
西尾維新　掟上今日子の退職願
西尾維新　掟上今日子の婚姻届
西尾維新　掟上今日子の家計簿
西尾維新　掟上今日子の旅行記
西尾維新　新本格魔法少女りすか
西尾維新　新本格魔法少女りすか2
西尾維新　新本格魔法少女りすか3
西尾維新　新本格魔法少女りすか4
西尾維新　人類最強の初恋
西尾維新　人類最強の純愛
西尾維新　人類最強のときめき
西尾維新　人類最強の sweetheart
西尾維新　りぽぐら！

西尾維新　悲鳴伝
西尾維新　悲痛伝
西尾維新　悲惨伝
西尾維新　悲報伝
西尾維新　悲業伝
西村賢太　どうで死ぬ身の一踊り
西村賢太　夢魔去りぬ
西村賢太　藤澤清造追影
西村賢太　瓦礫の死角
西川善文　ザ・ラストバンカー〈西川善文回顧録〉
西川　司　向日葵のかっちゃん
西　加奈子　舞台
丹羽宇一郎　民主化する中国〈習近平がいま本当に考えていること〉
貫井徳郎　新装版　修羅の終わり(上)(下)
貫井徳郎　妖奇切断譜
額賀　澪　完パケ！
A・ネルソン　「ネルソンさん、あなたは人を殺しましたか？」
法月綸太郎　法月綸太郎の冒険
法月綸太郎　新装版　密閉教室

2023年9月15日現在